公元 787 年，唐封疆大吏马总集诸子精华，编著成《意林》一书 6 卷，流传至今

意林：始于公元 787 年，距今 1200 余年

恋恋古风
念念有声

池鱼思故渊 ②

白鹭 戍双 著

吉林摄影出版社
·长春·

图书在版编目（CIP）数据

池鱼思故渊.②/白鹭成双著.-- 长春：吉林摄影出版社，2018.8
（恋恋古风）
ISBN 978-7-5498-3685-7

Ⅰ.①池… Ⅱ.①白… Ⅲ.①长篇小说-中国-当代 Ⅳ.①I247.5

中国版本图书馆CIP数据核字(2018)第154229号

池鱼思故渊②
CHIYU SI GUYUAN②

著　　者	白鹭成双
项目出品	松果阅读
出版人	孙洪军
主　　编	顾　平　杜普洲
责任编辑	施　岚　胡晓路
总策划	蔡　燕　康　宁
统筹策划	康　宁
设计总监	资　源
执行编辑	康　宁
封面设计	杨　倩
美术编辑	孔凡雷
发行总监	王俊杰
开　　本	700mm×1000mm　1/16
字　　数	250千字
印　　张	15
版　　次	2018年8月第1版
印　　次	2018年8月第1次印刷
出　　版	吉林摄影出版社
发　　行	吉林摄影出版社
地　　址	长春市泰来街1825号
	邮　编：130062
电　　话	总编办　0431-86012616
	发行科　0431-86012602
网　　址	www.jlsycbs.net
经　　销	全国各地新华书店
印　　刷	北京市兆成印刷有限责任公司
书　　号	ISBN 978-7-5498-3685-7　　定　价：32.80元

版权所有　翻印必究
（如发现印装质量问题，请与承印厂联系退换）

目录

001　第 1 章　沈故渊的亲事

011　第 2 章　帮忙的郑嬷嬷

026　第 3 章　下作的手段

039　第 4 章　你要的不就是这个吗

053　第 5 章　我的夫君

066　第 6 章　神没有七情六欲

077　第 7 章　仁善王府里的妖怪

092　第 8 章　黑暗里看不见的手

108 第9章 谁有问题

124 第10章 踏实的怀抱

140 第11章 恩怨一笔勾销

154 第12章 兴许是你不喜欢我吧

167 第13章 厚脸皮的男人

182 第14章 传言里的三皇叔

194 第15章 私探皇陵

216 第16章 你不知道的事

第❶章 沈故渊的亲事

大战之后，京城局势乱了一阵，不过有沈故渊坐镇，纷纷杂杂的事情都被深冬的一场大雪压了下去。

沈弃淮被判死刑的消息没影响宁池鱼太久，她沉寂了两天，就又活了过来。沈故渊瞧着，也没多说什么，但心里还是觉得自家徒儿很有长进。

这天玉清殿散场的时候，沈故渊正要走呢，就见沈知白过来朝他道："皇叔，池鱼借我一会儿，等会儿午膳你不必等她。"

沈故渊眯眼盯了他一会儿，大方地点头："好。"

"多谢皇叔。"沈知白笑了笑，行了礼便大步走了。

"故渊，"孝亲王从后头跟上来，拍了拍他的肩膀道，"有件事想跟你说一下。"

沈故渊回头看他，就见孝亲王眼神飘忽，一副做了亏心事的模样。

眯了眯眼，他道："我暂时不想听。"

"别啊！"孝亲王笑着拉住他，"眼下情况这么危急，自然需要些喜事来冲一冲。"

沈故渊盯着他半晌，问："名字，家世。"

这就被看穿了？孝亲王一边感叹沈家出了个人才，一边搓着手"嘿嘿"笑道："黎知晚，黎太师嫡女，知书达理，相貌端正，弹得一手好琵琶，更难得的是，她话少，也不爱惹麻烦，很是本分！"

黎知晚？沈故渊一愣，想了想，竟然点了点头："有空让她来仁善王府

走走。"

孝亲王已经做好艰难游说的准备了，毕竟沈故渊这个人倔，对立妃之事又一向抵触，原本他打算逮着他说一天的。然而没想到，刚说一句，沈故渊竟然就松口了！

一瞬间孝亲王有点儿茫然，他都这么说了，那自个儿还能说什么呢？要不再夸两句？那也显得挺烦的，可就这么算了，他又觉得没把人家姑娘的好说个全面，万一沈故渊只是在应付他怎么办？

正纠结呢，那抹红衣白发的影子就晃悠得不见了，等他回过神来，眼前就只有白玉石铺就的广场，哪里还有沈故渊。

池鱼高高兴兴地跟沈知白去吃了顿好的，永福客栈不愧是一等的客栈，即便外头已经有兵荒马乱的趋势，他们依旧大门敞开，还上了新菜品。

"这个金风玉露太好吃了！"池鱼眼睛亮亮地道，"可以给师父带一份回去吗？"

"可以。"沈知白点头，轻笑道，"你随时都想着你师父。"

池鱼"嘿嘿"一笑，没办法啊，她现在就一个师父，别的什么都没了。

"我听说了一件事。"瞧她吃得差不多了，沈知白开口道，"黎家的女儿在找婆家，孝亲王好像很中意那姑娘，要引见给三皇叔。"

笑意一僵，池鱼抬头，有点儿茫然地看着他。

沈知白顿时很有罪恶感："我是不是不该和你说这个？"

"无妨，"池鱼僵硬地笑了笑，"要是你不说，我还不知道呢……师父好像是该娶亲了。"

"孝亲王向来喜欢给人说媒，"沈知白抿唇，"我十六岁的时候，他就企图让我跟人成亲。"

池鱼哭笑不得，点头道："那我师父这个年纪，肯定更该成亲了。不过他性子古怪，好像不太喜欢生人，孝亲王怕是要碰钉子。"

想想沈故渊那性格，沈知白也深以为然，看着她道："你也不用太担心，眼下正是多事之秋，三皇叔定然不会有成亲的心思。"

"嗯。"池鱼点头，吃完东西，让掌柜的打包了一份"金凤玉露"，跟沈知白一起往王府走去。

刚进王府，越过前庭，池鱼就见花园里那新开的梅花树下站了个人。

素色长裙，浅色纹绣，纤腰缦裹，亭亭玉立。这显然不是沈故渊，而是个端庄的姑娘。

疑惑地看着，池鱼走近了两步，视线一转才看见旁边被一大片万年青挡住的沈故渊。

白发垂地，沈故渊坐在花园里的石凳上，捏着笔，认真地看着那头梅花树下的人，像是在画美人图。

心里一顿，池鱼停住了步子。

沈知白也瞧见了，微微皱眉："这是怎么回事？"

池鱼心里发慌，莫名地很想走。可转念一想，这是仁善王府啊，她为什么要走？

看了看手里的荷叶包，她深吸一口气，挺胸就走了过去。

"师父。"

一抹线条刚勾勒好，沈故渊就听得个紧巴巴的声音在他旁边响起。

抬头扫池鱼一眼，他问："吃饱了？"

"嗯！"池鱼把荷叶包放他桌上，"这个是给您带回来的。"

"放着吧。"沈故渊捏袖搁笔，转头朝那边的姑娘道，"黎姑娘，好了。"

黎？池鱼一惊，沈知白也是一愣，纷纷回头，就见那姑娘端庄地迈着莲步走来，朝沈故渊屈膝行礼："多谢王爷。"

沈故渊微微颔首，脸上没什么表情："这是劣徒池鱼，这是静亲王家的小侯爷，姑娘想必都不陌生。"

"久仰大名。"那姑娘转了脸过来，很是优雅地朝他们行礼，"小女黎知晚，这厢拜见。"

黎知晚！池鱼脸垮了，愣愣地看着她，都没有想起来回礼，只觉得头顶上的天"哐"一声就垮了下来，砸得她眼冒金星。

她说什么来着？自家师父性子不好，不容易接受生人？这才几个时辰啊，姑娘都上门了！脸打得自个儿都觉得疼，更是不知道该说什么好。

旁边的沈知白回神比她快，有礼地颔首道："黎姑娘有礼，我与池鱼刚从外头回来，这一身风尘不便见客，就先带她去更衣了。"

"好。"黎知晚颔首，一点儿也没对池鱼的反应有什么不满，看着沈知白拉着宁池鱼走了，就转回头来看桌上的画。

"牵牛吐蕊能晓黎，带宵芬芳总知晚。"念了念上头的题词，黎知晚轻笑，"王爷真是有趣。"

沈故渊道："我没什么趣味，也只是高墙里困着的凡人。姑娘心不在高墙之中，今日又何必来此？"

微微一愣，黎知晚垂眸低笑："王爷这说的是什么话？小女也是高墙里长大的人，为何就心不在高墙之中了？"

"到底是墙外的花更香。"沈故渊道，"姑娘不觉得吗？尤其是桃花。"

桃花吗？黎知晚抿唇，她曾经见过世上最好看的桃花，可惜了，这辈子再也不可能见到，所以这天下，无论什么花都没什么要紧。

"外头要下雪了，王爷不请小女进去坐坐吗？"

扫她一眼，沈故渊点头："姑娘里面请。"

于是池鱼换好衣裳出来的时候，就看见黎知晚一个人坐在花厅里，沈故渊已经不知去向。

皱了皱眉，池鱼看见她就觉得心里不舒坦，可看见人家茶杯里都没茶了，她还是进去，给她添了些。

"池鱼郡主，"黎知晚朝她笑了笑，"多谢。"

这姑娘脾气好像很好，不管干什么都是微笑着的，平心而论，看着让人很舒服，于是池鱼也就温和地朝她点了点头。

沈知白在沈故渊的书房里，沉着脸盯了他一炷香的时间，奈何沈三王爷脸皮厚，视若无睹，心情很好地翻着一本红色的册子。

"三皇叔，"最终还是他先开口，"你想娶黎姑娘？"

沈故渊头也没抬："这个轮不到你来管。"

"我觉得池鱼不比那黎姑娘差，"沈知白皱眉，"皇叔以为呢？"

莫名其妙地看他一眼，沈故渊道："情人眼里出西施，这话当真不假。"

眼神一沉，沈知白恨恨地道："三皇叔！"

沈故渊道："没事多去陪着池鱼，别在我眼前晃悠。"

尤其是穿这一件白狐斗篷，看着就烦！

沈知白道："我刚刚带她出去尝鲜，她尝完第一句话就是能不能给你带回来尝尝。在她心里，你很重要，现在你二话不说就想成亲，可问过她了？"

沈故渊不耐烦地道："我成亲不成亲，跟她有什么关系？她是我徒儿，不是我妻子。"

"可……"

"你给我出去！"耐心用尽，沈故渊一把将他从窗口扔了出去，关上窗户，回头扫了一眼桌上还放着的荷叶包。

他成亲，宁池鱼会不高兴？

宁池鱼陪黎知晚在花园里看梅花。两个姑娘一个喷嚏接一个喷嚏地打。

"我为什么要陪你去看花？"池鱼很后悔，"明明知道下雪了。"

黎知晚鼻音很重地道："是你说喜欢看梅花的。"

池鱼无奈："这还怪我头上了？你不喜欢？"

轻轻摇头，黎知晚笑了笑："我喜欢桃花，春天里开得最好看的那种，梅花太冷了。"

"那你还想嫁沈故渊？"池鱼撇嘴，"他比梅花还冷。"

"有什么办法呢？"黎知晚垂眸，"世家小姐，婚姻从来由不得自己做主。父母之命，媒妁之言，由不得我来选。"

池鱼一顿,忍不住好奇地问:"你是不是已经有心上人了?"

黎知晚看她一眼:"为什么这么说?"

"因为你看起来太镇定了,"池鱼道,"不管是对沈故渊,还是对我,都是这张微笑的脸,完全不符合常理。"

一般想嫁沈故渊的姑娘,看见他的时候,哪里还能云淡风轻地说话?哪怕是已经喜欢了沈弃淮的余幼微,看见沈故渊,都是两眼放光,黎知晚的表现与其说是礼貌,不如说是不起波澜。

她上来开门见山地说出自己的不满,黎知晚要是当真喜欢沈故渊,哪里还能对她笑、陪她看雪看花啊,要么跟沈故渊哭诉,要么转头就走,想法子来对付她了。

黎知晚都没有,这个微笑着的姑娘,压根没把他们放在心上,所以她的心上,一定有别人了。

"郡主多虑了,"黎知晚笑道,"我只是怕生,对不熟悉的人,都很有礼貌。"

"你不承认我也拿你没办法,"池鱼道,"但是你要是心里有人,就别来祸害我师父了。"

"你……"黎知晚认真地道,"你喜欢你师父?不是晚辈对长辈的喜欢,是想嫁给他的那种喜欢?"

池鱼沉默。

"哈哈哈——"黎知晚不知怎的就又笑开了,"他可是你皇叔啊!"

"那怎么了?"池鱼皱眉,"只是名义上的皇叔,又没什么血缘关系。"

"名义上的东西,比实际上的也差不了多少,都很难推翻。"黎知晚笑着摇头,"你趁早收收心思吧,你和你师父不可能的。"

一听这话,池鱼不服气了:"怎么就不可能了?只要我和他都愿意,世上没有什么不可能的事情!"

"那他愿意吗?"黎知晚眨眨眼。

鼓起来的腮帮子瞬间撒了气，池鱼垂下脑袋，缩成一团不说话了。

黎知晚倒也没嘲笑她，盯着她看了一会儿，反倒叹了口气。

几天之后，沈故渊说要邀黎知晚出去游湖。

"大冬天的游什么湖啊！"沈知白对他这种行为表示很不齿，然而还是裹着披风跟着池鱼上了船。

池鱼说："您小声点儿，千万别让他们发现。"

沈知白点头，伸手将她斗篷后头的帽子拉上来，盖住她的小脸："你比我更容易被发现。"

"嘿嘿"笑了两声，池鱼拉着他就躲进船舱，看着前头不远处那艘船。

沈故渊平时是不出门的，然而不知今日怎么了，突然就要来游湖，也不怕冻成冰块儿！池鱼咬牙切齿地想，上回黎知晚来府上之后，七八天过去了沈故渊都没有再见她，还以为这事儿黄了呢，没想到今日又搅和在一起了。

她那天问了自家师父："您觉得黎姑娘如何？"

沈故渊冷漠地回答她："哪儿都比你好。"

短短一句话，简直是万箭穿心！池鱼愤恨不已，虽然这是事实，但从自家师父嘴里说出来，她很有一头撞死在他身上的冲动！今日得了消息，不管三七二十一就随着小侯爷出来了，她倒要看看，他俩能游出个什么花来！

"王爷竟然有这等雅兴。"黎知晚看着这清冷的湖面，笑道，"还以为您是不爱做这些的。"

沈故渊的确不爱做这些，然而……

扫一眼湖对面，他道："那边有一条'湖光山色廊'，姑娘可听过？"

黎知晚点头："略有耳闻。"

湖光山色廊，本只是一条普通长廊，但有喜爱水墨画之人，将这湖光山色尽收笔端，然后挂在一条长廊的两侧，以供人赏玩。由于这里爱画的人不少，所以画多上品，来看的人络绎不绝，逐渐就有了这个名字。

黎知晚只扫了一眼就收回了目光，问沈故渊："王爷要去看吗？"

"我把你的画像挂在了那里,"沈故渊道,"你若是能找到,本王明日就去府上提亲。"

她的画像?黎知晚一愣,简直哭笑不得:"王爷也太草率了。"

沈故渊不语,看起来主意已定。

黎知晚沉默片刻,瞧着长廊已近,叹息一声就下了船。

风吹画卷动,发出"哗啦啦"的响声,她瞧着,心里想,这大概只是沈故渊要娶她的一个台阶。不负父亲所望,她大概是能嫁给仁善王爷了。

只是,心里还有点儿不甘心,就那么一点儿。

摇摇头,她看向前头的长廊,两边挂着的画有两幅,一幅朝外,一幅朝内,这样无论是在走廊里还是走廊外,都能看见画。

那长廊好像有人,为了避嫌,黎知晚先朝外头走,一幅幅地找。

文弱的书生在长廊里走着,看着自己和别人的山水画,一步一点头,但走到半路,不知怎的就看见一幅美人画。

清秀的美人站在梅花树下,好像在等一个人,蛾眉轻蹙,姿态端庄,很是眼熟。

停下步子,书生仔细看了看那画,眼神有些恍惚。

这姑娘很美,像极了他曾经遇见的一个人,只是那个姑娘可不会这么愁眉苦脸,应该一直是微笑着的才对。

刚伸手想去碰碰那美人的眉眼,挂画的绳子不知怎么就断了,"哗啦"一声响,吓得他一愣。

外头站着的人也是一愣,不解地抬眼看进来。

四目相对,两人都怔了怔。

"姑娘?"书生茫然地问,"我这是在做梦吗?"

黎知晚也傻眼了,这个人……这个人……

怎么会在这里!

她找了他多久啊,让丫鬟四处打听,逢人就问,有没有见过一个干净的书生？

半年过去了，京城的人都问了个遍，她也没有他半分消息。可谁想，竟然就直接在这里遇见了。

黎知晚跨进了长廊里，眼神灼灼地看着他："你到底叫什么名字？"

"无铭。"书生讷讷地道。

黎知晚一愣，有些生气："我找你这么久，你却不肯告诉我你的名字！"

"姑娘误会了，"书生朝她拱手，哭笑不得，"小生姓唐，字无铭。铭记的铭。"

无铭是他的名字，不是说他没有名字？黎知晚怔愣了半晌，忍不住又哭又笑："你这名字可真是……"

"姑娘怎么会在这里？"唐无铭也有些激动，却不敢冒昧，退后一步拱手道，"小生寻姑娘久矣！"

"你还好意思说，"眼泪涌了上来，黎知晚哽咽，"再找不到你，我可就要嫁人了。"

书生一愣，脸色发白："姑娘……"

抹了把眼泪，黎知晚咬牙："现在我改主意了，你给我等着！"

说罢转身，很是潇洒地就往湖边停着的画舫上走去。

唐无铭呆愣地站在原地，看一眼落在地上的画，捡起来念了念题词。

牵牛吐蕊能晓黎，带宵芬芳总知晚。

黎知晚。

笑了笑，书生卷起画来，抱进了自己怀里。

正在偷看的池鱼和沈知白一头雾水，就见那黎知晚去了一趟长廊，好像跟谁说了什么话，然后就跑回来了，跨上画舫就朝沈故渊行礼："王爷，小女恐怕是找不到那幅画了！"

"哦？"沈故渊皱眉，"这么点儿地方姑娘都找不到，莫不是不想嫁了？"

黎知晚咬牙："当真是找不到。"

"找不到也罢,"沈故渊道,"没有画,我也可以去贵府提亲。"

"王爷并不喜欢小女,为何非要娶小女?"黎知晚皱眉。

"姑娘也知道,世家子弟,婚姻都是父母之命,媒妁之言,哪里轮得到自己做主?"沈故渊叹了口气,"孝亲王的意思,我也不敢违背。"

黎知晚慌了,眼珠子左右转了转,僵硬地道:"此事……可否让小女认真想想?"

"好,"沈故渊颔首,"我等得起。"

微微松口气,黎知晚道:"那小女就在这长廊上看看,等会儿会有人来接,王爷就先走吧。"

"好,"沈故渊扫了远处一眼,微微勾唇,"风大,姑娘当心。"

黎知晚应下,船夫也就将画舫慢慢驶离了湖边。

"你听听!"池鱼磨牙,转过身来靠在窗户下头,揣着手道,"还风大呢,真会关心人!"

沈知白在她旁边坐下,低笑道:"你嫉妒了?"

"对啊。"池鱼指了指自己的脸,"我就是嫉妒了,这张脸是不是特别丑恶?"

"没有。"沈知白摇头,深深地道,"很好看。"

脸莫名地烧起来,她晃开了眼神,低声道:"小侯爷就是会安慰人,咱们回去吧,谢谢您告诉我今天他们来这里。"

"不客气,"沈知白笑了笑,"我可是答应了要帮你的。"

池鱼抬头看他,正要说什么话,外头突然"咚"一声闷响,船身猛地一晃,池鱼直接朝前摔去。

第 2 章 帮忙的郑嬷嬷

沈知白眼疾手快，一把拉住她，然而没能敌得过这往前摔的趋势，只能将她拉进怀里，堪堪护住。

"砰"一声，两人摔倒在地，池鱼慌忙撑起身子，看着给自己当肉垫的小侯爷问："您还好吗？"

"无妨。"沈知白摇头，看了一眼外头，"船好像被什么撞了。"

池鱼连忙抬头看过去，就见方才还离他们挺远的大画舫，这会儿不知怎的就撞过来了，幸好撞得不重，不然他们这小船非翻了不可！

"被发现了？"池鱼眉心一皱，瞬间有种很不好的预感，拽起小侯爷就道，"我们快走！"

"走哪儿去啊？"沈故渊的声音从外头落进来，清冷得如湖面上的雾，"这大冬天的，湖水可没那么好游。"

头皮一麻，池鱼低声道："完蛋了。"

沈知白看她一眼，微微摇头："哪里就完了？你听我的。"

沈故渊站在画舫上，斜眼睨着那条小船，不一会儿就看见两人从船舱里钻出来，一人站在前头，一身清朗之气，一人躲在后头，一看就知道很心虚。

"两位是不是该解释一下？"沈故渊皮笑肉不笑，"跟踪来此，有何目的？"

沈知白大大方方地道："今日天气不错，我约了池鱼出来游湖，倒是不知皇叔也在，没来行礼，还望皇叔见谅。"

池鱼听着,忍不住偷偷给他竖个大拇指。这瞎掰的功夫真是高啊!

沈故渊嗤笑道:"小侯爷真是小气,出来游湖,用这么小的船?"

那不是为了跟踪方便吗!沈知白心里嘀咕,脸上笑意不减:"游湖看的是人,又不是船。"

有宁池鱼在,他坐个木盆来湖上都觉得高兴,怎么着?

沈故渊难得地被噎了一下,扫了后头躲着的人一眼,眯眼问:"池鱼没有话要说吗?"

"回师父,没有。"宁池鱼躲在沈知白后头,只伸了个脑袋出来,"我等会儿就回去了!"

"时候还早,你可以和小侯爷多玩一会儿。"沈故渊像她爹似的慈祥地摆摆手,"黄昏之前归府即可。"

池鱼一愣,看了看他那张丝毫没有波澜的脸,心里微沉。

沈知白有句话说的是对的,沈故渊要是有一丝喜欢她,就绝不会撮合她与别人的姻缘。她的师父,到现在还是对她没有任何感觉。

池鱼笑了笑,应下来:"好。"

两人离开了湖面,沈知白带着池鱼上车,往城中而去。一路上,他看了她好几眼,终于忍不住开口:"你在难过吗?"

"没有,"池鱼道,"我有什么好难过的。"

虽是这么说,眼里却分明半点儿亮光都没有,暗淡极了。

沈知白想了想,道:"我带你去看大戏吧,城里有个地方搭了个台子,说是唱大戏,去凑凑热闹也好。"

"嗯。"池鱼低声应着,心里像有一片乌云压下来,怎么也见不到太阳。

沈知白体贴地带着她下车步行,一边走一边道:"你其实已经很好了,是你师父眼光有问题。"

"你总这样说,"池鱼低笑,"可事实上我当真没什么好的,又笨又蠢,毫无优点。"

闻言，沈知白停下步子看着她："你竟然是这样看自己的？"

池鱼道："这是事实，虽然我也想把自己夸得天花乱坠，但实际上，我身上的确没什么亮眼的地方，就连曾经引以为傲的武艺也……"

顿了顿，池鱼笑道："我要是我师父，在我和黎姑娘之间选一个，我一定毫不犹豫地娶了黎姑娘。"

沈知白有点儿茫然地问她："黎姑娘好在何处？"

"你看啊，"池鱼掰着指头一个个地说道，"性子好，端庄又温柔。容貌好，清秀又可人。家世好，当朝太师之女，据说琵琶也弹得不错。"

沈知白深深地看了她一眼，拉起她就往前走。

京城街上人不多，但两边不少店铺还开着门，沈知白拉着她就进了一家成衣店，走到落地的铜镜前指给她看："你自己瞧瞧。"

镜子里的姑娘一身红鲤水纹束腰裙，身段窈窕玲珑，红绳结绾着一头秀发，灵巧精致。一张脸舒展开，如出水芙蓉，清雅动人。

池鱼吓了一跳："我怎么长这样了？"

"你以前也这样，只是没修饰罢了，"沈知白道，"仁善王府的下人还算贴心，知道拾掇你。"

哪里是下人贴心啊，这可都是沈故渊拾掇出来的。

池鱼正想说话，又被沈知白拽着往外走："你的性子是我见过的人当中最真的一个，倔强又耿直，没有丝毫矫揉造作，不比黎知晚的温柔端庄差。

"咱们再论家世，太师之女，哪里比得上郡主的地位？

"还有琴艺，你不是也会弹琴吗？弹得也不差。"

池鱼哭笑不得地看着面前的人："小侯爷，您也太会安慰人了。"

"谁安慰你了？"沈知白回头，一本正经地道，"我说的是事实。"

"好好好，"池鱼点头，"既然我这么完美，那等会儿看完大戏，侯爷可得请我吃好吃的。"

"这个好说，"见她神色终于轻松起来，沈知白松了口气，伸手指了指

前头,"戏台子就在这儿……"

一堵墙伫立在他们的前方,无情地打断了小侯爷的话。

沈知白错愕了,左右看了看,惊讶地道:"这路上什么时候修了堵墙?"

池鱼回过神一看,哈哈大笑:"这哪里是路上修的,咱们就是走进死胡同里了!"

真不愧是曾经在京城里迷路半个月的小侯爷啊,她怎么就忘记了,不能让他带路呢?这下倒好,她也不常出门,压根不认得这是哪里。

沈知白不死心地带着她往外走,绕了好几条路,又进了一个死胡同。

池鱼鼓着腮帮子:"还不如坐在这里等人来找,更加省事!"

看了看胡同两边的围墙,沈知白道:"这好像是个官邸,咱们在这儿等,万一被人误会要闯官邸就麻烦了。"

官邸?池鱼眼睛一亮:"官邸我熟啊,看看这是谁家的府邸,我就能知道咱们在哪儿了!"

沈知白点头:"那我带你去找正门……"

"别,"池鱼立马表示拒绝,"直接翻墙进去找人问问,免得走着走着又迷路了。"

沈知白挑眉,看了那院墙一眼:"你胆子不小,官邸也敢闯?"

池鱼很想说,自己闯得不少,路线都熟悉得很,还知道怎么走不会被人发现呢!

不过毕竟是段不光彩的过去,她还是不提了。

扫了一眼安安静静的府邸,池鱼拉着沈知白跳进去,左顾右盼地道:"奇怪了,以往这院墙边就有人守着的,这会儿怎么这般安静?"

沈知白道:"去里头看看,好像有什么声音。"

池鱼立马道:"你跟着我走,别乱窜!"

这府邸她瞧着有点儿眼熟,但是一时半会儿想不起来是谁家的。远处有奴仆急匆匆地往一个院子跑,沈知白叫了一声,那头的人却是头也不回,冲进了一个清雅的院落。

"过去看看，那边肯定有人。"

沈知白点头，跟着池鱼走，刚靠近，就听得院子里传来怒喝："这也由得你来做主？"

黎太师一身官服都没脱，怒目瞪着地上跪着的人："你当真以为我这黎府有那么好说话，你想做什么就做什么？"

黎知晚微笑着跪在地上："爹爹何必动这么大的肝火？"

"你还能问得出这句话？"黎太师甚为恼火，"好不容易给你指的上等亲事，你却要推掉！你知道如今三王爷是什么人吗？知道要嫁进那仁善王府，有多不容易吗？"

黎知晚却还是那副波澜不惊的样子，低头道："爹爹何不仔细想想女儿的话？那仁善王府虽是个好去处，可女儿心不在此，若强行嫁去，恐怕余生不幸，未必能给娘家带来多少风光。"

"这老夫不管！"黎太师道，"你说什么也得先嫁过去！"

"爹爹……"黎知晚抬头，"若女儿执意违抗呢？"

黎太师冷笑："你是我养大的人，吃我的穿我的，现在不愿意听从我的安排，那就把命一起还给我，你敢吗？"

脸色苍白，黎知晚呆呆地看了他一会儿，垂了眸子。

"来人啊，"黎太师转头就道，"请家法！"

女儿忤逆至此，已经不是三言两语能让他消气的了，黎太师拿了长板过来就要动手，谁知道板子还没拍下去，就有人飞身而来，大喝一声："住手！"

敢在太师府里这么咆哮的，只有黎太师一人，眼下他发现自己没有出声，却有人在吼，当即一愣，停下板子回头看过去。

月门处，一个满脸怒容的姑娘提着裙子就冲了过来，一把将黎知晚搂进怀里，看着他道："虎毒不食子，黎姑娘并无大错，太师何必下此毒手！"

黎太师一愣，仔细看了她两眼，有些惊疑："池鱼郡主？"

这张小脸蛋，可不就是常常跟在三王爷身边的宁池鱼吗？要是叫她知道知晚拒婚，再传到王爷耳朵里，那这婚事岂不是黄定了？

收了板子，黎太师连忙道："郡主怎么会突然出现在我太师府？"

"我……"池鱼顿了顿，这才想起自己和那边的沈知白是私闯官邸。不过，扫一眼这位太师明显很慌乱的神色，池鱼定了定神，一本正经地道："我与小侯爷来找黎姑娘去游玩，不承想刚进门就看见太师要责罚黎姑娘，敢问太师，知晚何错？"

黎知晚有什么错？当然是想拒婚的错啊！但这个，黎太师不能说，只能压着火气道："她忤逆父命，老夫也只不过是想教训一二。"

"太师大人，"池鱼凑近他，皱眉小声道，"黎姑娘好歹是我师父看上的人，您打人之前也得三思啊。这婚期在即，哪能这么打的？"

"哦？"黎太师眼睛微亮，"王爷看上知晚了？"

"师父的心思，我也不好猜，但知晚姑娘知书达理，师父向来看重。您说说，这婚事还没成呢，您就先打人一顿，我师父若是知道，该如何是好？"

有道理，黎太师点了点头，扫了黎知晚一眼，道："那还请郡主多美言几句。"

"好说好说，"池鱼道，"那太师现在能让我们和黎姑娘出去散散心吗？"

担忧地看黎知晚一眼，黎太师皱眉，斟酌一二之后道："今日时候不早，再出门也不太妥当，你们年轻人喜欢扎堆，就在这太师府里说说话吧。"

"这倒也好。"池鱼点头。

黎知晚不解地看着池鱼，却见自家爹爹凑到身边来，低声说了一句："你若是敢乱说话，我就当没你这个女儿！"

心里一寒，黎知晚笑了笑，垂眸应下。

沈知白有礼地朝黎太师颔首，走到了池鱼旁边，就听得黎太师一边往外走一边小声斥责家奴："他们过来了，怎么没人通报一声？"

家奴很委屈："小的没收到拜帖啊。"

"胡说！人都进来了，没拜帖还能是翻墙进来的不成？你们几个偷懒的……"

黎知晚微笑："郡主怎么突然来找我玩了？"

池鱼一脸严肃地道："我要是说是我们迷路了，你信不信？"

看了一眼旁边的小侯爷，黎知晚点头："信。"

沈知白颇为不忿地别开头。

池鱼皱眉看着面前这依旧微笑着的姑娘，犹豫片刻才问："你为什么拒婚？"

原来都被听见了？黎知晚微笑："先前郡主不是就猜过吗？我心上有别人。"

池鱼震惊地道："那你一开始为什么听从孝亲王的安排，去找我师父？"

"因为……"黎知晚苦笑，"我以为我找不到他了，总归是要嫁人的，那嫁谁都一样。"

池鱼皱眉："所以你现在是找到了，才要放弃我师父？"

"嗯，"黎知晚叹息，"说起来有点儿不知天高地厚，我竟然要拒三王爷的婚。但……我找到了他，就没办法嫁给别人。郡主，你能帮我吗？"

宁池鱼是喜欢三王爷的，所以黎知晚觉得，她一定会毫不犹豫地帮自己，毕竟她嫁不进仁善王府，对她也有好处。

然而，面前的人却犹豫了，苦恼的神色写在脸上，鼻尖都皱了起来。

"郡主？"黎知晚眨眨眼，"您不愿意帮忙吗？"

"我愿意，"池鱼道，"但我想先回去问师父一个问题。"

黎知晚有点儿意外，想了想，点头道："郡主做好决定之后，随时唤我过去便是。"

"好，"池鱼起身，"那我就先走了，你保重。"

黎知晚颔首，目送两个人离开。

沈知白不解地看着池鱼道："这还有什么好问的？直接帮她不就好了，

对大家都好。"

"是啊，对我好，对她也好，"池鱼抿唇，"但是对师父呢？"

"你师父？"沈知白嗤笑，"三皇叔还缺女人不成？"

池鱼摇头，她看不懂师父对黎知晚的态度，不过通过一些小事，她觉得沈故渊是有些在意黎知晚的，所以，秉着尊师重道的原则，她得考虑一下沈故渊的想法。

"你这样很愚蠢，"沈知白皱眉，"这件事要是让沈故渊知道，他才不会觉得你是对他好，只会觉得你蓄意破坏他的婚事，无理取闹。"

"那我瞒着他，他以后发现了，就不会怪我了吗？"池鱼歪了歪脑袋，"人与人之间，还是坦诚一点儿来得好。要是他非娶黎知晚不可，那……那我也做不了什么。"

笨蛋！沈知白头一次有了一种恨铁不成钢的感觉："你这样，压根抓不住男人的心！"

"小侯爷，"池鱼哭笑不得，"您这段时间应该也不空闲，没必要这样帮我的。"

"我空不空闲，是我说了算，你说了不算。"沈知白道，"你就当我无聊，要打发时间吧。"

池鱼抿唇，定定地看了他好一会儿，跟着下了车，回了仁善王府。

沈故渊躺在软榻上抱着汤婆子，时不时抬头看一眼天色，表情有些不耐。

"姑娘回来了？"郑嬷嬷在外头喊了一声。

沈故渊唰地蹿到书桌后头，拿起几本册子，专心致志地翻阅起来。

"师父。"池鱼推门进来，看他还在忙，犹豫了一下，凑过去站着。

"你还知道回来？"斜她一眼，沈故渊不悦地道，"我说黄昏归府，你瞧瞧外头的天，黑得跟锅底似的了！"

"徒儿知错。"池鱼"嘿嘿"笑了笑，"劳烦师父久等。"

"谁等你了？"沈故渊翻了个白眼，"我在看东西，所以还没睡。"

池鱼做恍然大悟状，然后小心翼翼地伸手，把自家师父拿倒了的册子换正，放回他手里。

沈故渊不高兴了，眯着眼问："你找死？"

"师父，"池鱼缩了缩脖子，"徒儿是有事想问您。"

沈故渊冷哼："说。"

"您当真很想娶黎姑娘吗？"

微微一顿，沈故渊放了手里的东西，抬头问："你觉得呢？"

"我要是能猜出来，也不会问您这个问题了。"池鱼小声嘀咕，"为什么非要让人猜呢？直接说不就好了？多省事啊……"

沈故渊没好气地往椅子上一坐："要不要听故事？"

"故事？"池鱼一愣，没想到他会突然想说故事，连忙问，"什么故事啊？"

沈故渊道："一个书生和一个贵门小姐的故事。"

故事发生在春天，黎知晚跟着家里的人去寺庙拜佛，厢房隔壁住的就是个书生。那时候桃花开得正好，书生早起在走廊下念书，吵醒了隔壁的黎知晚，于是，她开门就打算找人理论。

"这位公子！"

念书的声音戛然而止，唐无铭回过头来，朝她深深作揖："惊扰小姐了，实在抱歉。"

这人丰神俊朗，眼里似开满了桃花，温温柔柔地看过来，让黎知晚一时失了神。

不过到底是礼教良好的贵门之女，她很快回过神，微笑着责备道："大清早扰人清梦，一句抱歉就罢了？"

"那……"唐无铭挠挠头，"小姐想在下如何赔罪？"

"这有什么好赔罪的？你别念了就是！"

"可……"唐无铭甚为无辜，"晨读乃是在下的习惯。"

"你的习惯,凭什么叫旁人都要习惯?"黎知晚微笑,眼神很是不友好。

书生倒也有两分倔强:"在下小声些就是。"

黎知晚不高兴了,扫一眼他拿着的《诗经》,道:"读这些简单的东西,也需要选天时地利?这样吧,我与你打个赌,要是你能抽出一首我不会背的,我便堵了耳朵,任凭你晨读!"

唐无铭很惊讶:"姑娘也懂诗词?"

"这有何难?"黎知晚道,"你哪里不会,我还能指点你一二。"

于是,一个人的晨读,就变成了两个人在一起讨论诗词,遇见有分歧的地方,两人还争执起来。

就这样,唐无铭每天都晨读,黎知晚也每天来"指点"他,一来二去,黎知晚突然觉得,这个人比京城里那些个贵门公子可有意思多了。

可惜,祖母突然生病,黎知晚不得不跟随家人马上回京城,临别的时候想问问那书生的名字,谁知道人家一拱手,说:"在下无名。"

黎知晚气恼而走,觉得这书生真是不识抬举。

可回去之后半个月,她梦见他了,而且次数越来越多,思念之情油然而生。于是,黎知晚开始暗自找他。只可惜,缘分好像在那一次用尽了,她花了半年时间都没能找到他。

直到那次在湖光山色廊相遇。

池鱼听得一愣一愣的,好半天才反应过来:"所以,你带黎姑娘去游湖,不是真的想游湖,而是为了让她找到那个唐无铭?"

"嗯,"沈故渊道,"成全一对有情人的姻缘,功德可大了。"

"那……"池鱼眼睛亮了,"您本身也不想娶她?"

斜了她一眼,沈故渊道:"我说过,我的姻缘只能自己做主。"

"太好了!"池鱼一跃而起,"我去告诉黎姑娘!"

沈故渊很是不满地把人拽回来:"告诉她干什么?"

眨眨眼,池鱼道:"她也不想嫁了,正在愁这件事,我去告诉她,她不就不用愁了吗？"

白了她一眼，沈故渊将她拉回来："轻松就到手的感情，向来不会有人珍惜。你若真想他们百年好合，就装作不知道这件事，看看黎知晚和唐无铭会怎么做。"

还有这样的？池鱼咂舌："可是……"

"没有可是，"沈故渊眯眼，"你给我老实点儿，这两天跟着沈知白疯够了吧？明日开始给我好生练琴！"

池鱼脑袋一耷拉，很无奈地应道："是，师父。"

逮着空子，宁池鱼把黎知晚约了出来，在茶楼一边吃点心一边聊天。

黎知晚微笑道："郡主愿意帮忙，我很高兴，但，您没跟王爷说什么吧？"

池鱼很心虚，但转念一想，她的确是没说什么啊，全是沈故渊给她说的！于是眼神立马坚定起来，摇头道："没有。"

黎知晚放心了，眼睛亮亮地道："郡主，我觉得，王爷未必不喜欢你。"

池鱼的耳朵立马竖了起来，眨巴着眼问她："当真吗？"

"虽然不太明显，但是我觉得有古怪。"黎知晚一本正经地道，"你与王爷，本也没什么交集，他却时刻将你带在身边，还收为徒弟，照顾有加。"

仔细想想，好像是这样的，沈故渊一直对她很好，帮她报仇、教她弹琴、救她出危险的境地。

"最后，就是眼神。"黎知晚摸了摸下巴，"我觉得三王爷看你的眼神不一样。"

"哦？"池鱼连忙前倾了身子，兴致勃勃地问，"哪里不一样？"

"他看别的姑娘的眼神，都是礼貌而疏离的，我也不例外。"黎知晚认真地说道，"但他看你的时候，那种眼神，就好像在看个笨蛋。"

池鱼无语。

这算什么？啊？所有姑娘都是正常的，就她是个笨蛋？池鱼愤怒了，差点儿一把掀翻茶桌。

"冷静！"黎知晚连忙按着桌子，哭笑不得地道，"这不是好事吗？"

"你愿意被人当成笨蛋？"池鱼瞪眼。

黎知晚坚决摇头，但一看她又要掀桌，连忙补了一句："但若是爱我的人，我不介意。"

池鱼一顿。

"能被爱自己的人当成笨蛋是福气，"黎知晚微笑，"我娘亲经常说，要是以后有个男人觉得我哪里都不好，却还愿意跟我在一起、照顾我，那就是最幸福的事情了。"

还有这样的说法？池鱼愣了半晌，皱了脸："可他压根没把我放在心上，更别说爱我。"

"这就要看你的本事了。"黎知晚眨眨眼。

池鱼一脸茫然地看着她，茶楼外头，太阳挂得正高。

沈故渊从宫里回来，刚躺下歇口气，就见池鱼蹦蹦跳跳地跑进来，高兴地道："师父，这个给您！"

掀起眼皮看了一眼，是糖衣很厚的糖葫芦，沈故渊接过来一口咬下去，斜眼睨着她道："今日你倒是孝顺，知道给我买糖葫芦。"

"这是我今天摔倒的时候，旁边一个人送给我的。"池鱼说着，眼睛眨也不眨地看着他。

黎知晚说，想知道他究竟在不在意自己，就说这么一句话，沈故渊心里但凡有她，一定不会问旁边的人是谁，而会问她摔得疼不疼。

然而，面前的人吃得正开心，头也不抬地道："记得谢谢人家。"

连谁送的都没问！

池鱼垮了脸，耷拉着脑袋出去了。不一会儿，又拿了枚鸟蛋进来，兴致勃勃地道："这是我刚刚爬上府里最高的树摘下来的，师父快看！"

府里最高那棵大树可危险了，曾有家奴爬上去摘果子，直接摔残了。

然而，沈故渊闻言，还是头也没抬，敷衍地夸她一句："真厉害。"

池鱼哭笑不得，跑出去拉着黎知晚躲在角落里，苦着脸道："他丝毫不在意我。"

"别灰心！"黎知晚鼓励她，"感情是要培养的，精诚所至，金石为开嘛！"

有了这句话，池鱼又振作了精神，开始培养感情。

于是，沈故渊走哪儿都能看见宁池鱼，他在床上她窝在旁边，他在书房她站在旁边，他去哪儿她都跟着。

沈故渊黑了脸，道："你有完没完？"

池鱼"嘿嘿"直笑："我怕您突然有什么吩咐。"

"这是茅厕，"沈故渊眯眼，"你适可而止。"

"那……"池鱼问，"有没有什么事情，是可以我们两个人一起做的？"

"有，"沈故渊点头，"你跳进池塘里冷静冷静，我在岸上看着你。"

池鱼无语了。

这下愁的不止她一个人了，黎知晚坐在她旁边，跟她一起愁："三王爷怎么这么难搞定？"

"也许是我们太急了，"池鱼道，"这么短的时间想生出什么感情，太难了。"

黎知晚沉默，不是她急啊，是再慢她就没时间了！

"这种事，为什么不找嬷嬷帮忙？"背后突然响起个声音。

黎知晚吓了一跳，池鱼却是很高兴地回头："郑嬷嬷！"

郑嬷嬷满脸慈祥地看着她，道："您想得到主子的感情？"

池鱼点头如捣蒜。

看了旁边的黎知晚一眼，郑嬷嬷将池鱼拉去角落，神神秘秘地道："嬷嬷这儿有种药，只要你能让你的心上人吃下，并且与他待在一起两个时辰，那他就会对你产生感情。"

有这么神奇的药？池鱼不敢置信地张大嘴："不可能吧？"

郑嬷嬷嗔怪地看她一眼,道:"您忘记身上的疤是谁治好的了?"

摸了摸一点儿疤痕也不剩的手腕,池鱼犹豫了片刻,觉得郑嬷嬷还是很靠谱的,毕竟师父不是常人,那郑嬷嬷也定然不是普通人,她说有这种药,那就一定有。

于是,池鱼点头:"嬷嬷愿意再帮我一把?"

"帮!"郑嬷嬷将个小瓶子塞进她手里,"只要是你的忙,嬷嬷都帮!"

池鱼感动得无以复加,觉得郑嬷嬷真是个好人,这么照顾她,她以后也一定要好好报答!

池鱼捏紧药瓶,和黎知晚打了个招呼,就提着裙子往厨房跑。

沈故渊坐在桌边用晚膳的时候,就看见池鱼两只眼眨也不眨地盯着他。

"怎么?"沈故渊挑眉,"我脸上有花?"

池鱼摇头:"只是觉得师父这容貌世间难得,所以想多看两眼。"

"谄媚!"沈故渊嫌弃地看她一眼,嘴角却是止不住地扬了扬。

池鱼立马给他盛汤:"今日的饭菜都是我让郝厨子特意做的最合您口味的,您尝尝这汤,煲了一整天。"

沈故渊翻了个白眼:"他下午才开始煲的,哪有一整天?"

说着,却还是先喝了一口。

醇香的鸽子汤,汤汁熬成了乳白色,香气四溢。沈故渊莫名地觉得比以前喝过的都好喝,吹凉些,一饮而尽。

池鱼忐忑地看着他,一筷子饭差点儿喂进衣裳里。

"你今天怎么心不在焉的?"沈故渊又舀了一碗,"在想什么?"

池鱼捂着心口,心虚地道:"您以前不是总能听见我心里的想法吗,现在怎么要问了?"

说起这个沈故渊就微微不悦,在人间久了,法力受到的禁锢会越来越大,原先还能读心,现在读心很费力,他也懒得读了,反正这丫头有什么都写在脸上。

"你只管回答就是。"

池鱼在心里默默骂了自家师父几句,发现他没反应,才明白他是真的听不见她的心声了,于是放心地道:"我在想等会儿吃了饭该做什么。"

两个时辰啊,要是沈故渊不出门还好,要是出去了……

"我要进宫一趟,"沈故渊道,"先前还有事情没商议完,恰好今晚前线有战报送回,一并处理了最好。"

脸色一紧,池鱼道:"能不能带我一起去?"

沈故渊奇怪地看她一眼,放下筷子进内室更衣:"你最近不是常常跟着我吗?"

松了口气,池鱼拍着胸口想,只要在一起就行的话,那在哪里都没有关系吧?

"呃。"片刻之后,内室里的沈故渊不知怎么就闷哼了一声。

池鱼好奇地伸了伸脑袋:"师父,怎么了?要不要我帮你?"

"不必!"沈故渊的声音里带着怒气,"你给我出去!"

第❸章 下作的手段

池鱼被吼得莫名其妙："我做错什么了吗？"

沈故渊没有再吭声，屏风上头挂着的红袍被人粗暴地扯下去，池鱼就眼睁睁看着那屏风跟着朝里倒去。

"师父小心啊！"池鱼连忙跑过去扶住屏风，抬眼一看，就见沈故渊原本冰冷的脸上带了点儿潮红，眼神凶恶至极。

沈故渊浑身戾气，胡乱披着红袍就往外走，步子极大，白发张狂。

在门口的郑嬷嬷心里一凉，跪地道："不管怎么说，都是老身的错，您别出去了，外头哪有什么好去处？"

"轮不到你来管！"狠狠拂袖，沈故渊抬步就消失在了院墙之外。

郑嬷嬷皱眉，连忙起身跑进主屋。

池鱼神色看起来比沈故渊平静许多，见她进来，还笑了笑："嬷嬷，他觉得我故意给他下药，所以恨我了。"

郑嬷嬷走过去，愧疚地道："是嬷嬷对不起你。姑娘，想哭就哭一会儿，嬷嬷帮你守着。"

池鱼笑着笑着，眼泪就掉了下来。

……

前线传了捷报来，静亲王等人左右找不到沈故渊，第二天沈知白便往仁善王府跑了一趟，却见只有池鱼坐在屋子里用早膳。

"知白侯爷早啊。"池鱼笑眯眯地道，"用过早膳了吗？要不要坐下来一起吃？"

疑惑地看了看主屋里，确定沈故渊真的不在，沈知白才坐下来问："你师父呢？"

池鱼笑了笑："我也不知道。"

"这可怎么办？"沈知白皱眉，"很多事情还等着他一起商议，这多事之秋，他哪里能突然消失？"

池鱼望着桌上的清蒸鱼发了会儿呆，然后道："问问郑嬷嬷吧。"

郑嬷嬷当真知道，只是有些吞吞吐吐地道："在长乐街呢。"

池鱼不知道那是什么地方，没什么反应，沈知白却沉了脸，抿唇起身："我去找他，池鱼你在府里等着。"

"好。"池鱼乖巧地点头，继续吃她的清蒸鱼。

长乐街说白了就是花街柳巷，沈知白怎么也没想到沈故渊会来这里，压根不用仔细找，往人最多的地方去，一定能找到他！

花眠楼外头挤满了人，男女都有，都踮着脚往里头看着什么呢。沈知白一瞧，立马让护卫挡开人群，往里头走。

"这位公子可莫要再喝了。"老鸨心疼地劝起来，"您有什么想不开的，说给姑娘们听听，姑娘们变着法儿也得逗您开心，您这样喝伤身子啊。"

沈知白皱眉抬眼，就见那一向仙气十足的三皇叔，此刻红袍凌乱不堪，雪白的发丝从脸上滑过，挡得一双眉目阴暗看不清神色。他坐在垫子上，一言不发地继续灌酒，像是压根没听见人说话。

"三皇叔，"沈知白走近他，"您疯了吗？"

老鸨见有贵客来，连忙道："您快来劝劝，他都喝了一晚上了！"

挥手示意她们都先出去，沈知白关上门，跪坐在沈故渊面前问他："发生什么事了？您为什么不回王府？"

慵懒地看他一眼，沈故渊道："我不想回去。"

"为什么？"沈知白皱眉，"眼下各大亲王都在找您，孝亲王说有要紧

的事想和您商议。"

"是吗？"沈故渊满不在意地挥手，"随便安排安排就好了。"

"你……"沈知白微恼，"池鱼要是看见你这个样子，该怎么想？"

"啪——"夜光杯摔在地上碎得稀烂，沈故渊抬头，眼神凉凉地看着他。

沈知白眨眨眼，万分不解。他说错什么了？

还没来得及申辩，整个人就直接被扔下了楼。

沈知白轻巧落地，皱眉抬头看了看那窗户，想了半晌，还是决定先去仁善王府问情况。

池鱼坐在主院的水池边，听沈知白说完情况，点了点头："我知道了。"

知道什么了啊？沈知白很莫名其妙："到底发生什么事了？他怪怪的，你也怪怪的！"

"他是不想听见我的名字，所以冲你发了脾气。"池鱼起身，"眼下正是朝廷需要他的时候，所以想他回来的话，我就别留在这王府了。"

微微一惊，沈知白瞪眼："这是为什么？"

"我得罪他了，"池鱼轻描淡写地道，"出去避一段时间就好。"

不知道为什么，沈知白突然看不清池鱼的情绪了，以往她有什么心思都明明白白写在脸上，但现在，这一张脸笑得礼貌又疏离。

"去静亲王府吧，"沈知白道，"我能照顾你。"

"不必，"池鱼道，"我恢复了身份，存了月钱，能自己照顾自己。"

"你想去哪里？"沈知白皱眉，"你一个姑娘家……"

池鱼摸出袖子里的匕首擦了擦。

于是沈知白改口："你一个人在外头，始终不太妥当。"

"放心吧，"池鱼摆手，"我没什么大事，你们先忙即可。"

说完，看了一眼主屋的方向，拍拍手起身就往外走。

"哎，"沈知白跟上来问，"你行李都不拿？"

"这府里，除了我自己，没什么东西是我可以带走的，"池鱼耸肩，"就这样走就好。"

沈知白觉得哪里不太对劲，可看池鱼这一脸轻松的样子，跟闹着玩似的，他也不好意思刨根问底，就顺路把她接到永福街的客栈，让她暂住这里。

"这下你可以去接三王爷了，"池鱼笑道，"跟他说我不在府里了，他就能回去了。"

沈知白点头，带着困惑继续乘车去长乐街，马车晃啊晃，他突然就反应过来哪儿不对劲了！

池鱼平时都是乖巧地喊沈故渊"师父"的，今日喊的，怎么都是"三王爷"？

"停车！"

直觉告诉沈知白，出大事了，然而等他跑回永福客栈的时候，宁池鱼早已没了影踪。

永福客栈是京城数一数二的客栈，住店很贵，秉着节约为上的原则，池鱼走了几条街，找到一家偏僻干净的小客栈。

"客官里头请，"老板娘热情地道，"有空房，客官自己选选要哪间。"

池鱼笑着点头，选了一间不临街的，打开窗户外头就是个清净的院子。

她需要找个地方冷静几日，沈故渊不想见她，她也未必想见他。

沈故渊是被四大亲王从花眼楼抬出去的，场面之轰动，震惊了半个京城。到了仁善王府门口，沈故渊扒着门框，满眼黑气地道："我不进去。"

孝亲王又气又笑："故渊，你还是小孩子不成？这闹的是什么脾气？"

沈故渊冷哼，他最信任的人跟个丫头一起算计他，还用的是下三烂的手段，他能不气？

简直是气得想一道雷落下来打在她头上，叫她好好清醒一下，看看自己到底在做什么混账事！

"皇叔放心吧，"沈知白在旁边道，"池鱼已经不在王府了，您安心进去。"

　　扒着门框的手一僵，沈故渊皱了皱眉。

　　不在王府能去哪里？

　　但转念一想，她不在更好，他压根不想看见她！

　　手松开，沈故渊任凭这几个老头子把自己抬进去。进了屋子，鼻息间还能闻到一股子属于宁池鱼的药香，然而屋内是空的，四处都没人。

　　抿了抿唇，他斜眼扫了扫四周，没说什么，坐下来等着郑嬷嬷上茶。

　　亲王们都来了，势必是要直接在这里商议要事，所以郑嬷嬷没一会儿就端着茶来了。沈故渊斜眼睨着她，想听她说点儿什么，然而郑嬷嬷眼皮都没抬，恭恭敬敬地上了茶就下去了。

　　沈故渊眯眼，收敛心神先与众人议事。

　　等散场的时候，沈故渊站在主屋门口目送他们出去，顺便堵到了出来倒水的郑嬷嬷。

　　"主子。"郑嬷嬷依旧行礼，然后绕过他，直接回了自己的房间。

　　就这样？沈故渊眯眼，这老太婆一点儿愧疚的意思都没有吗？就算不愧疚，不是也应该上来替宁池鱼喊喊冤，说说她去哪儿了？

　　微微有些恼怒，沈故渊转身回房，"砰"的一声倒在床榻上。

　　他昨晚一晚上都没能休息，心里实在烦躁得不知道该怎么办。宁池鱼这样做，压根没有考虑他的感受，而且将他的计划全盘打乱了，那她的事情，他还有必要管吗？

　　宁池鱼的红绳是有的，可红绳那一头却没人，按理来说有红绳者就会有姻缘，然而宁池鱼是个例外，她没有姻缘对象。

　　他当时也是烦了，随手把她和沈弃淮捆在了一起，才导致宁池鱼这十年感情错付，落得个要被自己所爱烧死的下场。这是他欠她的，所以要偿还，帮她抹平心里的怨气，再寻一段好姻缘。

　　可现在，宁池鱼却喜欢上了自己。

　　他生平最恨被人算计，就算是她也不行。

烦躁地闭上眼，沈故渊决定不去想了，好好补个觉。

大雪纷飞，梦里的雪是好久不见了，这回又纷纷扬扬地落下来，铺得天地间白茫茫的一片。沈故渊茫然地走在雪地里，不知道自己该去何方。

好冷……

屋子里地龙烧着，火炉也烧得很旺，然而床上的沈故渊还是冷得眉毛上都挂了霜，嘴唇发白。恍惚间，他觉得有只手盖在了自己的额头，忍不住皱了皱眉。

宁池鱼回来了？

睁开眼，却是苏铭一脸担忧地看着他道："主子，您也太冷了。"

顿了顿，沈故渊不耐烦地挥开他的手："又死不了，你怕什么？"

说着，扫了一眼屋子。

一片寂静之中，除了苏铭，再没别人了。

冷哼一声，沈故渊继续闭眼睡觉。

池鱼在客栈里待着，每天都坐在窗口静静地盯着院子出神。外头不少人在找她，她懒得露面，索性就不出门。

然而这天晚上，一个人"哐当"一声砸在了她的窗台上，池鱼反应极快，匕首出鞘，立马抵上那个人的咽喉："什么人？"

来人显然没想到自己会摔下来，半晌没回过神，哭笑不得地道："对面屋檐上的雪那么厚，都没人扫吗？也不怕把屋子压垮了！"

池鱼眯眼，把人押进屋子，拉到烛台边看了看。

穿的是夜行衣，然而这男人面巾都没戴，长得倒还人模人样的，但脸上的神色瞧着总让人不太舒服。

"姑娘这么凶，还带匕首？"那人笑道，"当心别伤着自个儿。"

池鱼眯眼："你来干什么？"

"路过罢了，"伸手抓住她的手腕，那人站直身子，比她高了一个头，剑眉星目，粗犷得很，"姑娘要是想留我在这儿过夜，我也不介意。"

轻佻！宁池鱼嫌弃地松手，将他推到窗口边："请便。"

好笑地看她一眼，那人道："你这姑娘倒是有意思，竟然也不怕我。"

池鱼没应他，显然对这种半夜来的不速之客没什么好感。

被人嫌弃了，换作常人，定然直接走了，然而这个人不同，他就喜欢往那种嫌弃他的人身边凑，然后看着人咬牙切齿又拿他无可奈何的样子，心里会有莫名其妙的愉悦感。

所以现在，这人直接在桌边坐了下来，一副跟她很熟的语气，开口道："你怎么一个人住在这里？"

池鱼沉了脸，安静地看了他一会儿，突然出招，直攻他命门！

那人吓了一跳，边笑边躲开："好生凶恶的女人啊，二话不说就想杀人？可惜你这力道不够，没吃饭吧？"

"哎，招式倒是很到位，但是功底浅了点儿，内力都不足。

"你这手是怎么了？都没什么力气。"

池鱼其实打得不错，至少匕首已经在他胸前划了一道口子，可这人就是叽里咕噜说个没完，让人很生气。

一气之下，池鱼一个扫堂腿，反身一记猛刺直冲他胸口。然而这人仿佛早有预料，往外一滚，她的匕首就深深地插进了木质的地板里。

"打架怎能心急呢？你瞧，吃亏了吧？"那人笑着，一掌拍过来，池鱼正企图拔出匕首，躲避不及，被他击退两三步，皱眉低斥："你能不能闭嘴？打架也絮絮叨叨个没完，活像只下蛋的鸡似的！"

话音刚落，那人猛地逼近，手肘一抵便将她压在了墙上，低头一嗅，十分轻佻地道："真香。"

很奇特的药香，温和好闻，让人忍不住想找找那香味的来源。

池鱼反手直袭他腹部，招式骤然狠绝，打得这人措手不及，连连后退。

"哎哎！"那人完全不明白方才还柔柔弱弱的姑娘，这会儿怎么突然跟发了狂似的，十几招杀招接连不断地朝他甩过来，逼他到了窗口，一拳将他狠狠打飞了出去。

"嘭"地关上窗户，池鱼手微微发抖，给窗户上了个闩，狠狠地擦了擦自己的脖颈。

飞出去的人灵活地落地，揉了揉胸口，觉得这姑娘真是有趣得很，像猫似的，一惹就乍了毛。然而他还有要事在身，等有空了，定要好生向她把这一拳头讨回来。

池鱼冷静了许久，终于恢复了平静，正想就寝，却听得有人敲门："客官。"

听出是小二的声音，池鱼起身打开门，就见他不好意思地道："衙门挨个查人，说是有贼人混进城了。"

小二的背后站着两个护城军，池鱼一顿，连忙低头让他们扫一眼屋子里。

见她是个姑娘，护城军倒也有礼，稍微看了一眼这房间，就转身走了。

小二擦了擦头上的汗，赔笑道："不好意思啊客官，他们说什么搜查江洋大盗叶凛城，为着您的周全，也只能叨扰了。"

叶凛城？宁池鱼颔首关门，眯了眯眼。

这个名字她有点儿熟悉，以前干坏事的时候，跟不少人交过手、结过梁子，其中有一回砍了个男人的手，他好像说什么……

"我大哥叶凛城不会放过你的！"

想起这话，池鱼抹了把脸。

她怎么忘记了，自己的仇家不少，这样一个人在外头，万一被人认出来，是很容易被报复的。

想了想，池鱼决定，干脆躲在客栈不出去好了。

宁池鱼不在王府的第一天，沈故渊依旧生着气，压根没问她去了哪里。

第二天，他照常起居，与人商议完攻打安宁城的事情之后，就坐在屋子里发呆。

第三天，他突然有点儿烦躁。

"郑嬷嬷，"看着面前的人，他终于开口，"宁池鱼去哪里了？"

这种事他本来不必这么丢脸地开口问的，自己偷偷捏个诀就能解决。但……他刚捏过，压根算不出宁池鱼的下落。

郑嬷嬷在阻碍他，非要他亲自开口问不可！

既然如此，那问一下又怎么了？反正不会死。

"池鱼姑娘现在挺安全的。"没有直接回答他，郑嬷嬷抬头问，"您想见她了？"

"哼，"沈故渊沉着脸道，"做错了事，逃跑就是解决的办法？"

"主子，"郑嬷嬷平静地提醒他，"先跑的人是您。"

沈故渊无语。

傲娇地别开头，他闷声道："不说便不说吧，我也不是想见她，就是沈弃淮的死期要到了，总得她在场才行。"

"是吗？"郑嬷嬷问，"您到现在为止，还只是想完成任务而已？"

"不然呢？"沈故渊冷笑，"要不是有任务，你以为我会对她这么有耐心？她早死八百回了！现在只要任务完成，我定然不会管她！"

"这样啊。"郑嬷嬷点头，"那您就宽心吧，池鱼姑娘现在很好，说不定能自己找到合适的姻缘。"

自己找？沈故渊皱眉："她的红绳，可是捏在我的手里。"

"一般的红绳，都是相互能找到对应的人，月神们打个结即可。"郑嬷嬷道，"可池鱼姑娘不一样，她的红绳无主，哪怕是您打的结也没用，她的姻缘，由她自己做主。"

还有这样的？沈故渊黑了脸："老头子是不是故意整我，所以把这根红绳给我了？"

郑嬷嬷摇头："他是真心疼爱您的，做的事情，定然不会害您。只是主子，您也莫要自己害自己。"

他怎么就自己害自己了？沈故渊翻了个白眼，起身就往外走。

"主子，车备好了。"苏铭在外头等着他，"干粮也都准备好了，到安宁城一路足够了。"

"上路吧。"沈故渊扫了身后一眼，一挥红袖，颇为不悦地踏上了马车。

郑嬷嬷在原地站了一会儿，就起身往外走，七拐八拐的，很是准确地找到了池鱼所在的客栈，推开了她的房门。

"池鱼姑娘……"

血腥味扑面而来，宁池鱼蹲在地上，听见声音就回头朝她看过来。她旁边倒着一个人，一身黑衣，嘴角满是鲜血。

郑嬷嬷吓了一大跳："姑娘？"

"别误会，我没杀人。"池鱼起身，拍了拍手，"这贼人身受重伤，不知为什么到我这儿来了。"

郑嬷嬷拍拍心口，走进来关上门："既然是个贼人，那就扔出去好了。"

池鱼耸肩，指了指自己的脚踝："我倒是想。"

郑嬷嬷低头一看，好家伙，地上的人昏迷不醒，还死死抓着人家的脚踝不放。

"他昏迷前说，我要是救他，所有的账一笔勾销，以后谁找我麻烦，他帮我挡着。"池鱼撇嘴，"所以我在犹豫，是把他的手砍了呢，还是救救他。"

"哎，救人一命胜造七级浮屠，积福的事情还是要做的。"郑嬷嬷蹲下来看了看，拿了瓶药给池鱼，"让他吃这个，外伤找个大夫就好了。"

池鱼接过药看了看，有点儿心疼："把您的好药用来救这种江洋大盗，会不会有点儿不值当？"

"人无贵贱，至于好人坏人，那是你们去分的，在我眼里一样是人。"郑嬷嬷笑眯眯地道，"医者仁心。"

池鱼崇拜地看了郑嬷嬷一眼，然后把药给人塞进嘴里，再掰开他的手往床上一丢，出去让小二叫大夫。

"对了姑娘，老身过来是有件事要说，"郑嬷嬷道，"您可能得去安宁

城一趟。"

安宁城？池鱼愣了愣："去那边做什么？"

"沈弃淮大限将至。"郑嬷嬷深深地看她一眼，"您应该很想去送个行。"

沈弃淮？池鱼一惊，他不是已经被关在死牢了吗？怎么去了安宁城？

难不成之前沈故渊那么忙，就是因为牢里出了问题？池鱼皱眉，左右想不明白。

"别多想了，这个人嬷嬷帮您照看，您先去找马车吧。"郑嬷嬷塞给她一个锦囊道，"找不到人的时候，就打开这个看看。"

定了定神，池鱼点头接过东西："我知道了。"

这么多年来，沈弃淮与她的恩恩怨怨，已经说不清了，但好歹相识一场，爱过也恨过，他若是要死，她怎么都该去送送，就像他也曾经想踏进她的灵堂，为她守灵一样。

安宁城硝烟四起，城墙多处坍塌，城中叛军已经西逃，南稚带大军往西追，宁池鱼却循着锦囊的指示往东边山上走。

阴暗的冬天，风吹得刺骨，池鱼爬上山腰，跟着地图找到了一座断桥。

沈弃淮坐在断桥上，哼着小曲儿。

没错，没有兵败的痛苦，也没有要逃的慌张，沈弃淮就这样坐在万丈悬崖之上的断桥边缘，愉快地哼着小曲儿。

有那么一瞬间宁池鱼觉得他疯了，站在草丛里看了他许久，猜不透这人在做什么。

"既然来了，不如陪我来看看这风光？"沈弃淮回过头来，眼神直直地落在她身上，"池鱼，你还怕高吗？"

微微一惊，宁池鱼下意识地后退："你怎么知道我来了？"

"你身上有药香。"沈弃淮勾唇，"而且你的脚步声，我听得出来。"

他穿着一袭满是鲜血的盔甲，袍子破了，有血从衣裳里渗出来，看起来受了很严重的伤，然而他竟然都没包扎。

池鱼放松了些，正常情况下她打不过沈弃淮，但受重伤的沈弃淮，她还是不怕的。

"我来跟你道个别，"池鱼道，"一路走好。"

沈弃淮深深地看了她一眼，笑得悲凉："你竟然能这么平静地跟我道别。"

"为什么不能呢？"池鱼微笑，"我不爱你了，也不恨你了，你我之间虽再无情谊，但也值得一声道别。"

"我就做不到。"沈弃淮摇头，"我杀你的时候恨极了你，要是看着你在火场里被烧死，我一定不会跟你道别。"

"还恨我吗？"池鱼问，"恨不恨我帮着别人对付你？"

沈弃淮低笑出声，长长地叹了口气，抬头看向远处的天："有什么好恨的呢？人生那么短，能爱的人本来就少，还要花力气去恨人的话，不是很可悲吗？"

他倒是想得开，池鱼抿唇，靠近了他几步："你是想死在这里？"

"是啊，我没有别的路可走了。"沈弃淮道，"与其过那种被人追着打的日子，不如早点儿死了。"

"你……"池鱼皱眉，"你以前不会这样消极。"

"是啊，我被打倒了，都会站起来，因为我背后有你。"沈弃淮眼眶红了，"可现在，你不在我背后了，我再站起来，又有什么意义？"

池鱼眯眼："人之将死，其言也善。"

"哈哈哈，"沈弃淮道，"是死到临头才能说两句真话吧，池鱼，有句话你说得不对，你说我只是为了自己不会被欺负，但……在你'背叛'我之前，我是爱你的。"

池鱼不知道该用什么表情面对他，索性转身往回走。

"道别的话我说完了，你自己上路吧，不远送了。"

她眼眶也有点儿发红，人这一辈子会爱错多少人呢？很多人不是不爱了，完全是被命运捉弄了吧。

正想着,背后突然卷过一阵风,池鱼一凛,一个侧身想躲开,然而动作没对方快,被人一把钳制在了怀里。

"既然舍不得我,想跟我道别,那不如陪我一起走。"沈弃淮低声道,"不然我一个人上路,多孤单啊。"

浑身鸡皮疙瘩都起来了,池鱼震惊地回头看着他,反手就狠狠给了他一记肘击。

他腰腹有伤,这一记肯定吃不住,然而池鱼没想到,沈弃淮是个半只脚跨进黄泉的人了,他哪里还会因为吃痛松手?他抱起她,毫不犹豫地就朝断桥冲了过去!

"不——"池鱼奋力挣扎,这人却纵身一跃,直接从断桥上跳了下去!

失重感惊得她尖叫出声,池鱼死命打着这个人,却听得他道:"本是想一个人死了也好,但你来了,那我可就舍不得孤零零地上路了。宁池鱼,你这辈子生死都是我的人。"

话音落,两个人朝着深不见底的崖渊里飞快坠去!

池鱼被风吹得说不出话,心里又气又怒,一把将这人推开,心想我要死也一个人死!

下坠的速度越来越快,照这个样子来看,她肯定尸骨不全,摔成一摊肉泥也说不定。

死亡的恐惧从四面八方涌上来,池鱼伸手想抓住什么,茫然地抓了半晌,池鱼苦笑。

以往沈故渊总会在她要死的时候来救她,可现在,他生她的气了,她死了,他可能更开心吧。

第④章 你要的不就是这个吗

坠落的速度越来越快,她的心跳也越来越快,整个人如破碎的风筝,面朝上,乌发散,衣裳被风撕扯,恍然间好像又回到了遗珠阁。这种被死亡包围的感觉,当真是太熟悉了。

同样熟悉的是,她看着的方向,出现了一个人。

三丈长的白发宛若游龙,一袭红袍,铺天盖地。那人衣裳上的云纹精致非常,眉眼也依旧摄人心魄,朝她飞来的速度很快,比上一次快得多。

池鱼想,她终于出现幻觉了,能在幻觉里见他最后一面,也算没什么遗憾了。

然而,坠落的速度不知怎的就慢了下来,池鱼睁大眼,感觉四周飞速移动着的光影都变得清晰起来。她看见了悬崖边上长着的野草,草丛里开了一朵小花。也看见了旁边崖壁上长出来的树,树枝上还有一个鸟窝。

风停止了,有人将修长的手指伸到她面前,将她的手拉住。

失重的感觉陡然消失,池鱼惊愕地抬眼,就看见沈故渊那似嘲非嘲的眼神,像一根刺,刺得人心里生疼。

她下意识地挣扎了一下。

"你当真想摔死,我就成全你。"沈故渊淡淡地道,"反正你死了,我身上的债也就了了,少个麻烦。"

咽了口唾沫,池鱼别开脸没看他,低声道:"多谢了,把我拉上去吧。"

上头的人一声冷哼,接着四周一晃,她瞬间就站在了悬崖上的断桥边。

脚踏实地的感觉真的很棒,池鱼挣开了沈故渊的手,跌坐在地上大口大口地呼吸,心有余悸。

沈故渊不耐烦地道:"还有人千里迢迢赶着过来送死的。"

池鱼没应他,裹了裹衣裳,休息了一会儿,感觉腿上有力气了,起身就走。

"喂!"竟然被她给漠视了,沈故渊很是不爽,低斥道,"你聋了还是哑了?"

池鱼一顿,没回头,低声道:"我来送送故人,没什么不对。"

"没什么不对?"心里无名火起,沈故渊道,"你要是没什么不对,怎么就又要死了,还得我来救?"

他一头白发没有恢复原状,还是三丈长,但长而不乱,瀑布似的从断桥边垂了下去,云纹宽袖红袍拢在身上,衣摆也很是宽大。旁边有枯叶落下来,从他恼怒的眉眼间飘落悬崖,美得像一幅画。

然而,宁池鱼连看画的心情也没有了,沉声道:"你大可以不救。"

一句话把沈故渊噎得心口一沉,眼里黑气顿生:"不救?你是在怪我多管闲事?"

"我没有怪你。"池鱼道,"只不过你救我不是为了我,而是有你自己的目的,是你自己的选择。那又何必说得像我欠了你一条命似的?"

沈故渊一愣,皱眉:"郑嬷嬷告诉你的?"

"没有,"她才不会出卖嬷嬷,撇撇嘴,随口就道,"你当初自己说的,要报答你,就找个人成亲。如今想想,你要求这么特殊,要不是在我身上有目的,那还能是什么?"

沈故渊语塞,皱眉盯着她的背影。

才几日不见,宁池鱼怎么就变得这么冰冷了?一点儿也没有以前的温暖柔软,像只凶狠的猫,爪子全露了出来。

山上的风很大,吹得人衣袍飞扬,满面冰霜。沈故渊安静地坐在断桥边,良久,才恢复了正常人的模样,慢慢往山下走。

叶凛城醒来的时候，宁池鱼已经回到京城坐在他床边了。从他的角度看过去，这个姑娘好生清冷，脸上一点儿表情也没有，眼睛很好看，却也像铺了一层霜。

"你醒了？"她道，"带银子了吗？"

叶凛城呆呆地摸了身上的荷包给她，继续盯着她的脸看。

宁池鱼打开荷包，数了数碎银，拿了三两出去递给小二，然后回来看着他道："这是你的住宿和药钱，我养不起男人，所以你得自己来。"

撑起半个身子，叶凛城好笑地看着她："你这态度，我是该感谢你救了我呢，还是该说你没人情味儿？"

池鱼看他一眼："随意。"

叶凛城哈哈大笑，拍得床板"哐哐"作响："我就喜欢你这副不爱搭理我的样子！"

池鱼起身，顺手把旁边的一卷东西扔给他："你的，拿走。"

看见那东西，叶凛城脸色一变，连忙打开看了一眼，然后戒备地看着池鱼："你没看？"

"我看这个做什么？"池鱼道，"你冒着性命危险偷来的，定然不是什么好东西，这潭浑水我可不蹚，告辞。"

"哎哎哎！"叶凛城连忙喊住她，捂着腰道，"我身上还有重伤，出城很难，你要是帮我个忙，把我送出去，我给你一百两。"

池鱼脚步一顿，皱眉回头看着他："你把我当作什么人？"

"缺钱的人啊！"叶凛城吊儿郎当地晃着自己的钱包，"你难道不缺钱吗？一个女儿家孤身在外，住这么偏僻的客栈，想必无依无靠。女子找营生可不好找，一百两足够你安安稳稳过几年了，只用帮我一个小忙。"

这样的买卖，谁不愿意做？

然而池鱼冷笑道："你当我笨吗？要是一个小忙，哪里值得你出一百两？"

叶凛城一噎,继而懊恼地道:"怎么办?好像不太好忽悠啊,姑娘,你混哪条道的?"

池鱼扭头就走。

"哎哎——"背后的声音被门给隔绝,池鱼回到自己的厢房,想认真考虑一下要嫁给谁的问题。

最快促成一段姻缘的法子是什么呢?

找人假拜堂!

假拜堂的话,高门大户肯定不考虑,毕竟那些地方,拜了堂不是那么容易脱身的,最好花钱找个人,随随便便拜堂交差。等她和沈故渊之间的恩怨了了,就与人和离,自己去浪迹江湖。

那么,要出多少钱才能找个人拜堂?池鱼打开自己的荷包看了看。先前当郡主的月钱一个月是十两,她存了很多年,但是给沈弃准买生辰贺礼的时候,她向来很大方,所以现在荷包里,也就五六十两银子,自己吃饭都是个问题。

沉默许久,池鱼起身,推开了隔壁客房的门。

正挣扎着准备离开这里的叶凛城被她吓了一跳,动作一猛就扯着了伤口,疼得他"哎哟"一声,愤怒地道:"你就不能敲个门?"

池鱼一愣,立马转身出去,将门"砰"地关上。

叶凛城正想爆粗口,却又听得门被人敲响:"我可以进来吗?"

"……"心情复杂地看着那扇门,叶凛城摆手,"你想进来就进来吧。"

池鱼推门进来,像是什么也没发生过一样,问他:"你刚刚说的话还算数吗?"

"算,"叶凛城挑眉,"你改主意了?"

"嗯,我需要银子。"池鱼伸手,"先付一半。"

叶凛城哭笑不得,大方地拿了五十两银票给她,然后朝她伸手:"来扶我一把。"

"男女授受不亲,我让小二来帮个忙。"池鱼道,"我去准备马车。"

还真是一点儿亏都不肯吃!叶凛城低咒一声,自己捂着伤口跟上去。

给了银子,小二很麻利地就弄来马车,笑着把长帕往肩上一搭:"两位客官,再来啊。"

池鱼朝他点头,先上了马车。叶凛城跟在后头,神色痛苦地朝她伸手:"拉我一把。"

池鱼装作没听见。

叶凛城怒了:"你收了我的银子,连拉我一下都不肯?"

"拉不到。"池鱼一本正经地道,"我手短。"

叶凛城气极反笑,看了一眼她的衣袖:"这还短呢?"

"拿人的手短。"池鱼莫名其妙地看着他,"你没听过这句话吗?"

叶凛城无语了。

得了,他还是自己上去吧,保不齐等会儿直接被气得伤口裂了,得不偿失!

狠狠地踏上车辕,叶凛城坐到池鱼旁边,眯眼看着她问:"你叫什么名字?"

宁池鱼看他一眼:"我为什么要告诉你?"

"加十两!"

"我是那种会把名字卖了的人吗?"池鱼冷笑。

"二十两!"

"我的名字就值二十两?"

"五十两!"

"宁池鱼。"池鱼果断地朝他伸手,"宁为玉碎的宁,池中之鱼的池鱼,承惠,五十两。"

叶凛城这叫一个气啊,以前都是他打劫别人,这会儿竟然被个小丫头片子给打劫了。更气的是,他现在身上有伤,压根打不过她!

　　掏出五十两银票塞进她手里，叶凛城咬牙道："你不如跟了我算了，一瞧你就很有做大盗的天分！"

　　捏着银票，池鱼想了想，道："也不是不可以。"

　　这么轻易就答应了？叶凛城吓了一跳，神色古怪地看着她："你愿意当个大盗？"

　　"嗯，但是我得先去找人拜堂。"池鱼耸肩，"等事情处理完了，我就浪迹天涯。你要是能带我一程，那倒也无妨。"

　　叶凛城有点儿茫然："你要跟谁拜堂？"

　　"还没想好，"池鱼道，"得雇用个机灵些的。"

　　雇用？这年头拜堂还能雇人去拜的？叶凛城觉得这个女人多半是个疯子，怎么瞧怎么不正常！

　　城门口到了，但是京城最近戒严，进出的检查都很严格，池鱼想了想，拿出身上一直带着的仁善王府的玉牌，递了过去。

　　"大人行个方便，我奉王爷之命，送个护卫回老家养伤。"

　　眼下仁善王爷权势渐大，他府上的腰牌，守城人自然不敢拦。

　　"您请。"

　　池鱼颔首，顺顺利利地带着叶凛城出了城。

　　叶凛城看着她，眯眼道："你来头不小。"

　　池鱼没回答，只问："你在哪儿下车？"

　　撩起帘子看了看外头，叶凛城道："在这儿停车就行。"

　　车夫勒住了马，叶凛城掀开车帘就放了颗信号弹，然后坐回去继续等着。

　　远处有马蹄声响起，好像是叶凛城等的人来了。不过叶凛城却没下车，懒洋洋地把一卷东西递出去，那骑着马的人直接接过，停也不停地就继续往前跑了。

　　池鱼意外地看了一眼，也没打算多问，只道："我答应你的事儿做完了，五十两给我，咱们就此别过。"

叶凛城倒是大方，把银票放进她手里，一双眼里满是戏谑："你是不是想拿这些银票去雇人跟你拜堂？"

池鱼不置可否，起身就要下车。

然而，还没掀开车帘，手腕就被人抓住了。

"我有个能替你省钱的法子，你要不要听？"叶凛城笑着问。

池鱼一顿，侧过头来皱眉看着他。

"你不是要一个机灵又口风紧的人吗？"叶凛城伸手指了指自己，"你看我如何？"

池鱼翻了个白眼："你的意思是，好不容易逃出城，你还要陪我回去拜堂？"

"需要逃出城的不是我，"叶凛城耸肩，"现在我已经不需要逃了。"

灵机一动，池鱼想到了他很紧张的那卷东西："你是去城里偷东西的，偷完了就什么也不怕了？"

"是啊，我赶着出城，只是为了交货。"叶凛城耸肩，"货交完了，我自然是要回去的，京城我还没玩够呢。"

嫌恶地抽回自己的手，池鱼认真地思考了一下他的建议。眼下要找个值得信任还不会露馅的人是有难度的，毕竟沈故渊不是普通人，要骗过他可不容易。如果叶凛城愿意帮忙，对她而言好像没什么坏处。

思忖片刻，池鱼问："你不收我银子？"

叶凛城嗤笑："你的银子都是我给的，我拿回来做什么？"

"那你帮我忙，有其他想要的东西吗？"池鱼问。

"有，"叶凛城满眼深情地回答，"你。"

池鱼掀开车帘就走。

"哎哎哎！"叶凛城连忙拉住她，"开个玩笑而已，你至于这么激动嘛！我这人就图一个乐，你要做的事情好像很有意思，那我就帮你，啥也不要！"

池鱼冷哼："怕是不会像你想象中的那般有意思，说不定还会惹一身麻

烦。"

"那就更好了。"叶凛城拍手,"小爷平生最喜欢干的事情就是找麻烦,要是没麻烦了,这人生就太无趣了。"

"你不怕被我拖累,那我就更不介意拖累你了。"池鱼道,"回城拜堂吧。"

以前遇见外人,宁池鱼是不敢结交的,是余幼微打开了她的心门,让她明白外头的人是可以接触的。但也正是因为余幼微,对于陌生人,宁池鱼再也不敢毫无防备。

这个叶凛城来头不小,且行事作风颇为豪放不羁,跟她明显不是一路人,所以池鱼只简单交代了他几句,然后就去仁善王府给郑嬷嬷递了请帖。

"我要成亲。"看着郑嬷嬷,池鱼道,"麻烦转告三王爷一声,我成亲之后,他就不必管我了,大家两清。"

郑嬷嬷吓傻了,连忙拉住她的手腕:"使不得啊姑娘!怎么这么突然……"

"他想要的,不就是我的一场婚事吗?"池鱼笑了笑,"我给他就是了。"

郑嬷嬷慌了,左右劝不住,只能急着去找沈故渊。

沈故渊最近心情也不是很好,门被人不敲就推开,他烦躁地低斥:"别来打扰我!"

"主子……"郑嬷嬷跺脚道,"您还有空发火呢?池鱼丫头要嫁人了!"

微微一愣,沈故渊抬头看她,怀疑自己没听清楚:"你说什么?"

急得没法说第二遍,郑嬷嬷直接把请帖递了过去。

喜庆的颜色,莫名地有些刺眼,沈故渊犹豫了一下,伸手打开看了一眼。

"随随便便找个人,就要拜堂成亲?"冷笑一声,他将那帖子扔在地上,眉眼间满是嘲讽,"谁教她的?"

郑嬷嬷恨铁不成钢地道:"难道不是您逼的?"

莫名其妙地看她一眼,沈故渊问:"怎么就成我逼的了?"

"您当初说要她报仇之后找人成亲，这不，她不就找了嘛！"

越说声音越大，最后一句，郑嬷嬷是直接吼出来的，眼眶都发红了。

沈故渊脸色铁青，出了王府就往街上追。街边的百姓乍看见个红衣白发的美男子在疾走，都好奇地伸长了脖子，结果这人一点儿也不斯文，所过之处鸡飞狗跳，有的小摊儿都翻了，摊主叫唤两声，也没舍得去拉他。

池鱼刚走到一处宅院门口，冷不防觉得背后卷来一阵风，下意识地就是一躲，戒备地看了看。

等看清来人是谁，她微微一顿，别开了头："三王爷跑这么急做什么？"

沈故渊也不知道自己为什么跑这么急，好像再慢一步，他就要失去什么不得了的东西了。

可眼下站在她面前，看着这张冷漠的脸，他喉头微动，竟然不知道说什么好，堂堂月神，头一次有了一种手足无措的感觉。

"我……"

刚开口，背后宅院的门"吱呀"一声就开了。

"娘子回来啦？"叶凛城笑眯眯地伸手拉了池鱼过来，捏着袖子替她擦了擦额头上压根不存在的汗水，体贴地道，"辛苦了。"

沈故渊僵在了原地。

池鱼朝叶凛城使了个眼色，然后道："相公，先见过三王爷吧。"

相公？

沈故渊眯眼，终于转过头去看了看旁边这人。

一身黑衣，瞧着就见不得光。眼神飘忽，一看就知道人品不怎么样。再瞧瞧这轻佻的动作，听听这轻佻的言语，怎么看都是个彻头彻尾的流氓。

"三王爷是吗？"叶凛城有点儿意外，却还是很配合地扭头朝沈故渊拱手，"有礼了。"

"请帖已经送去了王府，三王爷到时候过来即可。"池鱼道，"这会儿

第 4 章 你要的不就是这个吗

我们还有事,就不奉陪了。"

"宁池鱼。"沈故渊咬牙,"你觉得随便找个人成亲就行了?"

池鱼脚步一顿,回头莫名其妙地看着他:"这话不是您说的吗?我报仇了之后,随便跟谁成亲,就算是报答您了。眼下刚好遇见合适的,怎么就不能成亲了?"

原来都是因为面前这个男人?叶凛城听明白了,目光落在沈故渊身上。

坦白说,这男人真是难得的世间佳品,相貌气质和气势都不差,身份也响当当的,只是怎么说呢,气势太强,目中无人,一看就不是个会善待女人的主儿。

宁池鱼肯定在他身上吃了不少亏,所以现在面对他,才会这么疏离。

沈故渊下颌紧绷,眼里的不悦已经要溢出来了:"我现在想换个报答方式,行不行?"

"哦?"池鱼问,"您想要什么?"

"你跟我回去。"

池鱼冷笑一声,眉梢微挑,眼里嘲讽之意十足:"您还记得那天您最后说的一句话是什么吗?"

心里好像被根刺扎了一下,沈故渊嘴唇白了白。

"你心眼不少,想必以后找相公也容易得很,就不必我帮忙了,自己滚吧!"

池鱼想起那句话,微微一笑:"师父您瞧,我现在相公也找到了,滚也滚了,您怎么会说,要我跟您回去呢?"

"对不起。"沙哑的三个字从苍白的嘴唇里吐出来,沈故渊身体僵硬,垂眸没有看她,"是我误会你了。"

"没关系,"面前的宁池鱼轻描淡写地道,"我原谅您,毕竟您是我的恩人,我的命都是您给的,您喜欢怎样,就怎样。"

"……"

"时候也不早了，您也应该有很多事要做。"池鱼礼貌地颔首，"恕不远送。"

一把拉起旁边看热闹的叶凛城，池鱼进了宅院，关上了门。

"好霸气啊！"叶凛城笑眯眯地跟着池鱼进屋，拍手赞赏，"面对那样的男人，你都能这般冷静冷漠以及冷血无情，真是个女中豪杰。"

池鱼没吭声，走到屋子里坐下，盯着桌面发呆。

"外头那位就是三王爷啊，长得是真好看，好像和你有不少纠葛，你竟然是因为他才要找人拜堂成亲的，他是不是抛弃了你？"叶凛城没看她的脸，兴奋地喋喋不休，"你看看他方才的脸色，要是他真有对不起你的地方，那可真是太过瘾了！嘴唇都发白了，肯定气坏了！"

"哎，我说了这么多，你倒是给点儿反……"

"啪嗒"。

一滴水落在桌上，溅成一个奇怪的形状，叶凛城看着，脸上笑容一敛，立马递了手帕过去。

池鱼红着眼睛道："不用了，我自己有。"

然后就捏着帕子狠狠擤了擤鼻涕。

叶凛城皱眉："为个男人，至于吗？还是个混账男人。"

"至于什么？"池鱼皱眉，"我眼睛进沙子了也不行？"

"我是说，你拜堂成亲的事情。"叶凛城抿唇，"江湖儿女没那么多规矩，但你们这些贵人……你要是跟我拜堂，以后怎么办？"

"用不着你来担心。"池鱼抹了把脸，恢复了正常，"我自己有安排。"

"你的安排，就是随便跟着人去当江洋大盗？"叶凛城挑眉，"洒脱是够洒脱的，但我怕你后悔。"

"我这辈子做过的让我后悔的事情太多了，"池鱼扯了扯嘴角，"再多一件又何妨？"

"好。"叶凛城道，"有你这句话，我送佛送到西。"

说罢起身，叶凛城出去就喊了一嗓子："踏霄！"

"大哥，我在。"不知从哪儿冒出个小子来，凑到他身边眨巴着眼问，"有何吩咐？"

叶凛城如是这般地嘀咕一番，踏霄震惊地看他一眼，然后欢天喜地地跑了出去。

池鱼好奇地看着他："你干什么？"

"不是要拜堂吗？"叶凛城道，"我总得让人准备准备。"

池鱼指了指顺手在街上买回来的一对红烛和一个红盖头："这还不够？"

"不够。"叶凛城痞笑，"我第一次拜堂啊，哪能这么委屈。"

说得跟谁不是第一次一样。池鱼觉得好笑，心里堵着的东西也散开了些。

沈故渊没站一会儿就走了，他没回王府，而是朝另一个方向走得飞快。

要说这世上有谁最能名正言顺地阻挠宁池鱼的婚礼，那只能是小侯爷沈知白了。

沈知白找了池鱼好几天了，正有些焦头烂额，被沈故渊拉着就往外跑。

沈知白有点儿蒙："去哪儿？"

"宁池鱼要嫁给别人，你就说你拦不拦吧。"沈故渊沉着脸道，"而且那人不是个好人。"

这是怎么回事？沈知白停下步子，拽住他："你先说清楚！"

沈故渊抿唇，很是不耐烦地解释了一下，不过没说池鱼是因为他才要跟人拜堂的，也没说他们之间发生的事情，只说宁池鱼疯了，要随便嫁个人，以求离开仁善王府。

沈知白可不傻啊，尤其是关于宁池鱼的事情，他立马反问了一句："你是不是做了什么伤害池鱼的事情？"

沈故渊眯眼："都什么时候了，你问我这个？"

"你要是没有伤害她，那你不想她嫁人，她定然是不会嫁，你说一句又有何难？"沈知白道，"除非你和她这段时间有了矛盾，所以现在想让我出头。"

认路不会认，心思倒是挺清明。沈故渊吐了口浊气，很是不耐地挥手："她明天就成亲，你要是心思这么多，那你就站着看，我也没话说。"

"三皇叔。"沈知白皱眉，"池鱼很喜欢您，您为什么就不能对她好点儿？"

身子一震，沈故渊讶异地看他一眼。

喜欢吗？难道宁池鱼当真是对他动心了，所以才听信郑嬷嬷的鬼话，给他下药？

这也不成啊，他又不会有姻缘，还能与人定下终身不成？

摇摇头，沈故渊道："我只是想帮你一把，别的没什么。"

深深地看他一眼，沈知白摇头："告诉我地址吧，明日，我自己去。"

被他看得有点儿心虚，沈故渊撇嘴，拿了笔把那宅院的位置写给他，然后就往外走。

走到一半，还是忍不住回头叮嘱一句："一定要去。"

"放心吧，"沈知白道，"我不会让她乱来的。"

有这句话，沈故渊心里微松，回府又去找郑嬷嬷。

"准备一下，明日我们去看人拜堂。"

郑嬷嬷看他一眼，冷漠地道："主子既然主意已定，那咱们这些当下人的也没什么说的。"

莫名地觉得心慌，沈故渊抬眼看着郑嬷嬷问："你能不能帮我一次？"

郑嬷嬷回头看向他："主子要老身帮忙做什么？"

"帮我……"艰涩地开口，沈故渊抿唇，"让她原谅我。"

"然后呢？您得到了这个可怜的爱着您的姑娘的原谅，就可以心安理得地继续您的任务，然后继续无视她的感情？"

"……"

"还是说您想通了，觉得池鱼姑娘很可爱，想和她成就一段姻缘？"郑

嬷嬷低笑，"若是后头这种，老身可以帮忙。若是前头那种，主子您法力无边，自己看着办即可。"

深深地皱眉，沈故渊道："人神不可相恋，你知道你自己在撮合什么吗？"

"我知道，"郑嬷嬷笑了笑，"但您又知道您真正想要的是什么吗？"

沈故渊眯眼，他想要什么他自己难道还不知道？他想重返月宫，想继续当逍遥自在的神仙，想接那老头子的位子，替他好好牵红线。

至于宁池鱼，可能是因为他在人间，感染了人的情感，所以，有那么一点儿，就一丁点儿在意她。

而这一丁点儿，还多数是郑嬷嬷的药捣的鬼。

这跟凡尘间痴男怨女们的情况可不一样，压根不是喜爱，只是一时的迷恋罢了。

"你不帮忙便算了。"沈故渊转身回屋，"别再插手就好。"

说罢，关上门。

屋里的一切都没什么变化，只是长案上的观音像被宁池鱼撤走了，她还没来得及补上个新的摆件，看起来空空落落的。香炉里没有点香，四周隐隐有一股子药香没散。

沈故渊想，习惯真是一种很可怕的东西，不仅可以控制人，连神仙也不放过。

池鱼打了个哈欠，看着面前的叶凛城问："你还不回房休息？"

叶凛城挑眉，凑近她，轻佻地道："你我好歹马上就是夫妻了，不同床共枕相互了解，到时候拿什么骗人？"

池鱼一脚将他踹下床："别说这些没用的，休想靠近我。"

"唉，你还不相信？"叶凛城倔强地又爬上去，在她耳边低声道，"你信不信那三王爷现在就在咱们房顶？"

浑身一凛，池鱼僵硬了身子。

第5章 我的夫君

叶凛城痞里痞气地道:"想不想骗骗他?"

池鱼皱眉看着他:"怎么骗?"

"你夸我一句,我就教你。"

池鱼无语。

深吸一口气,她心里默念"小不忍则乱大谋"三遍,然后笑了笑看着他道:"你今日甚是俊朗。"

"有多俊朗?"叶凛城挑眉,"来个比方!"

池鱼伸手捂住自己的心口,满眼仰慕地道:"俊朗得如昼中骄阳夜中月,无人能出你之右。"

于是,沈故渊当真到这主屋屋顶之上的时候,揭开一片瓦,就看见了两个人坐在床上说着甜蜜的话语。

脸色"唰"地沉了下去,沈故渊几乎没犹豫,一脚踩坏了这结实无比的屋顶。

"哗啦——"

瓦片和着灰尘一起往下砸,叶凛城反应极快,抱起池鱼就飞身闪到一边,抬眼却见那尘土之中,有人缓缓落下来,眉目间冰封千里,周身都是杀气。

这场景宁池鱼很眼熟,只不过上一次她是跟着踩踏人家屋顶的,这一回,轮到她的屋顶被踩踏了而已。

"三王爷?"看见他,池鱼一点儿也不意外,因为先前叶凛城就说了他

在上头嘛,所以她只挑眉喊了这么一声。

然而叶凛城可惊着了,随口说屋顶上有人,怎么还真就冒出个人来啊?还……还把屋顶给踩坏了!要不是他反应快,腰上的骨头都得给砸碎喽!

"不好意思啊,路过,脚滑了。"沈故渊嗤笑着开口,眼里的嘲讽如针雨一般,一根根地往叶凛城和宁池鱼身上扎,"打扰两位的好兴致了。"

池鱼笑了笑,没吭声。叶凛城却是眼珠子一转,吊儿郎当地把池鱼往自个儿怀里一拽,然后抬头冲沈故渊笑得白牙闪闪:"三王爷下次走路可小心点儿啊,屋顶很不禁踩的,走大路最好。"

盯着他这动作,沈故渊慢悠悠地走过来两步,修长的手缓缓抬起来,拉住了宁池鱼的胳膊。

"两位明日才成亲,今日便这般亲近,是否不太妥当?"

池鱼身子一僵,叶凛城却直接伸手抓住了沈故渊的手臂,嬉皮笑脸地道:"我与池鱼一向没什么顾忌的,这好像也不该您管吧?"

沈故渊道:"你以为这样说我就会信?"

"您信不信,与我们有什么干系?"池鱼开口了,转过头来,眼神漠然地看着他,"我夫妻二人的事,也需要您来指点一二不成?"

沈故渊勾唇,眼神却冷厉,盯着她,像是要把人盯出一个洞来:"宁池鱼,你这样做有什么意思?假的就是假的,成不了真。"

沈故渊二话没说,袖子里的红线如雨一般飞出,带着杀气,直直地冲叶凛城而去!

"不!"池鱼吓着了,她瞧出这些红线里头的杀意,叶凛城身上还有伤,压根躲不开。

说时迟那时快,她飞身冲上去,速度竟然比那些红线还快,一把抱住叶凛城,用自己整个后背为他挡着。

叶凛城瞳孔微缩,不敢置信地低头,就看见宁池鱼紧咬牙关,脸上带着一种赴死的悲壮。

她的手臂死死抱着叶凛城，力道很大，仿佛一松开他就会死了一样。

怀里被塞得满满的，叶凛城突然觉得很踏实。

这种踏实是他从未有过的感受，漂泊江湖这么多年了，从未有人这么拥抱过他。他不是没幻想过，有一天金盆洗手退隐江湖，能有个姑娘在家里等他吃饭，给他一个像这样的拥抱，余生足矣。

叶凛城的心境前所未有地轻松，池鱼却是紧张得很。她太清楚沈故渊的实力了，那根本不是普通人可以抗衡的。

然而，紧张地等了许久，想象中的疼痛并没有到达她的背上。

池鱼眨眨眼，缓缓回头看了看。

沈故渊站在离她五步远的地方，低着头，白发有些凌乱，表情隐在阴影里，压根看不清楚。但他袖子里刚飞出来的红线已经不见了，杀气也没了，整个人显得特别安静。

"他比你自己的命还重要吗？"他低声问。

池鱼歪了歪脑袋，勾唇道："是啊，他是我的夫君，我可不能守寡。"

"可你不喜欢他，"沈故渊道，"你这样做没有任何意义。"

"这就是你算错了的地方。"池鱼笑得很开心，"你总觉得自己能看透人心，可是你当真看得懂女人的心思吗？认识的时间短就不会喜欢吗？我就挺喜欢他的，而且将来，说不定会越来越喜欢。"

叶凛城深深地看她一眼，从她背后抱紧了她。

池鱼忍着，一心应付面前的沈故渊："说起来，有件事要跟你道个歉。先前你来跟我说了对不起，那我也跟你说一句吧，礼尚往来。对不起，我不该毫无自知之明地爱慕你。"

心口一刺，沈故渊抬眼看她，眉心微皱。

"您不说一句'没关系'吗？"池鱼挑眉。

沈故渊没有看她，眼睛盯着地上，看起来满不在意。

池鱼笑了笑："也罢，你自然是不屑于说废话的，那我就当你原谅我了，

咱们两清了。时候不早了,你也早点儿回去吧,明日还有事要做。"

"宁池鱼,"沈故渊嗓音低沉,"我就问你一句话——你的感情,当真拿得起放得下吗?"

池鱼失笑:"先前不是您总嫌弃我,说我感情拖拖拉拉,拿得起放不下,有诸多牵挂吗?现在我学果断了,您怎么还是不满意?"

沈故渊沉默。

池鱼眼里讥讽之意更浓,拉起叶凛城,头也不回地往外走:"反正这房间住不了人了,王爷爱站多久站多久,凛城,咱们换个地方住。"

"好啊,"叶凛城呛咳两声,"你等会儿替我揉揉胸口,还疼呢。"

两人携手出门,留下满屋子的狼藉,和一片狼藉之中狼狈的沈故渊。

沈故渊觉得心口像是有团火在烧,烧得他难受,而且不知道该怎么做才能浇灭。看一眼那两人离开的方向,他有点儿茫然。

以前的宁池鱼,是活在他掌心里的,被他护着的同时,也被他掌控得死死的,她想什么、做什么,他都能知道。

而眼下的宁池鱼,已经游进了江河大海,要去哪里他不知道,想做什么,他也不知道。

这种感觉很糟糕,他想了很久,才想出一个词来形容——嫉妒。

是嫉妒了吗?沈故渊伸手看了看自己的掌心,他怎么会嫉妒人呢?他可是没有七情六欲的天神啊。

然而,一想到宁池鱼会嫁给别人,他就觉得万蚁噬心,恨不得开个杀戒。那是他的,别人凭什么来碰?

眯着眼想了想,他看了一眼外头的天色,眼睛突然一亮。

池鱼没能睡好觉,脑海里全是沈故渊的那双眼睛。

她以前很喜欢盯着他的眼睛看,因为很漂亮,里头是澄澈透明的黑色,什么杂质也没有,像一块无瑕的黑宝石。

然而今晚的沈故渊,眼里有太多情绪,多得让那双美目看起来惊心动魄,这是以前从未有过的情况。

沈故渊在想什么呢？

这样想着，外头天亮了，按照先前说好的，今日得准备成亲。

叶凛城扫一眼她那已经睡得皱巴巴的衣裳："你真打算穿这个拜堂？"

"不然呢？"池鱼耸肩，"已经没有多余的时间去准备了。"

"你没有，别人有。"

"嗯？"池鱼疑惑地回头，就见叶凛城走过去打开了门，门外有人立马递了东西进来。

"过来试试合不合身。"叶凛城捧了东西进来，朝她努嘴。

红漆托盘，上头叠着一大叠红色的绸子，缎面丝滑，瞧着就很华贵。

池鱼好奇地走过去，拎起那东西一抖。

"唰——"大红的丝绸长袍从她手上展开，宽大的袖子上绣着并蒂莲，裙摆上是灵动的鸳鸯戏水，衣襟边还有富贵吉祥纹。

池鱼呆了呆，伸手又拎起下头叠着的，竟是鸳鸯花纹的霞帔。拿掉霞帔，托盘上还有不少东西叠着，想必该有的嫁衣物件，一样不少。

咽了口唾沫，池鱼抬头看着面前的人："你准备的？"

叶凛城挑眉，心想终于到自己耍威风的时候了。于是，食指和中指并拢，抵着自己的眉梢，然后朝她微微一扬，邪笑道："我叶某人虽不是王侯将相，但也不是无名之辈，婚事哪能这么随便？"

用看笨蛋的眼神看了看他，池鱼接过他手里的托盘，去隔壁房间更衣了。

叶凛城垮了脸，扒拉着门问外头的踏霄："我刚刚的话不够霸气吗？"

踏霄毫不犹豫地拍手："老大是最霸气的！"

"那她为什么一点儿反应都没有？"

苦恼地想了想，踏霄道："兴许是被您震傻了，一时之间不知道该有什么反应。"

有道理啊！叶凛城摸了摸下巴，贼兮兮地想，要是能这样拐个媳妇儿回

去,那他可真是赚了!

于是,二话不说,他也赶紧去更衣。

踏霄带着一群人在这宅院里忙进忙出,飞檐走壁地张灯结彩,动作快得出奇,等池鱼换好衣裳出来的时候,四周就全是红绸了。

有些错愕地看了看,池鱼惊讶地问叶凛城:"你喊谁来帮忙了?"

"没谁,都是我弟兄。"叶凛城笑眯眯地道,"你以后就是他们大嫂!"

池鱼呵呵笑了两声:"你忘记我说过什么了?"

假拜堂,之后再也没关系!

叶凛城瞪眼看着她,伸手指了指自己:"你舍得放过我这种相貌堂堂文武双全的人才?"

相貌堂堂她勉强可以承认,但文武双全……池鱼拉着他站在门口的喜联前,指着喜联问他:"这个怎么念啊?"

轻咳两声,他眼神躲闪地道:"这东西谁不会念啊?但是咱们还有正事呢,在这儿聊这个是不是太无聊了?"

"耽误不了多久。"池鱼皮笑肉不笑,"你念出来,我就承认江湖上传说的目不识丁的叶凛城是文武双全!"

"你这是看不起我!"叶凛城恼怒地撸袖子,指着那喜联气壮山河地念,"且巴又情关左右,鬼将薄席欠西东!"

"好诗好诗!"后头的踏霄等人一致鼓掌,"老大好文采!"

得意地朝他们一拱手,叶凛城扬起下巴看着池鱼:"怎么样?"

"宜把欢情联左右,愧将薄席款西东。"她把那对联念了一遍。

叶凛城的笑戛然而止,然后恍然大悟似的问她:"是这样的吗?"

池鱼重重地点头。

"哈哈哈!"叶凛城无所谓地摆手,"这个不重要!"

池鱼扭头就走。

礼堂已经收拾妥当,按照规矩,新人本来是要到了时辰才能从门口进来的。然而池鱼以免夜长梦多，先拉着叶凛城站进来，把同心结挽好，盖头盖好，就等着行礼。

宅院的大门口，第一个来的，不是沈故渊，也不是沈知白，竟然是黎知晚。

黎知晚跑得上气不接下气，黎家端庄大方的姑娘难得这般狼狈，冲到礼堂里，震惊地喊了一声："郡主？"

池鱼已经盖了盖头，只把头转向她说话的方向，道："黎姑娘来了？"

"你这是做什么？"黎知晚瞪大眼睛过来拉着她，"刚听见消息我还不信，你好端端的，怎么突然就要嫁人了？"

黎知晚把池鱼拉到旁边低声道："你不是喜欢三王爷吗？"

池鱼沉默片刻，道："过去的事情就不必再提了。"

"可是，"黎知晚皱眉，"因为你，三王爷已经婉拒了媒人，不和我成亲了！"

"那不是因为我，是因为别的。"池鱼平静地道，"我哪有那个本事。"

不是因为她吗？黎知晚很茫然："那三王爷怎么说……"

"你有自己的姻缘，他原本就没想娶你。"池鱼道，"别的话，都是蒙你的，他懒，不想自己拒婚，所以逼你去想法子。"

是这样吗？黎知晚将信将疑，摇摇头道："这不是最重要的，重要的是，你心里有人，怎能同别人成亲？"

"要是不同别人成亲，你怎么知道自己到底是不是非那个人不可？"池鱼轻笑，"黎姑娘，我有我自己想要的东西，你不必再劝。"

黎知晚语塞，抓着她的手被挣开，眼睁睁地看着那一身喜服的人，又回到了礼堂中央，新郎官的旁边。

池鱼捏紧了红绸，她这会儿就想一个人快点儿来，快点儿结束这场闹剧。

"三王爷！"黎知晚喊了一声。

池鱼一凛，头没转，身子却是微微往后倾，仔细听动静。

平缓的脚步声由远及近，沈故渊的声音淡淡地响起："你也在。"

黎知晚点头，看了看他，又看了看盖着盖头的宁池鱼。

"您……不抢个亲什么的吗？"

沈故渊对这眼神视若无睹，径直走到高堂的位置上坐下，扫了宁池鱼那一身喜服一眼，哼声道："我来了，开始吧。"

捏了捏手里的红绸，宁池鱼深吸一口气，低声对叶凛城道："开始。"

叶凛城颔首，看了一眼旁边的踏霄。

踏霄立马吼了一嗓子："一拜——"

"等等，"沈故渊眯眼，看了看天色，"吉时是不是还没到？"

"无所谓，"池鱼道，"我不讲究。"

沈故渊放在扶手上的手微微收紧："即便你不讲究，但规矩就是规矩。"

沈知白还没来呢，哪能让他们轻易成亲。

池鱼脑袋动了动，红盖头也跟着微微一晃，接着声音就透过盖头传过来："三王爷还在等什么呢？"

"还能等什么？"沈故渊道，"吉时。"

"非要等吉时，我也没话说，反正也就差两炷香的时间而已。"池鱼道，"不过王爷若是想等人，那还是不必等了。"

这话是什么意思？沈故渊不悦地道："说话别绕弯子。"

"小侯爷不认识路。"池鱼道，"所以我今日没请他来，您要是替我请了，那也不必等他，他定然是找不到路的。"

微微一顿，沈故渊皱眉："你做了什么手脚？"

"我能做什么手脚？"池鱼耸肩，"这难道不是事实吗？"

有车夫在，沈知白定然是能找到路的。沈故渊觉得宁池鱼在吓唬他，所以，他还是坚持要等。

然而，两炷香之后，沈知白真的没有来。

"吉时已到，"踏霄道，"新人行礼！"

沈故渊面沉如水，起身就道："等会儿。"

他得去看看沈知白去哪儿了！

"三王爷，"池鱼平静地问，"您是不想我与叶凛城成亲吗？"

"自然是不想，"沈故渊冷笑，"你就算成亲，也该和沈知白成。"

"与谁成又有什么要紧，你完成任务不就好了？"池鱼低笑，一双眼带着冷厉的光看向他，"还是说，你心里有我，所以舍不得我跟别人成亲？"

心口一窒，沈故渊立马嗤笑："我心里有你？"

那表情，要多不屑就多不屑。

池鱼轻笑："既然没有，你这样一再阻拦有什么意思？不如早点儿坐下，受我们这一拜。"

叶凛城也有点儿不爽了："我说兄弟，大男人有什么说什么，你怎么跟个娘们似的，扭扭捏捏欲拒还迎？"

此话一出，池鱼都没多想，立马横到他身前，做母鸡护小鸡状。

然而，沈故渊却比她想象中要平静得多，眼神虽然阴冷，手上却没什么动作，看他一眼，竟然就这么坐了回去。

宁池鱼觉得很意外，意外之下，又有点儿背后发凉。

怎么不打人？这不打人，反而比打人还恐怖啊！

沈故渊在想什么？

"一拜高堂！"踏霄也是个急脾气，看他们磨磨叽叽的，早就不耐烦了，一嗓子吼出来。

池鱼回神，深吸一口气，抓着红绸，朝沈故渊的方向拜了下去。

"二拜……"

还没有喊完，外头突然一阵混乱，没一会儿，竟然响起了打斗的声音。

叶凛城回头，就看见大量禁军拥了进来，门口守着的人没防备，猛地被冲击，瞬间就有好几个被按倒在地，直接被捆上了手脚。

"你们干什么！"叶凛城连忙大步出去，动手就想救自己的人。

"奉命捉拿江洋大盗叶凛城！"赵饮马站在最前头，拿出一纸文书晃了

晃，严肃地道，"现在束手就擒，可从宽处理。"

叶凛城扫了一眼那几个已经被捆住的人，沉声道："你先放了他们，我跟你走。"

"老大！"踏霄吓了一跳，连忙过来拉住他，"你别糊涂啊，老大，他们被抓死不了，您被抓肯定就活不了了！"

"那又何妨？"叶凛城皱眉，"今儿弟兄们是来喝我喜酒的，要是因为我惹上麻烦，我岂不是罪孽深重？"

"你现在身上的罪孽也不轻，"沈故渊淡淡地道，"闯皇宫盗窃，祸害官宅数十家，这可不是小事。"

池鱼猛地扯了盖头，恼怒地看着沈故渊："你是故意的？"

哪有这么巧的事情，禁军带人出来抓江洋大盗？

沈故渊眼皮都没抬："他有案在身，关我何事？"

"你……"池鱼咬牙，提着裙子就出去，冲到赵饮马面前，看着他问，"敢问赵统领，廷尉衙门的事，什么时候轮到禁军来管了？"

看见她，赵饮马一愣："你怎么在这里？"

"赵统领回答我！"

赵饮马微微一震，很为难地挠了挠后脑勺儿："这个嘛……这个这个，我是顺路帮廷尉衙门把人抓回去。"

"顺路？"池鱼冷笑，指着天色道，"现在这个时辰，统领若是没休假，应该在巡视皇宫。若是休假，那就无权带禁军出来抓人。敢问赵统领，您现在是休假还是没休假？"

被她吼得一愣一愣的，赵饮马很委屈，老老实实地道："我本来是休假来着，这不是三王爷叫我过来……"

冷哼一声，沈故渊半阖了眼看着宁池鱼道："是我叫他来抓人的，有哪里不对吗？江洋大盗不该抓？外头贴的都是他的悬赏告示，我把人送去衙门，还有一千两的赏银呢。"

宁池鱼语塞，她千算万算没有算到沈故渊会做这种事！

"能得娘子维护，为夫很开心。"叶凛城笑嘻嘻地道，"不过今日看样子在劫难逃，我不妨就跟他们去衙门走一趟。"

"你疯啦？"池鱼拉过他，小声道，"你不怕死？"

"怕啊，"叶凛城看了背后那群人一眼，小声道，"可是，我不会死啊。"

"为啥？"池鱼瞪眼，"你不是闯了皇宫还偷了官邸？"

"这些只是控诉，他们没有证据。"叶凛城低笑，"我做事，从来不留尾巴。脑袋灵光的能猜到有些事是我做的，但是没证据，一般只会把我关起来吓唬一通，压根拿我没办法，你就放心好了。"

原来是这样！池鱼皱眉，神色复杂地道："我刚刚还真以为你是那种舍身救人的英雄。"

叶凛城笑了笑，以迅雷不及掩耳之势在她脸颊上亲了一口："乖乖等我回来。"

然后就飞蹿到赵饮马背后，急吼吼地道："快抓我走啊！"

头一次看人这么着急想要被抓走，赵饮马正想问为什么呢，就见那头宁池鱼跟疯了一样冲过来，拔了匕首就要砍人。

"卑职先走一步！"赵饮马朝沈故渊一拱手，把叶凛城抓了就走。

池鱼停住了步子，看着他们离开的方向，眼里的担忧半分也没少。

"感情真好啊，"沈故渊鼓了鼓掌，"这郎情妾意，看得人真是羡慕。"

冷了脸，池鱼提着裙子就想走。

"去哪儿啊？"沈故渊淡淡地道，"当真不想救你夫君了？"

救？宁池鱼冷笑："你们没有证据，拿什么杀他？"

"就是！"踏霄愤怒地道，"我大哥做的都是好事，你们别冤枉人！"

沈故渊勾唇，嘲讽之意浓重得很，却没多说什么，转身就走。

踏霄等人担心得很，池鱼也有些忧虑，坐在院子里等了一整天，晚上本该是洞房花烛夜，然而少了新郎官，她这喜服都脱不成。

第5章 我的夫君

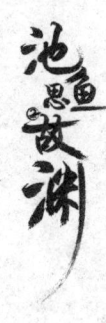

"有消息了吗？"看见踏霄回来，池鱼问了一句。

踏霄眼睛有点儿发红，死死地盯着她。

池鱼莫名其妙地低头看了看自己："怎么了？"

"大哥没能出来，听人说，里头有人在用刑。"踏霄咬牙，"我看出来了，白天来的那个白头发的没安好心，他就是想整死我大哥！"

池鱼愧疚地低头："对不起。"

这的确，是她带给叶凛城的灾祸，她是真的没有想到……

"对不起有什么用？"踏霄道，"你把我大哥还给我！"

深吸一口气，池鱼道："我去想办法。"

天已经黑了，仁善王府大门紧闭，池鱼气喘吁吁地跑到侧门敲开了门。

开门的是个眼生的门房，上下扫她一眼，皱眉道："姑娘有何事？"

"我找一下郑嬷嬷，"池鱼道，"就是主院里那位。"

"郑嬷嬷今天不在府里。"门房说着就要关门。

"等等！"池鱼连忙拦住他，赔笑道，"那你能不能帮我通传一声？我要见王爷。"

"见王爷？"门房轻笑，"姑娘，咱们这儿每天想见王爷的人可海了去了，王爷可不是您想见就能见的！有信物吗？"

池鱼咬牙："我本就是王府的人，要什么信物！"

她唯一的腰牌放在宅院里没拿，这会儿再跑一趟，也太远了。

门房敷衍地摆手："那你等着吧，我去给你通传。有姓名吗？"

"宁池鱼。"她咬牙切齿地道。

门房一顿，觉得这名字有点儿耳熟，可又想不起来在哪里听过，摇摇头就关上了门。

冬夜寒风凛冽，池鱼就这么在外头站了半个时辰，侧门才再度打开，那门房神色古怪地道："姑娘请进。"

"有劳。"池鱼浑身都是寒气，脚也冻得有些僵，她勉强活动了一下，跟着往里头走。

沈故渊坐在温暖的主院里烤着火，听见有人进来，头也没抬："叶夫人有何事？"

池鱼行了个礼，平静地道："王爷既然唤我叶夫人，也该知道我为何而来。堂堂仁善王爷，以权谋私，为难一介草民，是不是做得太难看了？"

"我为难谁了？"沈故渊抬眼，勾唇嗤笑，"你的夫君犯了事进了大牢，也成了我为难他？"

"进大牢不算为难，那用私刑算不算？"池鱼眯眼，"衙门没有开审，也没有证据，是谁给他们的胆子用私刑？"

沈故渊哼笑一声，拍了拍手站起来："你有证据证明是我让他们用的私刑吗？"

池鱼一愣。

"叶凛城犯事不留证据，我也不会留。"沈故渊道，"衙门的行为，与我可没什么关系。"

第❻章 神没有七情六欲

池鱼看着面前这个人，看着他上下动着的薄唇和这张面无表情的脸，突然觉得很是陌生。

沈故渊怎么耍起无赖来了？跟小孩子一样，做错事也不肯承认，就因为她没抓他个现行。他对付沈弃淮的手段那般高明，运筹帷幄深藏不露，而如今，怎么就跟她来这一套了？

又好气又好笑，池鱼盯着他问："你想怎么样？"

沈故渊终于轻笑道："我能怎样？倒是要问问叶夫人，你想怎么样？"

不看不知道，一看他吓了一跳，宁池鱼嘴唇泛白，整张脸也憔悴得很，只有眼睛勉强有些精神，脸色难看极了。

眉心一皱，他伸手就将她拉过来："你手怎么这么凉？"

他的手已经算是凉的了，结果一握她的，才发现她的更凉。

宁池鱼的身子一向是很温暖的，这种情况还是头一次见，沈故渊莫名觉得慌，想传点儿温度给她，但他自己也没有。

"不劳王爷费心。"池鱼抽回手，平静地看着他道，"人在寒风中站久了，都是会凉的，您既然想给我教训，让我站半个时辰，现在又假惺惺的干什么呢？"

沈故渊莫名其妙地看着她，他刚接到通传说她来了，想摆摆架子都没忍住就让人把她带进来了，怎么就成了故意让她站半个时辰了？

强硬地把她的手拉回来，沈故渊沉声道："你既然是来求我的，就别摆着这张让人看了就不想帮忙的脸。"

池鱼僵硬了身子，缓缓抬头看他一眼，嗤笑道："真是对不起，我没有摆正态度，要不我现在给您磕个头，您把人放了？"

"宁池鱼，"沈故渊不悦地道，"我脾气不好，你最好不要激怒我。"

心里憋屈，池鱼咬牙，眼眶微微发红："那您直说吧，您要怎样才愿意放了叶凛城？"

"哟，奋不顾身给人挡攻击还不够，现在还要为了他来求我？"沈故渊眼里骤然涌了黑雾，唇边却是勾了笑，似嘲似讽地道，"是不是为了他，我要你怎样都行？"

捏紧拳头，池鱼道："我现在没有任何利用价值，如果为难我能让王爷心里舒坦，把人放了，那也随您。"

一股子火气从心里直冲头颅，沈故渊气极反笑："好，叶夫人真是有情有义。既然你愿意，那我可就不客气了。"

眼里顿时涌上恐惧，池鱼白着脸，往后退了三大步。

"怎么？"沈故渊嗤笑，"方才不是还信誓旦旦地说要怎样都随我吗？这就怕了？那叶凛城可就出不来了。"

浑身发抖，越抖越厉害，池鱼双眼通红，定定地看了面前这人半晌，一字一句地道："王爷知道自己现在像谁吗？"

"像谁？"沈故渊冷哼。

"沈弃淮啊，"池鱼咬牙切齿地道，"真是跟他一模一样！"

沈故渊暴怒，伸手就狠狠抓住了她的肩膀，将她抵在背后的隔断上："你说什么？"

"连发狠起来的样子都很像。"池鱼"咯咯"直笑，眼神冷漠，"不过，也有不像的，至少他没威胁过我。"

"宁池鱼，"沈故渊眼里杀气顿起，"你别以为我当真不敢伤你。"

"您说笑了。"池鱼轻笑，仰头看着他，"不是已经伤过了吗？"

手微微一僵,沈故渊瞬间有些狼狈,眼神闪烁片刻,别开头咬牙道:"我不是已经道歉了吗?"

"哈哈哈。"池鱼笑得眼睛眯起,盈盈泛光,"是啊,多谢王爷,向我道歉了。"

"想救叶凛城是吗?"起身,沈故渊道,"收拾一下,跟我走。"

池鱼跟在他后头出门。

沈故渊看着她问:"不换一身吗?"

池鱼皮笑肉不笑地道:"还没入洞房,喜服不能脱。要换,也得让我夫君来给我换。"

这话是故意气他的,绝对是!沈故渊冷笑,他这种聪明绝顶的天神,会上这种凡人小姑娘的当?

真是气死人了!沈故渊脸色沉了沉:"你敢跟他在一起试试。"

"怎么?"池鱼讥诮地看着他,"您又想用什么损招来搞破坏?"

"搞破坏?"沈故渊勾唇,"我能直接让他去阎王那里报到。"

池鱼背后发凉,皱眉盯着他的背影,想了许久,才抬步跟上去。

"我想吃糖葫芦。"马车走到半路突然停下,沈故渊掀开车帘看了看旁边的糖葫芦摊,说了这么一句。

池鱼朝驾车的苏铭努努嘴:"听见你家主子的要求了吗?还不去?"

苏铭应了一声,正想下车,冷不防就感觉到一股子熟悉的杀气,微微一愣,立马在车辕上坐得端端正正地道:"池鱼姑娘您自己去吧,小的今天……腿脚不方便。"

扫一眼他正常无比的腿脚,池鱼眯眼,抱着嫁衣跳下车,气哼哼地朝糖葫芦摊冲过去。

但不知怎的,本来顾客稀少的糖葫芦摊,在她过去的时候,立马围了好大一群人,池鱼被堵在外头进不去,左右看看,这附近就这一家,没别的地方卖糖葫芦了。

皱眉回头，马车上的沈故渊掀开帘子，正撑着下巴期盼地看着她。

咬咬牙，池鱼继续往里挤，费尽九牛二虎之力，才终于买到一串。

"主子，"苏铭眼神古怪地道，"您至于吗？"

买个糖葫芦都非得为难人？

"你不懂，"沈故渊心情好了点儿，眯眼看着捏着糖葫芦气喘吁吁往回跑的人，低声道，"这样我心里舒坦。"

"给！"池鱼没好气地把糖葫芦塞进他手里。

马车继续前行，沈故渊勾唇咬着糖葫芦，眼睛一瞥外头，又道："我还想要个风车。"

池鱼深吸一口气，咬牙切齿地问："您还有什么想要的？"

"糖人和糖画都可以，那边的拨浪鼓也来一个。"

恶狠狠地把他腰间的荷包扯下来，池鱼掀开车帘下车，挨个去买。

集市上人很多，见个新娘子来买这些东西，都很好奇地指指点点。池鱼没敢抬头，把东西都买齐了，挤开人群回了马车上。

"瞧瞧这额头上的汗，"沈故渊，难得好心地递了帕子给她，"擦擦。"

池鱼也不客气，接过来抹了把脸，还擤了个鼻涕，连着帕子一并扔出了马车。

沈故渊也不生气，抱着他的小玩意儿，心里舒坦了不少，一路上没再为难池鱼，马车很快就到了廷尉衙门，他慢悠悠地下去，跟杨廷尉嘀咕几句，杨清袖很耿直地让他们去大牢门口等一会儿。

等了一炷香的时间，终于有人架着叶凛城出来了。

远远地就看见他喜服上有着鞭痕，池鱼心里一紧，提着裙子大步跑过去，接替了狱卒的位置，着急地问："你没事吧？"

叶凛城有点儿惊讶，上下看她一眼："你怎么来了？"

说着，又看了一眼远处的沈故渊，神色顿时严肃，拂开另一个狱卒，双手捏着她的肩膀问："你求他了？"

宁池鱼没好气地翻了个白眼："你还在意这个呢？身上全是伤，还不快回去？"

叶凛城说："这点儿伤算得了什么？你倒是告诉我，你怎么求他的？"

抿了抿唇，池鱼垂眸："他好歹曾经是我师父，说两句软话不难。"

"只是这样？"

"只是这样。"

心里一松，叶凛城低咒一声："阴沟里翻船，连累你了，我本来路上想跑的，谁知道那个叫赵饮马的死缠着我不放，所以只能进去了。"

"废话少说。"池鱼推他一把，"踏霄还在院子里等你。"

"你不也在等我吗？"叶凛城挤眉弄眼地看着她，道，"咱们回去补个洞房怎么样？"

"我不介意在你伤口上补一刀。"池鱼冷笑。

池鱼给了他一个白眼。

两个人，穿着拜堂的喜服打打闹闹，像极了一对佳偶。

沈故渊站在远处冷眼旁观，突然觉得糖葫芦没那么好吃了，怀里的东西也没那么好玩了。

原以为看她费心费力地给他买东西，心里就会舒坦。可一看她对叶凛城的态度，沈故渊觉得，她给他买一百串糖葫芦，他心里也不舒坦。

"宁池鱼，"他开口喊了一声，"你还要站在那里多久？"

微微一愣，池鱼回头，莫名其妙地看着他："怎么？王爷还有吩咐？"

什么叫翻脸不认人，什么叫过河拆桥！沈故渊这叫一个气啊："人出来了，你就这个态度了？"

那不然呢？池鱼耸肩："您想要我如何？"

"你该回王府了。"沈故渊咬牙，"堂堂郡主，在外头胡作非为，像话吗？"

"回王府？"池鱼轻笑，"那本也不是我的家，回去做什么？王爷忘记了？当初说不想看见我，不愿回府的人，不是您吗？"

沈故渊眯眼："我现在想看见你了，如何？"

"不巧，"池鱼朝他行礼，"我不想看见您了。"

说罢，拉起叶凛城就走。

"宁池鱼！"沈故渊怒喝。

"对了，"池鱼回头，神色平静地道，"我差点儿忘记问了，这亲事也已经成了，王爷的目的，达到了吗？"

脸上的怒意一顿，沈故渊想，宁池鱼的姻缘，这就算完成了吗？

伸手从袖子里拿了姻缘簿出来，他翻了翻，下颌紧绷。

宁池鱼，叶凛城。

宁池鱼这样的举动，把他原本捆在沈知白身上的红绳挣断了，红绳同叶凛城捆在了一起。

还真是像郑嬷嬷说的那样，这个人，有自己掌握姻缘的能力。

她的姻缘成了，他欠的债，也就算还清了，两人之间，再无瓜葛。

合上姻缘簿，沈故渊有点儿茫然。结束了吗？他不必再管她的死活了？也不必再替她牵线了？

雪落在人身上，冰凉入骨，沈故渊站在原地眼睁睁看着那两个人走远，眼里都是茫然。

"您就让他们走了？"郑嬷嬷瞪大眼睛看着他问。

沈故渊裹着被子，眼神空洞："不然呢？我没有理由要她留下啊，她也不用再听我的了。"

郑嬷嬷恨铁不成钢地拍了他的肩头一巴掌，道："您分明心里想留，为什么非要找个由头？"

要是平时，郑嬷嬷是无论如何也不敢拍这一巴掌的，但眼下的沈故渊一点儿脾气都没有，茫然地看着她："没有由头，我为什么想留下她？"

郑嬷嬷气极反笑："因为您心里有她啊！"

"胡说！"沈故渊皱眉，"你见过哪个天神心里会有人的？"

"那她要是嫁给别人，您心里舒坦吗？"郑嬷嬷道。

"她是人，我是神。"沈故渊用看笨蛋的眼神看着郑嬷嬷，道，"我和她在一起，不到一百年，她就会死。"

"这个咱们再议。"郑嬷嬷摆手，"现在只看当下您是不是喜欢她。"

喜欢？沈故渊嗤笑，这种凡人的感情，他怎么可能有？

喜、怒、哀、惧、爱、恨、欲，这些是在他成神的时候，就完全摒弃了的，哪里还有再滋生的道理。

郑嬷嬷欲言又止，最后只叹了口气："大人让您历劫的良苦用心，您还是没能察觉。"

"时候不早了，你别说了，去休息吧。"沈故渊道，"剩下的我自己想。"

郑嬷嬷应了，起身离开。

池鱼用完早膳正想和叶凛城商量离开京城的事情，结果踏霄进来道："嫂子，有人找你。"

谁找她能找来这里？池鱼皱眉，心里有种不好的预感，提着裙子出门一看，却是郑嬷嬷。

"姑娘。"郑嬷嬷看见她就迎了上来，着急忙慌地道，"主子病了！"

池鱼挑眉："他怎么也会生病的？"

"不知道啊，"郑嬷嬷苦恼地道，"今早上一起来老身去唤他，就见他发了高热——这可是从未有过的情况，吃了药也不见好转。"

池鱼心里微紧，抿唇道："嬷嬷你是妙手回春的高手，您都没办法，来找我有什么用？"

"常病有医，心病无医啊！"郑嬷嬷摇头，"主子昨儿回来就不太正常，老身只能来求姑娘了！"

"心病？"池鱼笑了笑，"那他可能是高兴吧，昨儿终于达成所愿，想必不久就能离开这里了。"

郑嬷嬷一愣,眼珠子一转,立马拍了拍大腿:"主子的目的,不就是让姑娘你姻缘得成吗?现在完成了,他的确是可以走了。但他突然病了,想必……就是不想走。"

池鱼轻笑:"这与我有什么关系?"

郑嬷嬷问:"主子不想走的原因,姑娘觉得,当真与您没关系吗?"

池鱼沉默片刻,低声开口:"嬷嬷,我被人伤过很多次之后,就再也不会自作多情了,宁肯相信别人恨我,也不会再相信别人爱我,您懂吗?"

郑嬷嬷一愣,眼里陡然涌出愧疚来:"这也怪我……"

"不怪嬷嬷。"池鱼摇头,"只是沈故渊这个人以后怎么样都跟我没关系,我不会管他。"

"姑娘。"郑嬷嬷皱眉,"您若是当真打心底不想管,嬷嬷今日也就不来了,可您……分明没能放下他,又何必逞强?"

放不下是一回事,表现出来,就是另外一回事了啊!池鱼摇头:"嬷嬷不必再劝,我心意已决。"

"那……"郑嬷嬷重重地叹了口气,"那我自己想办法吧。"

池鱼颔首,目送她离开。

"你分明放不下,在这儿装什么大尾巴狼呢?"叶凛城靠在门边,啧啧摇头。

池鱼回头瞪他一眼:"你也不知道回避?"

"我?"叶凛城好笑地道,"我是你夫君,有什么可回避的?"

池鱼眯了眯眼。

叶凛城立马改口:"就算不是夫君,我也霸道惯了,去哪儿都不回避!"

池鱼没好气地摆了摆手,道:"先想想什么时候离开京城吧,搞不好你又要被抓回去。"

"你别急。"叶凛城道,"除了踏霄,所有人都已经被我赶走了,现在没人能再把老子抓回去!"

这么自信？池鱼哼笑："双拳难敌四手，咱们还是先走为妙。"

"别啊，"叶凛城终于吐露了心声，"我热闹还没看够呢！"

池鱼哭笑不得，叉腰看着他问："你还想看什么热闹？"

"听闻朝廷花了天价，请了一尊金佛进宫。"叶凛城搓了搓手，"我还想看看那金佛是什么样子的。"

贼心难改啊！池鱼跺脚："你又想偷东西？"

"这哪里能算是偷？"叶凛城神色严肃，一本正经地道，"我给它换个地方放而已嘛！"

"别的东西也就罢了，金佛你怎么偷？"池鱼比画了一下，"那么大，给你你也搬不走啊！"

"这个就不用你管了。"叶凛城摸了摸下巴，"况且，你也不是很想离开京城，就暂且先住一段时间吧。"

说罢，转身就继续回去喝粥。

池鱼站在原地，不明所以地看他一眼，感觉这人好像是为了她留下来的，又好像不是。

上回皇族避难，不得已闯了太祖陵寝，孝亲王对此事一直耿耿于怀，连续好几日都梦见太祖，是以决定请金佛回来，在宫中做法事，然后把金佛放进皇陵。

为了这仪式，孝亲王不眠不休两日，将皇族中人全部召集，一起跪在宫中作法。

池鱼跪在队伍的最后，无奈地道："我怎么也要来？"

沈知白跪在她旁边，低声道："你也是皇族中人，宁王可是太祖封的王位，世袭的王爷。"

池鱼不吭声了，沈知白扫了一眼她高高梳起来的妇人发髻，摇头道："你可真是意气用事。"

"抱歉，"池鱼道，"没让你来。"

"有什么关系？"沈知白耸肩，"我也不想去，要真去了，当真会忍不住抢亲。"

她是一早就想过小侯爷可能会来，与其到时候场面无法控制，那不如提前给他去一封信，叫他不管发生什么，都别去她所在的宅院。

沈知白当真是听她话的，甚至把沈故渊给糊弄了过去。那天他没来，她省了很多力气。

池鱼由衷地道："多谢你。"

沈知白摆手，叹息道："我只是有点儿不高兴，你宁愿随便嫁个人，也不愿意嫁给我。"

池鱼笑了笑："有缘无分啊，小侯爷，相约来世吧。"

可不就是有缘无分吗？就像他在月老庙求的那根签一样，什么结果都不会有。

沈知白不经意地一抬头，却看见右前方的沈故渊侧头看着这边。

微微挑眉，沈知白低声道："池鱼，你有没有觉得，三皇叔最近变了？"

池鱼头也没抬："什么变了？"

"我也说不上来，"沈知白道，"但他好像有喜怒哀乐了，鲜活了不少。以前像个画里走出来的仙，不食人间烟火的。"

池鱼不予置评，盯着地面想，沈故渊哪能有喜怒哀乐啊，这七情六欲之中，他顶多占一个"怒"，没事就怒气冲天的，也不知道要吓唬谁。

号角声响，四周都安静了下来，孝亲王站在祭祀台子上，叽里呱啦说了一大堆要敬奉太祖的话。

按照规矩，皇室中人都得守夜，但年纪大的人可不会老老实实一直跪着，都借着身子不舒服的由头去宫殿里歇息了。所以到傍晚的时候，跪着的都是一群老实的晚辈。

"你困吗？"扫了一眼旁边跪坐着睡着了的各家侯爷世子，沈知白小声问了池鱼一句。

池鱼这三天就睡了一个好觉，此时也忍不住打哈欠，道："眯一会儿吧。"

沈知白点头，守着让她休息。

天渐渐黑下来，四周很安静，只有绵长的呼吸声此起彼伏。池鱼正养着神，冷不防地，好像听见衣裳摩擦的声音在前头响起。

池鱼警觉地睁开眼，抬头，就见那尊比人还高的金佛安静地伫立着，四周的人都垂着头打瞌睡，没有人动弹。

幻听了吗？池鱼疑惑地摇摇头，又盯着那金佛看了许久，确定没有别的动静了，才继续休息。

沈故渊站在远处的宫殿屋檐下，揣着红袍袖子看着那尊金佛，一头白发被夜风吹得飞扬，脸上还有病态的嫣红。

"主子，您先进去休息吧。"郑嬷嬷低声道，"不用您来守着的。"

"无妨。"沈故渊摆手。

两天后，金佛就要入皇陵。孝亲王只选了一些信得过的人跟着，其中自然有池鱼和沈知白。

"孝皇叔最近真是操劳，"沈知白叹息，"人都瘦了。"

池鱼想起上次孝亲王在陵墓里磕头的场景，耸了耸肩："他是真的很敬重太祖。"

上回进过皇陵的人，都被他喊去一一谈话，命令所有人封口，不得泄露皇陵所在，否则株连三族。这回去，也只带了禁军在山下守着，上山的时候，那金佛全靠皇族中人来抬。

沈知白和沈故渊都在抬佛的人选之中，然而，池鱼扫了一眼沈故渊的脸色，微微抿唇。

他好像真的病得不轻。

第7章 仁善王府里的妖怪

一向面带春风的沈故渊，此时嘴唇都微微起皮发白，眼睛半阖着，有困倦的神色，一头白发也不似从前那般光滑发亮，反而有些凌乱。

"三皇叔就别抬了吧，"沈知白看了看他这模样，道，"这里人够的。"

沈故渊抬袖掩唇，轻咳两声，身子微微晃动，如玉山之将倾，看得池鱼很想上去扶一把。

"无妨，"挥开旁人欲搀扶的手，沈故渊道，"微恙，不碍事。趁着天没黑，赶紧先抬上去。"

众人点头，池鱼也就跟着搭把手，在前头拉拽着绳子，引着他们上山，顺顺利利地把金佛放进皇陵。

"孝皇叔，"下山的时候，池鱼追上孝亲王，问了一句，"那金佛是从哪儿求来的？"

孝亲王道："从江西求来的，那边有个著名的寒山寺，听说很是灵验。"

"是纯金的大佛吗？"池鱼问。

孝亲王摆手："这么大的佛，若是纯金，那谁抬得动？里头是石头的，只是外头镀了金。"

石头？池鱼眯眼，还是觉得哪里不对劲，等着后头的沈知白走上来，拉着他问："你觉得那大佛重吗？"

沈知白一愣："为什么问这个？"

"好奇而已，"池鱼抿唇，"我在前头拉的时候，觉得挺轻的。"

"是不太重，"沈知白道，"多半是中空的，有人偷工减料。"

"胆子也太大了，敢偷工减料到佛祖身上。"池鱼咂舌。

沈知白低笑："总有人胆大包天，不过，孝皇叔心里舒坦了就行。"

说白了，搞这么多事情，为的就是让孝亲王心里舒坦而已。

池鱼点头，正想继续往前走，前头突然跟炸了锅似的一阵惊呼。

"怎么了？"池鱼皱眉，"都是见过大世面的皇亲，这么大的惊呼声，是看见蛇了吗？"

"不是！"前头有踮着脚看的人，慌张地回头道，"好像是仁善王爷晕倒了！"

池鱼一愣，脑子还没反应过来，身子倒是已经挤开了人群，往前头跑。

他还会晕倒？池鱼觉得不可能，她宁愿相信沈知白认识路了，也不愿相信沈故渊会出什么事。

然而，拨开层层人群，她低头就看见了散在地上的红色袍子。

一头白发凌乱地铺在地上，沈故渊面白如纸，双眼紧闭。任凭孝亲王死命掐他人中，都没有半点儿要醒转的意思。

池鱼吓了一跳，连忙蹲下来摸了摸他的脉搏。一摸才觉得自己可能是傻了，他哪里来的脉搏？

"赶紧回去传太医吧，"静亲王道，"马车就在山下。"

这要是回去让太医把脉，还不直接定个薨逝，然后拖去埋了？池鱼一激灵，连忙按住沈故渊的手腕，神色平静地对孝亲王道："他这是老毛病了，不用请太医，送回王府去，自然有人治。"

孝亲王将信将疑地看着她："当真没问题吗？看起来很严重。"

"没事没事！"池鱼说，"我送他回去就是了，小侯爷，来搭把手！"

沈知白闻声便上来帮着架起沈故渊下山。

沈故渊体质特殊，要是被人发现，那就真的完了。朝野如今因为少了个沈弃淮，本就不太稳定，眼下沈故渊再出问题，非得崩盘不可。

得赶紧遮掩过去。

"池鱼郡主别着急，"山下，禁军统领赵饮马带队，看见他们这模样就道，"有太医随行，让他先给三王爷瞧瞧。"

"不必了，"池鱼将沈故渊塞进马车，示意沈知白上去，自己也跟着上去，"快些回城为好。"

说罢，吩咐了苏铭两句，苏铭立马驾着车往京城飞驰而去。

孝亲王等人走在后头，心里担忧未解，忍不住叹息道："屋漏偏逢连夜雨，故渊怎么又倒下了。"

"等会儿派人去王府看看吧，"静亲王摇头，"眼下沈弃淮一党的余孽尚未清除干净，朝中人心不稳，必须得有人主持大局。"

后头跟着的人，不知是谁突然说了一句："可三王爷毕竟与皇室疏远了这么多年，眼下让他掌权，当真妥当吗？"

有沈弃淮的教训在前，皇室中人个个如惊弓之鸟，一听这话，大家心里难免都有猜疑。

"胡说什么？"孝亲王低喝了一声，"故渊是我皇室血脉，还能害了我们不成？"

"可他行事，一直都遮遮掩掩的。"有个王爷低声道，"有时候咱们想跟他套套近乎，都进不去那仁善王府的门，难免觉得他与咱们不亲。"

孝亲王抿唇，沈故渊性子冷漠，不喜与人来往，这的确容易得罪人。

想了想，他道："正好他眼下生病了，各位就借着这个由头多去走动走动，都是一家人，一旦有了交流，怎么可能不亲近？"

众人犹疑地点点头，还是有些顾虑。

池鱼和沈知白心急火燎地把人送回仁善王府，郑嬷嬷一看就傻眼了："这怎么还晕过去了？"

郑嬷嬷专心地盯着沈故渊，往他嘴里塞了两颗白色的丹药，然后长长地叹了口气。

"怎么了？"池鱼连忙问她。

"主子麻烦了，"郑嬷嬷道，"他最近耗费了太多心神，身子本来又不太好，所以……"

"等等，"池鱼眯眼，"您说别人身子不好我都信，他身子不好？"

"姑娘有所不知，"郑嬷嬷道，"主子所用法力，都是需要消耗元气的，这人间的日月精华哪里比得上原来的地方？入不敷出，所以用法术都伤身子。"

池鱼皱眉："那他还用？"

"姑娘所处的境地艰难，要想扭转形势，必定得用法术。"郑嬷嬷摇头，"别的都还好说，消耗不大，但据我所知，主子有一次花了大力气，就为了去救姑娘。"

郑嬷嬷慈祥地笑了笑，眼里却满是担忧："眼下主子元气亏损，昏迷不醒，我的药都不一定有用，恐怕需要人间最上等的灵芝和雪莲了……不过这些老身来想法子吧，姑娘不想看见主子，老身也不能让您太为难。"

"灵芝和雪莲是吧？"池鱼点头，"我去弄，您看着他就是了。"

郑嬷嬷微微有点儿意外，挑眉道："姑娘还愿意替主子寻药？"

"这哪有什么愿意不愿意的，"池鱼抿唇，"他曾经对我好过，我记着呢。现在人昏迷不醒了，我也没必要一直跟他记着那些个旧账，先把人救回来再说。"说罢，提着裙子跑了出去。

郑嬷嬷看着她的背影消失在门口，摇摇头叹息一声："多好的姑娘啊！还被主子您这般欺骗。"

床上"昏迷不醒"的人睁开了眼，不屑地撇撇嘴，撑起身子："她好？你是没看见她之前对我那不理不睬的态度！"

"那也是您活该，"郑嬷嬷道，"是您自个儿说的要她成亲来报答您，她赶着报答，不就成亲了吗？您还反过来咬人家一口，说人家不好。"

"我也没说她不好，"沈故渊轻哼，"我就看不惯她那种不把姻缘当回事的态度。"

深深地看他一眼，郑嬷嬷道："女子情到深处，除了所爱之人，其余任何事，都可以不当回事。"

这话听得人心里很舒坦，沈故渊哼哼两声，斜眼道："你都看得出来她的感情，你说她怎么就揣着明白装糊涂呢？"

"主子，"郑嬷嬷起身道，"您要是哪天，给池鱼丫头一点儿希望，她定然不会装糊涂。"

"别说这些了，"沈故渊摆摆手，"你好好准备一下，我可能得晕上几天。"

几天？郑嬷嬷皱眉："您还想玩什么花样？"

"不是我要玩，"沈故渊很无辜，"是有人贼心不死。"

什么人贼心不死，郑嬷嬷懒得问，主子的吩咐，她照做就是。

池鱼进宫求药，孝亲王二话没说就允了，让几位皇亲把各家藏着的上等药材一股脑地往仁善王府送。

但是，沈故渊昏迷不醒，他们想套近乎也没地套，只能跟池鱼扯两句，问问情况。

沈故渊一直不醒，池鱼心里也有点儿慌，随意应付了人，就继续照顾沈故渊。

受了冷遇，一众皇亲心里自然不太舒坦。有人觉得宁池鱼居心叵测，竟然迟迟不给沈故渊请大夫，只让一个老嬷嬷诊脉，这顶什么用？于是，忠勇侯沈万千就带着大夫上门了。

"这是我亲自去百里之外请的老大夫，德高望重。"沈万千对池鱼道，"让他进去看看，好歹知道三王爷是什么病。"

池鱼连忙摆手："不必了，都说是旧疾。"

孝亲王在场，帮着劝了一句："人家侯爷特意请的大夫，走了老远的路，池鱼丫头，你还拦着，就有些说不过去了。"

池鱼也知道这说不过去啊,但真让诊了,那就更有口说不清了。

于是她只能僵硬地堵在门口。

这下孝亲王都觉出不对劲了,皱眉问道:"有什么隐情吗?"

郑嬷嬷及时站出来道:"老身在王爷身边伺候多年,医术虽不算登峰造极,但对王爷的病症也是熟悉得很。故而,要是由别人来诊的话……"

同行相忌,尤其是有所成者,心气儿都高,受不得人质疑,这倒还说得过去。

狐疑地看了他们一会儿,孝亲王道:"今日便罢,辛苦忠勇侯了。"

沈万千愤愤地甩袖离开。

有了这件事做铺垫,朝中对沈故渊生病的原因议论纷纷:那仁善王府应该有什么见不得人的秘密吧?

池鱼很愁,她原本该回自己的宅院的,然而现在,不知怎的就坐在这熟悉的主屋里,看着床上熟睡的沈故渊,手里还拿着热腾腾的药包。

郑嬷嬷说,沈故渊这病须用药包沾身,让药气侵入体内,于是,她就撑着有些重的眼皮,坐在他床边给他沾药包。

池鱼认真地给他熏药,看着沈故渊这张平和的脸,突然觉得有点儿惆怅。

初见时的救世主,后来的师父,再后来两个人反目成仇,不到半年,他们还真是经历了不少事情。如果可以的话,她很想回到两人还是师徒的时候,她可以跟在他身边,把他当作天,不管发生什么事,都有他顶着。

然而现在,天塌了。

有点儿走神,手上滚烫的药包停在沈故渊的心口好一会儿没动。等她反应过来连忙挪开的时候,沈故渊的心口已经微微泛红。

下意识地伸手捂上去,池鱼想着用什么掩盖一下这痕迹。

结果,手心里突然就感觉到了震动。

"咚——咚——"

池鱼愣愣地捂着他胸口,好半天才反应过来,"唰"地起身,震惊地把耳朵也贴了上去。

是心跳，沈故渊竟然有心跳了！

认真听了听，发现的确是从胸腔里传出来的跳动声之后，池鱼不淡定了，起身就喊："郑……"

声音还没喊出来，手腕就被人抓住了。

池鱼一惊，猛地回头，就见沈故渊正半阖着眼看她。

"别乱喊。"

池鱼瞪眼："你什么时候醒的？"

"这么烫我要是还不醒，那才奇怪，"声音有些沙哑，沈故渊好像还很虚弱，低声道，"别叫人。"

"可你……"池鱼很不淡定地低喝，"你有心跳了！"

老实说，对于这件事情，沈故渊自己也不太淡定，不过看着面前的人这么激动，他反而平静了下来："用法术变的而已，你紧张什么？"

神仙都是没有心跳的，只有人才有，他也不明白到底发生了什么，不过，先骗住这丫头再说。

一听这话，池鱼松了口气，嘀咕道："我还以为出什么大毛病了。"

虚弱地咳嗽两声，沈故渊道："我现在的毛病也不小。"

"到底怎么回事？"池鱼跺脚，"你这个人，不是无所不能的吗？怎么会一昏迷就是好几天？"

"你没注意到吗？"沈故渊沉声道，"最近京城大街上多了很多人四处组织集会。"

仔细想了想，池鱼点头："我是看见过。"

"他们在京城里散布流言，说京城妖气甚重。"

池鱼想了想，皱眉盯着面前这个人："是因为你吗？"

沈故渊翻了个白眼："都说了我不是妖。"

"你要不是妖，他们怎么会察觉到？"池鱼皱眉，"人世间也有不少高

人,能探出你的底细。万一……"

"这世间修道之人,一百个里头能有一个真正懂事的,那就算了不得了。"沈故渊道,"这么多人同时搞这些东西,只会是人为操控。"

池鱼愣了愣,皱眉:"可谁会那么无聊,跑来针对你啊?沈弃淮已经死了……难不成,这京城之中,还有别人觊觎皇位?"

沈故渊沉默,一双眼微微泛着光,片刻之后道:"你不必对外人说我醒了,只管去张贴告示,求更多的药材回来。"

"好。"池鱼点头,立马往外走,可走着走着她又疑惑地停了下来。

不对劲啊,她已经离开仁善王府了,为什么还要帮他做事?

回头看了一眼那灯火通明的主屋,池鱼纠结了一会儿,还是出去了。

叶凛城不知道去了哪里,宅院里没人,池鱼自个儿收拾好了就睡觉,打算第二天一早出去张贴告示。

结果早上刚打开门,就看见了灰头土脸的叶凛城。

"呸呸呸!气死老子了!"甩着衣摆进屋坐下,叶凛城端起茶就喝。

"这是怎么了?"池鱼好笑地道,"你挖地洞去了?"

"可不就是挖地洞吗?"叶凛城跷起二郎腿,"本打算把金佛给偷出来的,谁知道……"

"你敢去盗皇陵?"池鱼声音都变了,伸手抓着他的衣襟就吼,"皇陵也是你能挖的?"

"哎哎哎,别激动啊!"叶凛城吓了一跳,连忙道,"你先听我说完啊,我是个有原则的贼,偷东西就是偷东西,不盗墓的!"

池鱼死死地盯着他:"不盗墓你怎么偷金佛?"

"哎呀,"叶凛城道,"你这人,话都不听人说完。"

池鱼撇撇嘴,松开他些:"你快说。"

"那金佛放在墓门口镇着的,又没真塞进陵墓里头。"叶凛城道,"再说了,你以为皇陵是什么简单的坟墓吗?埋好了还能给你们进去的?那里头修的都是虚张声势的大殿，真正的皇陵啊，还在大殿之下呢。所以我去陵墓门口搬金佛，不算盗墓。"

池鱼顿了顿，火气小了些，可眉头还是没松："你怎么知道皇陵在哪儿？"

叶凛城撇嘴："你们那么大群人去皇陵，我远远跟着，还能看不清皇陵在哪儿？"

池鱼懊恼地道："你都知道的话，那完蛋了，定然好多人都知道了。"

"你以为谁都跟我一样轻功卓越、机敏灵活，不被禁军发现？"叶凛城哼笑道，"别人可跟不了！再说了，我又不是赶着去死，为什么要把皇陵的位置到处传？"

池鱼沉默，看他两眼，突然想起来，问："那你怎么没偷金佛？"

哪怕搬不动，砸下来一块儿，也不至于这么气急败坏。

"说起这个老子就生气！"叶凛城怒道，"那金佛是个镀金的，里头竟然是石头，还是个空心的！"

心里一动，池鱼拍了拍手："果然如此，我还纳闷那佛像为什么那么轻。"

"你发现了？"叶凛城挑眉，"那你怎么还让他们把佛像搬去皇陵？"

"孝亲王的心愿啊，"池鱼道，"大家都想着他能宽心就好，所以就算是假的金佛……"

"不是假不假的问题，"叶凛城打断她，"是那佛像里藏了人。"

像是有一根线从手指尖扯到心口，池鱼一惊，抓着他问："藏了人？"

"嗯，"叶凛城道，"江湖老法子了，想入室行窃，又觉得府邸守卫森严，他们就喜欢送金佛去人家府邸，自己藏在金佛里，被一并带进去，等没人了，就从佛像底座下头出来，偷东西走人。我看见那金佛的时候，佛像就是倒着的，底座开着，中间空得能容下一个人。你说，这不是藏着人，还能是什么？"

池鱼倒吸一口凉气，连连拍桌子："我得去告诉孝皇叔！"

这可不得了了，孝皇叔千方百计隐瞒皇陵的位置，结果却被人用这样的

法子知道了皇陵的下落。

池鱼提着裙子就往外冲,直接去了孝亲王府,刚被管家带进去,就听得赵饮马焦急的声音传出来。

"守灵士兵伤亡惨重,南统领已经带人前去支援,目前情况不明。"

孝亲王几乎站立不稳,眼睛也红了:"走!快带本王去看看!"

大步跨出院子,就见管家领着池鱼往这边来,孝亲王摆摆手,他现在没有心情见客。

池鱼却开口道:"皇陵已经被盗了吗?"

孝亲王一愣,连忙抓着她问:"你怎么知道皇陵被盗了?"

"有人跟我说,那尊金佛有问题。"

池鱼把叶凛城的话都说了一遍,但瞒了他去盗金佛的事情,只道那金佛是个陷阱。

孝亲王悔得直拍大腿:"怎么会这样!"

"孝皇叔,咱们先去皇陵看看。"池鱼道,"路上您告诉我,这金佛到底是谁让您买的,咱们好查出到底是谁图谋不轨。"

孝亲王点头,拉着她上了马车就道:"前三司使有个儿子叫钟闻天,对佛学颇有研究,虽然他父亲不是个好官,但他为人不错,常常来王府走动。先前本王天天做噩梦,他来府上见本王脸色不好,问了原因之后,就说本王欠太祖一个安宁,要请尊金佛去恕罪。本王在京城久矣,也不常出门,哪里知道怎么请金佛?他就替本王去江西寒山寺请了一尊回来……"

钟闻天?池鱼皱眉,心想这家子人可真有意思,当爹的叫钟无神,摆明了不信鬼神,儿子却叫闻天,还精通佛法。

不过现在不是在意这个的时候,三司使钟无神是被沈故渊拉下马的,这样一想,这个钟闻天,会不会在伺机报复?

可是,报复也该去整沈故渊啊,为什么要去皇陵呢?一直以来对皇陵很执着的,只有一个沈弃淮而已,他都死了,其余的人是因为什么想去皇陵?

想不通，池鱼也不打算再想，低声告诉赵饮马让他派人回去把钟闻天先扣住，然后继续去皇陵看情况。

罗藏山上硝烟弥漫，想必有人动用了火药。孝亲王一看就急了，连忙想上去，却被南稚拦住。

"王爷，"南稚拱手道，"贼人在上头尚未离去，您贸然上去不太安全，先让咱们把贼人捉拿归案……"

"你们懂什么！"孝亲王急道，"再慢，皇陵都没了，惊动了下头太祖的先灵怎么得了！"

池鱼看了看上头，心想要惊动肯定早惊动了，这么大的烟雾，贼人也真是狠了心要炸开皇陵，就是不知道炸开了皇陵没有。

南稚拦不住孝亲王，只能让人跟着他一起上去，一边走一边道："贼人不多，但皇陵我们不敢贸进，眼下也是左右为难。"

皇陵入口大开，里头却没什么响动，外头守着的人举着长矛，踮着脚左右晃着往里头瞧，也没瞧出什么来。

"进去两个人看看情况。"孝亲王招了招手。

立马有两个护城军冲了进去，三炷香之后，回来了一个人，战战兢兢地道："里头没人了，贼人挖了另一条地道跑了。"

"还有一个人呢？"南稚皱眉问。

"不小心触动了下头的机关……"那士兵低头，看起来心有余悸，没能说完。

孝亲王变了脸色："下头？"

从这道门进去，里头算是平地，哪里能称为下？除非……

"就是那片广场下头，"士兵嗫嚅道，"地上有个大洞，洞口还有绳索，可以爬下去。"

孝亲王脸上充血，一把推开他就往里冲。

"王爷！"池鱼皱眉，犹豫要不要跟过去。

旁边的南稚拱手道:"郡主还是去看看吧,咱们就不进去了,您看着孝亲王,以免有闪失。"

池鱼点头,提着裙子追了进去。

池鱼觉得,叶凛城真不愧是江洋大盗,竟然能猜到真的皇陵还在下头。

黑漆漆的洞穴,里头乌黑一片,池鱼点了火折子,顺着绳索爬下去,就看见孝亲王在前头扶着墙壁走着。

"孝皇叔,"池鱼把火折子拿了过去,"您小心点儿。"

有了些光,孝亲王松了口气,低声道:"池鱼丫头,你跟紧我。"

没有排斥她跟来,池鱼放心地扶着他往前走。孝亲王边走边道:"这里的构图我看过,我知道太祖的陵寝在何处。"

说完,步子更快,穿过众多迷惑人的墓室,直直地到了最大的一间。

这间墓室的烛台亮着,显然是有人点的,厚重的金丝楠木棺材已经被人掀开了盖子,看得孝亲王差点儿跌坐在地上。

"晚了,到底是晚了……"

池鱼也有点儿唏嘘,一代君王,竟然在死后被人盗墓,真是凄惨。

孝亲王哆哆嗦嗦地走过去,扶着棺材就号啕大哭,这哭声悲恸,听得池鱼眼眶也有点儿发红,忍不住过去递了帕子:"孝皇叔您别哭了。"

孝亲王指了指棺材里头,哽咽道:"这些丧尽天良的人,连太祖的尸身都带走了,你叫我怎么不哭!"

池鱼一惊,踮脚一看,果然,棺材里连尸体都没了,干干净净的。

孝亲王哭得不能自已,一边哭一边打自己,池鱼连忙拉住他:"咱们先出去再想办法。"

皇陵被盗,震惊朝野。

京城戒严,罗藏山附近百里都派了重兵搜查,四大亲王心情沉重,又逢沈故渊卧病在床,简直是黑云压顶。

偏巧,还有那么个不知事的王爷,出来问了一句:"皇陵被盗,那不死药是不是也……"

孝亲王怒喝："太祖尸身都没了，你还说什么不死药！"

那王爷不吭声了，孝亲王却没消气，朝旁边继续吼："钟闻天抓来了没？"

"回禀王爷，抓来了，已经拷问过，但他说完全不知道金佛里能藏人的事情。"赵饮马道，"卑职派人搜了，在他府上，只找到一些没焚烧干净的信纸，也找不出什么证据。"

"要是心里没有鬼，他焚信干什么？"孝亲王怒喝，"把他送去廷尉衙门，严刑拷打！"

是个人都看得出来孝亲王当真是怒极了，此事又是因为他的决定而发生的，所以亟须找个承担责任的人，让他出气。

于是忠勇侯沈万千道："最近京城里的流言，不知王爷听过没有。"

"什么流言？"

沈万千看了周围一眼，低声道："他们都说，最近京城里妖气重。王爷还记得重病的三王爷吗？恰巧是他当时在罗藏山上突然晕过去，然后不久皇陵就出了事。"

这也能联系到一起？孝亲王皱眉："侯爷，你可不可以带着偏见说话。"

先前在仁善王府被冷遇了，沈万千心里不舒坦他知道，现在说这些话，难免有点儿故意栽赃的意思。

"我可没有带偏见。"沈万千连忙摆手，"王爷要是不信，自己派人去打听打听。"

孝亲王皱眉，想了想，当真让人出去打听消息。

池鱼贴完收药材的告示，去仁善王府的时候，就看见里头站满了人。

"主子还没醒。"郑嬷嬷皱眉拦在外头，看着这一大群人道，"各位有什么事，不妨等他醒了再说。"

"这都多少天了？"孝亲王抿唇，"本王也是实在担心故渊，所以今日请人来作法，看他是不是中了什么邪。"

池鱼一听，连忙挤进去道："孝皇叔，这是干什么？"

"池鱼。"孝亲王侧头看着她道，"我知道你同故渊关系好，但这一次，你可千万别拦着。"

"怎么？"宁池鱼不明所以地看了看后头站着的那一群紫衣人。

"本王想让他们在这王府主院里作法，看看这仁善王府到底有没有问题。"孝亲王道，"若是没有，就让人严惩那些散播谣言之人，正我皇室名声。要是有……"

池鱼慌了："孝皇叔，三王爷对朝廷的贡献，对皇室的贡献，您可都看着呢，这时候怎么能怀疑他？"

"不是怀疑，"孝亲王道，"而是外头现在说什么的都有，流言猛于虎，总要给个交代。我相信故渊，所以让人作法，一劳永逸，这有什么不对吗？"

池鱼语塞，担忧地看了郑嬷嬷一眼。

郑嬷嬷朝她轻轻摇头。

"好吧，"宁池鱼让开了身子，"孝皇叔既然这样认为，那就这样做。"

后头的沈万千挑了挑眉，侧头看着一排紫衣人上前，耐心地等着。

紫衣人们在沈故渊的屋子门口排排坐，最老的那个紫衣人手里拿着根法杖，那法杖戳在地上，竟然能不倒。

"有没有猫腻，三炷香之后见分晓。"紫衣老人道。

想起沈故渊说的，这些人多半是在装神弄鬼，池鱼也就抱着胳膊看他们玩什么花样。

三炷香之后，直直立着的法杖"哐当"一声倒下砸在地上，惊得众人都小跳了一步。

"妖怪啊！"紫衣老人吓得眉毛都哆嗦了，伸手指着那屋子就喊，"当真是个妖怪啊！"

"胡说八道！"孝亲王心里也七上八下的，但勉强镇定地道，"里头的是我皇室血脉，哪里是什么妖怪？"

"王爷有所不知！"紫衣老人焦急地道，"妖怪这东西很会蛊惑人心，利用妖术让你们相信他，进而谋害人命哪！"

后头站着的皇室中人都往后退了一步，那紫衣老人继续瞪眼道："我现在把它用符咒封上，你们派重兵看守，千万别让它出来了！"

池鱼讥诮地问："有符咒为什么还要重兵？"

紫衣老人一顿，看她一眼，道："这样更稳妥。"

"难道不是你那符咒蒙不了人，想困住沈故渊，只能用重兵吗？"池鱼笑了笑，"他要真是妖怪，第一个死的肯定是我，可我怎么就活得好好的？"

紫衣老人怒道："这位姑娘，你若是不相信老朽，大可把这两袋子水往那门上泼。这两袋子水是照妖水，若是屋子里有妖，水就会变红！"

还有这么邪乎的事情？池鱼接过他递来的袋子，拧开一个牛皮袋倒出点儿水看了看。的确是没有颜色的水。然而，这两袋一起打开往门上一泼，"哗"一声，两股透明的水混合在一起，变成胭脂色的水顺着门流了下来。

"妖怪啊——"一声尖叫划破死寂，众人看着那胭脂色的水，大惊失色，纷纷扭头往外狂奔，就连前头的孝亲王，也忍不住跟着众人跑了出去。

池鱼茫然地看着手里的两个水袋子，想了想，往地上一倒。

仅剩的一点儿水融合在一起，依旧变成了胭脂色。

"你骗人！"眉头一皱，池鱼朝那紫衣老人怒喝，"沈故渊和你有什么仇？"

紫衣老人并没有回答她的问题，带着一众紫色衣衫的人就跑了出去。

池鱼跺脚想去追，却被郑嬷嬷拉住了手。

"没用的，"她摇头，"他们这是早就安排好了要陷害主子，您就算出去解释也没人相信，世人从来只相信自己的眼睛。"

第8章 黑暗里看不见的手

那难不成她就这么眼睁睁地看着那些人胡说八道啊!

池鱼咬牙,提着裙子就冲出去了,抓着仓皇逃跑的孝亲王道:"孝皇叔您听我说,那个照妖水……"

"你先放开!"哆嗦着甩开她的手,孝亲王摇着头道,"本王不是不信故渊,只是有点儿害怕,所以……所以……你别拦着本王!"

这还叫相信沈故渊?池鱼看得心寒,松开手,眼睁睁地看着他们冲出主院大门,整个仁善王府一阵鸡飞狗跳。

要是普通人被那种江湖骗术欺骗,大不了被骗些钱财,可现在被骗的这群人,是皇亲,是执掌大权的王爷,他们觉得沈故渊是妖怪,那沈故渊这妖怪的名头就算是坐实了。

一时之间,仁善王爷是妖怪的消息,如同涨潮的水一般席卷了整个京城。街上行人议论纷纷,朝中官员也是惶恐不已。仁善王府被禁军控制起来,里里外外,围得水泄不通。

"这也是没办法的事。"赵饮马坐在王府门口的台阶上叹气,"谁知道会突然发生这些事情?三王爷生病本就突然,还传出他是妖怪的流言……郡主,你知道这世上最能伤人的东西,不是刀枪棍棒,而是一张嘴,一条舌头。"

池鱼死死握着拳,坐在他旁边道:"若只是民间的流言,尚能说是百姓愚昧。可朝廷里传出来的流言算什么?几位皇叔难道不知道,为了稳定朝局,这些流言是万万传不得的吗?"

"兴许他们是亲眼瞧见那装神弄鬼的戏法儿，被吓傻了。"赵饮马叹息，"几位亲王年纪都大了，经不起吓，也正常。"

"但眼下可如何是好？"池鱼皱眉，"三王爷等于被囚禁了，这王府四周没有人敢靠近，更不会有人听我解释。"

赵饮马想了想："静观其变吧，反正三王爷还在养病，也不急着做什么事情。"

沈故渊的确不急，还颇有闲心地喂猫。落白和流花都被他喂胖了，软软地在地毯上打滚。

"怎么样了？"白发未梳，沈故渊半靠在软榻上，慵懒地问了一句。

池鱼走进来，泄气地道："不怎么样，外头的流言有愈演愈烈之势，甚至有愚民上书，让陛下放一把火烧了仁善王府，以免妖孽为害人间。"

沈故渊轻笑："意料之中。"

有些百姓很容易被煽动，哪怕压根没亲眼见过，只要有人蓄意带动，也会跟着"呼啦啦"地跑，才不管你这个人曾经减少过赋税，也不管你是不是抓过贪官，只要有任何威胁到他们的可能，就群起而攻之。

池鱼看他一眼："三王爷，您要是有什么盘算，最好提前说一声，不然全府上下提心吊胆的，谁都睡不好。"

"我能有什么盘算啊？"伸手垫在脑后，往软榻上一躺，沈故渊轻笑道，"我现在已经被关起来了，剩下的，就看那幕后黑手的了。要杀要剐，都听他的意思。"

开什么玩笑！池鱼皱眉："你莫不是想走了，所以破罐子破摔？"

"我倒是想走。"沈故渊哼笑，"可你看我现在这身子，走得了吗？"

叶凛城在京城里晃悠了大半天，回到宅院的时候，就看见宁池鱼在收拾东西。

"你这是要去哪儿啊？"叶凛城抱着胳膊挑眉道，"回娘家？"

"不，"池鱼头也不回地道，"我是觉得京城要变天了，所以给你收拾

行李,你先离开。"

"啥?"叶凛城挖了挖耳朵,"给我收拾行李?"

"嗯,原本我打算跟你一起走。"给包袱打了个结,池鱼转身,认真地看着他道,"但现在仁善王府有难,我不能坐视不管,所以你先走。"

被自家媳妇儿这关心的举动给感动了一下,叶凛城泪眼汪汪地看着她,然后把她系好的包袱拆开了。

"你在哪儿我在哪儿,我这人没啥好处,但也不会抛下自家娘子逃难。"叶凛城道,"你指不定还需要我帮忙呢。"

宁池鱼哭笑不得:"不是说好了,假拜堂而已,之后咱们可不是夫妻。"

"好吧好吧。"双手举过头顶,叶凛城道,"你既然这么嫌弃我,那我也懒得说沈故渊的事情了。"

嗯?池鱼一愣,一把抓住他的衣袖:"沈故渊的什么事情?"

捂了捂胸口,叶凛城受伤地道:"你果然还是最关心他。"

"你快说啊。"池鱼跺脚。

叶凛城叹息,满眼无奈地看着她道:"我今天出去的时候听人说,三司使的儿子钟闻天被关在大牢里了。"

"这跟沈故渊有什么关系?"池鱼皱眉道。

"你别急,"叶凛城拉着她在床边坐下,道,"你还记得上次,我偷的那一卷东西吗?"

当然记得,为了那东西,他身上被人捅得全是血窟窿。

"那是有人花一千两买的账目,"叶凛城道,"是从廷尉府偷来的。"

先前沈故渊捅出来的秋收贪污之案,后续一直有在追查,不少大官小官落马。眼下正好查到钟家,钟无神已经定罪,但对其家人的罪责,还在商讨之中。前些日子有人状告钟闻天岳父家行贿受贿,呈上了一个账本作为证据。杨清袖还没来得及看完,那账本就被贼人偷走了。

池鱼愣了愣,问他:"谁让你偷的?"

叶凛城满脸严肃地道："我是个有操守的贼，不能出卖主顾。"

池鱼沉默地盯着他看。

半炷香之后，叶凛城小声道："来下单子的是个武功不错的护卫，我怎么可能知道他是谁嘛！就记得他左眼下头有颗泪痣。"

泪痣？池鱼下意识地问了一句："是不是个约莫二十岁的男人啊，腰间挂着刀，眉毛有点儿长？"

"你怎么知道？"叶凛城比画了一下，"脸还稍微有点儿方，说的是京城本地的话，瞧着有点儿凶呢。"

嘴巴微微张大，池鱼觉得不可能，但还是吐了个名字出来："云烟？"

这人不是在大牢里等着被斩首吗？

"你认识？"叶凛城挑眉。

池鱼呆呆地摇头："我得去看看才知道。"

若只是长得相似，那还好说，可若当真是云烟……那也太恐怖了。

离沈弃淮兵败已经过去一个月，朝中与他有关的人，要么夹着尾巴不吭声以求保命，要么像余承恩那般扬言效忠幼帝，肃清贼人。两条路都不选的，多半已经在廷尉衙门坐着喝茶了。

没有人会闲得无聊把云烟放出来，沈弃淮不在了，云烟不可能自己成什么大事，所以这买账本的事情，多半不是他做的。

当赵饮马带着她去天牢里看望云烟的时候，那穿着囚衣的人哆哆嗦嗦地转过身来，一张陌生的脸上带着看见死亡的恐慌。

"这是怎么回事？"池鱼大惊，"他不是云烟！"

赵饮马吓了一跳，揪着那个人的衣襟拿烛台过来照着仔细瞧了瞧。

当真不是云烟，云烟好歹是沈弃淮身边的第一护卫，虽然坏事做得不少，但背脊每次都挺得很直。而面前这个人，被他一揪，腿都吓软了，连连作揖："大人饶命！大人饶命！"

"赵统领，"池鱼深吸一口气，"出大事了，赶快回禀孝皇叔吧！"

"好。"赵饮马应了,顺带拍了拍旁边杨清袖的肩膀:"死囚犯竟然也能偷梁换柱,大人最好先想想怎么解释。"

说罢,提着刀就先往皇宫的方向赶去。

杨清袖脸都垮了,很是无奈地道:"老夫压根不知道这事儿啊……"

转头,恶狠狠地吼了牢头一声:"你们怎么看人的!"

牢头吓得跪倒在地,慌张地道:"大人明鉴,死囚牢房在天牢的最里头,提人进出都是有文书备案的,最近没发生劫狱之事啊!"

"既然有文书备案,那查查不就知道了?"池鱼皱眉,"谁来看过云烟?"

杨清袖一摆手,那牢头连忙就去翻文书,翻了半天,急急地道:"找到了,大人请看!"

拿了烛台给杨清袖照过去,池鱼跟着看了一眼,就瞥见一个名字——余承恩。

"丞相大人?"杨清袖皱眉道,"丞相什么时候来的,我怎么不知道?"

"大人有所不知,来的不是丞相,是他那嫡女。"牢头道,"但到底是前王妃,又是女儿家,不好在这种文书上留下名姓,所以就写了丞相大人的名讳。"

余幼微?池鱼沉默。

先前沈故渊就说过她和云烟关系不一般,但没想到,两人的关系竟然好到生死不弃!替换死囚出大牢,这可是死罪!余幼微的胆子也真是大,不好好待在家里,竟然出来做这种事。

"这……"杨清袖显然也没有想到,沉吟片刻之后,对池鱼道,"这件事,老夫就先上表于帝,禀明情况,具体要怎么处置,就看圣上的意思了。"

池鱼点头,她就是来看看而已,也不可能做什么决定。

不过,出了大牢,她先去了一趟孝亲王府。

孝亲王最近身子也弱了,躺在床上不见客。池鱼等了半个时辰才被请进去,一见他就行礼道:"皇叔,出事了。"

"你每次来，都是出事的时候，"孝亲王苦笑，"本王都怕见你了。"

"我也不想的，"池鱼无奈地耸肩，"可是，余丞相私换死囚出大牢，这件事就算我不来说，您也很快会收到折子。"

余承恩？孝亲王吓了一跳，苦着脸道："他最近不是老老实实的吗？怎么也出事了？"

"倒不是他惹的事，是余幼微挂了他的名。"池鱼抿唇，"不过最重要的是，孝皇叔，云烟跑了。"

孝亲王皱眉："那不就是沈弃淮身边的一个小喽啰吗？跑就跑了。"

"可他还雇佣人偷了钟闻天岳父家的账本。"池鱼道，"如果没有猜错的话，钟闻天之所以欺骗皇叔您，多半是受人威胁。"

而这威胁，全来自这个账本。钟无神已经在死牢里了，钟闻天为了救自己的岳父，说两句谎话自然不难。不过他可能也被蒙在鼓里，压根不知道这几句谎话造成的后果有多严重。

孝亲王终于坐直了身子："你这些消息都是从哪儿来的？"

池鱼脸不红心不跳地道："最近街上热闹啊，我常四处走动，自然就听见了不少。至于真假，我相信皇叔您很好判断。"

如果她说的是真的，那么这一连串的事情就有了罪魁祸首——是云烟在背后捣鬼，利用钟闻天让他送金佛去皇陵，从而盗走不死药和太祖的尸身。他是受害者，就不必那般自责了。

就算她说的是假的，他去查一查，至少也能知道云烟是谁放走的，拿廷尉衙门的人问问罪，不算白忙。

两边一权衡，孝亲王起身道："你既然来说了，这件事定然要好生查查。本王这就去安排人手。"

"那，孝皇叔。"池鱼提着裙子跟着他，眼睛亮了亮，"您能不能顺便查查那群僧人啊？我觉得他们也有问题，好像是故意陷害三王爷。"

脚步一顿,孝亲王皱了眉:"这件事……咱们以后再说,先把眼下的事情处理完。"

池鱼有点儿急:"三王爷的事情也是眼下的事情啊,他被人冤枉,被当作妖怪囚禁……他可从来没做什么伤天害理的事情!"

孝亲王叹了口气,拍着她的背道:"皇叔知道你心疼故渊,但凡事得按照规矩来。现在有证据证明他是妖怪,在你拿出证据证明他不是妖怪之前,他都得被关着。这不是皇叔一个人能决定的事情。"

怎么就不是他能决定的了?池鱼跺脚,眼下朝廷大事全是四大亲王在做主,其中又以孝亲王为首,分明只要他说一句话,沈故渊就能出来,为什么不说呢?

孝亲王大步往外走,池鱼追了两步,挫败地停了下来。

劝不了,追上去也没用,沈故渊怕是还得被关上一阵子。

仁善王府。

叶凛城莫名其妙地看着面前的男人,问:"你不是很讨厌我吗?现在这是做什么?"

沈故渊翻着手里的簿子道:"请你来王府住几日,有问题吗?"

"你这地方宝贝多,你觉得让我住下来没问题,我自然更不觉得有问题。"叶凛城痞笑,"只是,好端端地请我过来住,怕是醉翁之意不在酒啊。"

"你没听人说吗?"沈故渊道,"我是妖怪,妖怪自然需要吃人,尤其是那种贪欲极重之人。"

"哇,吓死我了,好怕怕!"叶凛城小跳一步,拍了拍胸口,又嬉皮笑脸地道,"你要真是妖怪,这点儿人哪能困得住你啊?早冲出去吃人了,还用这么麻烦地请我过来?"

虽然是个贼,倒挺聪明啊。沈故渊斜了他一眼,轻哼一声,扭头看向了门口。

半个时辰之后，宁池鱼皱着眉头提着裙子跨进来，不明所以地看了看他，又看了看叶凛城："这是怎么回事？"

叶凛城立马飞身跳到她身边，抓着她的肩膀道："娘子你可来啦！这个妖怪抓我过来，说要吃了我！"

池鱼没好气地翻了个白眼："你要是个弱柳扶风的姑娘，这个模样我还会怜惜一二。一个大男人，装什么装啊？"

叶凛城垮了脸，往旁边一坐，垂头丧气地道："连自家娘子都不怜惜我，这日子过得有什么意思？"

池鱼懒得跟他贫嘴，皱眉看向沈故渊："三王爷，最近我可没得罪您，您又抓他做什么？"

沈故渊淡淡地道："不是抓，请他来住两日罢了。"

"为何？"池鱼道，"他又不是没地方住。"

"可他住的地方，远没有我这王府安全。"沈故渊抬眸，平静地看着她道，"他泄露了秘密，你以为还能随便住个宅院？"

池鱼心里一跳，想了想，好像也是。孝亲王一旦开始查云烟和那账本的事情，叶凛城必定会暴露，到时候杀手如云，他们未必躲得开。

"你可别听他瞎掰。"叶凛城摆手，"他分明就是看你我夫妻同心，所以把我留这儿，你自然也要留这儿了。"

池鱼一愣，扭头看了沈故渊一眼，后者满脸正气，那姿态清高得仿佛任何揣测对他而言都是亵渎！

于是池鱼扭头就朝叶凛城低斥："你别瞎说！"

叶凛城瞪眼，指了指沈故渊，又指了指自己，最后咽了口气，咬牙道："那就当我瞎说吧。"

"你们二人是夫妻，本也该同吃同住。"沈故渊淡淡地道，"房间我已经安排好了，就在出门左手边那一间。"

出门左手边……池鱼眯眼，那不就是她以前的房间吗？

"要是有任何不习惯，都可以同我说。"沈故渊道，"反正我现在也闲得慌。"

"堂堂王爷，被人家当妖怪关起来，那是挺闲的。"叶凛城丝毫不避讳地戳人家痛处，"也不知道什么时候才能出去。"

池鱼踩了他一脚。

"干什么？"叶凛城无辜地道，"这不是实话吗？"

"的确是实话，"沈故渊垂眸，面容陡然忧伤起来，冷漠凄清又惆怅，"我这王爷，当得连平民都不如。"

这是在装可怜，池鱼看出来了，沈故渊这王爷当得可比平民神气多了，哪怕是沈弃淮来诉委屈，都轮不到他。

然而……看一眼这人，长长的睫毛上带着些湿润，薄唇轻抿，微微泛白，哪怕穿着大红的颜色，整个人看起来也憔悴得很。凌乱的白发从脸侧垂落下来，挡住半张脸，更显沮丧。

池鱼有点儿不忍心了，叹了口气道："风水轮流转嘛，也不用太难过。"

"你不用安慰我。"沈故渊自嘲地道，"这都是我自找的。做那么多的事情，最后落得个众叛亲离的下场。"

"那说明你做的都不是什么好事。"叶凛城撇嘴。

池鱼不乐意了，又踩他一脚："三王爷没做过坏事！他惩治贪官、肃清朝野，还帮我报了仇。"

"那为什么众叛亲离？"叶凛城挑眉。

"也没有众叛亲离，"池鱼撇嘴，"离开的只有我而已，至于孝亲王那些人，也只是听信了谣言……"

"这不还是他自己的问题吗？"叶凛城"啧啧"两声，"他自己要是做得足够好，你怎么会离开他？旁人又怎会不信他？"

"他……"池鱼瞪了叶凛城一眼，"你话那么多干什么！"

沈故渊苦笑一声，修长的手指抬起来撑住额角，脸隐在白发里，看不清表情："他说得对，是我不好。"

池鱼沉默。

要说沈故渊这个人好吗？的确不好，凶巴巴的，又对她做过不能原谅的事情。可你要说他不好……这风里来火里去救她的是他，忙里忙外替种田的农户讨公道的也是他。她自己怨他也算有理由，旁人来骂，她就觉得不应该。

于是，她拽着叶凛城就往外拖。

"哎哎哎！"叶凛城瞪眼，"去哪儿啊？"

"收拾房间！"池鱼咬牙回答，一把将他拖出主屋，推进了侧堂。

"你这么生气做什么？"叶凛城进了屋子，哭笑不得地道，"人家王爷都觉得他自己有错呢。"

池鱼满脸严肃地靠着门道："他没有你说的那么不堪。"

"哦？"挑了挑眉，叶凛城有些不悦，还是抱着胳膊笑着问她，"在你眼里，他是个好人？"

"不是好人，也不是坏人。"池鱼自己也觉得这种感觉很复杂，"我觉得我该恨他，但我又没资格恨他。想爱他，他也不给我机会爱他。"

"这样啊。"叶凛城脸上的笑容慢慢收敛了，"你对他既然有感情，那评价起他来自然不会太公正。"

"我不评价，但他做过什么事，我可以说出来你自己评价吧。"池鱼着急地道，"杨延玉是他抓的，钟无神也是他扳倒的，甚至狼子野心的沈弃淮，也是他……"

一只手从她的脸侧伸过去，捶在了她身后的雕花大门上，叶凛城脸色微微紧绷，撑着门很是不悦地道："我为什么要管他沈故渊是个什么样的人？"

池鱼一愣，抬头看他。

"你这女人，心里惦记着人家，却又有隔阂。有隔阂你就别靠近啊，偏生掺和到他的事情里去，不肯走。"眼神有些黯淡，叶凛城道，"我是长得没他好看，还是头发没他特别？"

　　屋子里安静了下来，池鱼呆呆地看着他，叶凛城严肃地回视，一身玄衣显得很有压迫感。叶凛城觉得，这肯定是自己活过的二十年里，最有男子气概的一次，任何女人被他这样逼视着，也该觉得心口乱跳，脸红不已。

　　然而，面前这个人只是呆愣了一会儿，就皱眉站直身子，打破了这尴尬的氛围："这种问题你也问我？还用想吗？你肯定没他好看，头发也没他特别啊，这是重点吗？"

　　这话如利箭，"唰唰"两下射穿了他的胸口。叶凛城"呃"了一声，痛苦地捂着心脏，踉跄两步，摇摇欲坠："你竟然……是这样觉得的……"

　　"换成是谁都会这么觉得吧？"池鱼莫名其妙地道，"你跟沈故渊比什么不好，比相貌干什么？"

　　"啊——"叶凛城痛苦地倒在床上，做吐血状，不甘心地伸手指着池鱼的方向，"你这狠心的女人……"

　　手在空中颤颤巍巍了一会儿，颓然垂落在锦被上，一双眼，也缓缓闭上。

　　池鱼没好气地翻了个白眼，走过去踹了他一脚："别来这套，你先跟我说说，那账本交给谁了？"

　　叶凛城闷声道："我已经被气死了，别跟我说话。"

　　"那这位死了的大侠，麻烦问一下，"池鱼低头看着他道，"您偷那账本，转交给谁了啊？"

　　闷哼一声，叶凛城道："有人花钱买，自然是交给花钱的人，一千两银子一个破账本，还挺划算。"

　　一千两不是个小数目，若是云烟一个人，肯定拿不出这么多银子，他又投靠了谁？池鱼摸着下巴琢磨着。

　　孝亲王亲自审查云烟越狱一事，询问余承恩，哪知余承恩竟然道："幼微已经离开京城一个多月了，先前因着沈弃淮造反，她无颜见人，所以就去京城外头的山庄了。"

　　一个多月？孝亲王翻了翻文书："这上头的日期，是半个月前的。"

余幼微已经离开京城一个多月了，却在半个月前回来，拿着相府的信物，把云烟给换走了？余承恩也觉得很蹊跷，连忙派人去查。

京城里关于妖怪害人的流言越传越多，什么版本都有。朝廷没有派人镇压，百姓自然更加肆无忌惮，胡编乱造出了不少妖怪吃人的故事。仁善王爷先前树立起的威信和人脉，在这些流言里灰飞烟灭。

静亲王看得唏嘘："真是世事无常。"

沈知白坐在他对面，手执白子，垂眸道："与其说是世事，儿子以为，更多的是人心。"

"此话怎讲？"静亲王挑眉。

沈知白道："三皇叔要是妖怪，何必做这么多好事，以他王爷的身份就可以随意吃人了。所以，他肯定是被人陷害的。眼下沈弃淮刚除，三皇叔即将掌权，在这节骨眼儿上突然出事，父王觉得，当真只是世事无常吗？"

静亲王一愣，皱眉仔细想了想，道："谁会跟故渊过不去？朝中之人，支持他的不少啊。就算不支持，也鲜少有人不满他。"

"很快就能知道了。"沈知白抿唇，放下手里的白子，"这一局，父王输了。"

棋盘上黑子已经穷途末路，静亲王失笑，拍着膝盖道："青出于蓝胜于蓝啊。"

派出去查探的人很快回来禀告，余幼微不在山庄里，已经失踪一月有余，消息传不到京城里，所以一直没人知道。

余承恩慌了，看着孝亲王道："王爷，我可就这么一个女儿！"

孝亲王也很无奈："丞相，这跟本王有什么关系？本王也是查到云烟好像有什么动作，所以才扯出天牢文书。要不是这样啊，你到现在都不知道你女儿不见了。"

余承恩皱眉，看着他的眼里带了些怀疑。

孝亲王觉得委屈，一边让人追查云烟的下落，一边跟丞相解释这事是宁

池鱼来说的。

一听宁池鱼的名字,余承恩皱了皱眉,出了宫就让人去打听她在哪儿。

宁池鱼自然还在仁善王府,一大早起来,就听叶凛城说:"外头好像出事了。"

"什么事?"心里有种不好的预感,池鱼皱眉看着他。

叶凛城嚼着包子道:"仁善王府附近的百姓,有很多腹痛吐白沫的,一大早就把几个药堂给挤满了。"

"你怎么知道的?"池鱼瞪眼。

叶凛城扬了扬手里的包子:"我出去买包子的时候看见的啊,这府上厨子手艺不错,但包子我还是喜欢街头那一家的……"

"你等等,"池鱼眯眼,"很多人都有这些症状吗?"

叶凛城点头:"一眼扫过去起码百十来个。"

"糟糕了!"池鱼披了外衣就打开门。

苏铭急匆匆地从外头进来,推开主屋就朝里头道:"主子,外头好像暴发了瘟疫。"

池鱼跟过去,就见沈故渊在床上躺着,模样很淡定:"瘟疫?"

"是,不少百姓出现了症状,现在衙门已经来人,把附近三条街全部封锁了,所有有症状的百姓,都被留在了医馆里。"

沈故渊沉默。

池鱼急了,走到他床边道:"你还这么冷静?你知道接下来会发生什么事吗?"

"知道,"沈故渊看着她道,"仁善王府附近发生瘟疫,一定会是我这个妖怪的原因,到时候民情激愤,会直接烧了我的王府。"

"那你还躺着?"池鱼跺脚。

沈故渊叹了口气:"不是我想躺着,是我身子冻僵了,起不来。"

池鱼撸起袖子就想用手去贴他的脸。

然而，手还没伸到一半，就被人抓住了。

"我的手热一点儿，"叶凛城痞笑着推开池鱼，搓搓手看着沈故渊道，"我来吧。"

脸一沉，沈故渊万分嫌弃地道："不必！"

"王爷别客气。"叶凛城勾唇，"大家都是男人，也不必害羞。"

强撑着身子坐起来，沈故渊黑了脸道："我自己能起来。"

池鱼惊讶地瞪大眼，叶凛城笑得很得意，朝池鱼亮了一口白牙："你看，我有用吧？"

池鱼心情复杂地点了点头，道："咱们现在还是想想该怎么办吧，瘟疫这东西，可不是开玩笑的。"

"一夜之间暴发的瘟疫，反应还这么明显，你要说是真的瘟疫，我不信。"叶凛城抱着胳膊道，"说是集体中毒了我还信些。"

"没用的，别想了，"沈故渊淡淡地道，"就算是有人下毒，我这回也逃不过。"

可不就是逃不过吗？这一桩桩一件件的分明要把沈故渊往绝路上逼，谁这么狠哪？

更奇怪的是，按照他以前的脾气，肯定早把那些个作祟的人弄得死去活来了，如今不知为何，脾气变得这么好，逆来顺受的。

"池鱼郡主，"苏铭道，"外头还有人传话，说丞相府找您去问问余幼微的事情。"

丞相府？池鱼想也不想就摆手："不去。"

余幼微的爹跟她是一个德行，她要是去他那里，能有什么好？余幼微如今跟她可没什么关系，问也问不到她这里来。

然而，沈故渊却说："你该去的。"

"嗯？"疑惑地看他一眼，池鱼问，"我去说什么？"

"余幼微一个多月前就被人绑走了，现在多半在京城里。"沈故渊道，

第 8 章 黑暗里看不见的手

"余承恩想找她,所以病急乱投医问到你这里来了。"

池鱼愣了愣:"被绑了?谁敢绑她啊?"

"我不知道。"沈故渊垂眼,"我只知道,后天,她一定会出现在仁善王府附近。余丞相既然想问,那你就告诉他,后天带人去救余幼微即可。"

他能预知事情,池鱼不觉得奇怪,反正他是个妖怪嘛。

但旁边的叶凛城就不一样了,听他说完,"哇"地大叫一声,很是惊讶地道:"你怎么知道的?"

沈故渊朝他露出一个高深莫测的冷笑:"因为我有脑子。"

池鱼按照他说的去办了,但余承恩显然不太相信:"幼微为什么会出现在仁善王府附近?你又是从哪里得知的消息?是不是你派人……"

"丞相大人。"池鱼皮笑肉不笑,"你手里没有我绑走余幼微的证据,所以话最好别乱说。爱去不去,反正她活着对我来说也不算什么好事。"

说罢,转身就走。余承恩被噎得脸色很难看,瞪了宁池鱼的背影许久,还是让南稚带人去准备了。

京城暴发瘟疫,然而只在仁善王府附近,别的地方都没有。医馆里有个大夫感叹了一句"也不知是天灾还是人祸",旁边患病的百姓立马道:"这哪里是天灾人祸啊,是有妖怪作法!"

"对啊!"被这么一提醒,所有人都激动起来,"别的地方都没事,就咱们这一块儿住着的人出事了,不是那妖怪,还能是什么?"

恐慌弥漫,也不知谁带了个头,附近被困的百姓统统上街,围堵在了仁善王府门口。

"皇兄,"静亲王皱眉道,"外头传来消息,有刁民纵火投石,想对故渊不利。"

孝亲王长叹一口气:"这有什么办法?恰巧在这个时候暴发瘟疫,谁也没有料到。"

"那就不管了吗?"静亲王惊了惊,"那可是皇室血脉啊!"

孝亲王沉默，惆怅地看着天。

"烧死他，烧死他！"

民情激愤，压也压不住，赵饮马焦头烂额地在门口拦着人："仁善王爷不是妖怪。"

"不是他，我们怎么可能这样？"

"对啊，分明就是妖怪作祟！"

百口莫辩，赵饮马沉默地守在门口，不让这些百姓靠近。然而，聚集的百姓越来越多，到了第二天早上，整条街都被堵满了。

"交出妖孽烧死！交出妖孽烧死！"

赵饮马很是恼怒地问李晟权："衙门没人来管吗？"

李晟权摇头："我问过了，护城军统领南稚有公务在身，不知道去了哪里。其余的护城军，听闻这一带封禁，都不愿意过来。"

不愿意过来？赵饮马不敢置信地"哈"了一声："维护京城安定，难道不是护城军的职责吗？"

李晟权抿唇："就你想得简单，你可知道这朝中有多少人是盼着仁善王爷死的？"

"这怎么可能？"赵饮马摇头，"仁善王爷颇有贤名，受上下爱戴……"

"人心隔肚皮，"李晟权道，"每个人都有自己想要的东西，每个人走的路，大都不同。"

赵饮马咬牙，看了一眼前头汹涌的人潮，恨声道："我管他们怎么想的，这仁善王府，我守定了！"

李晟权看他一眼，没吭声，只陪他站在一起。

两百禁军死守王府一整天，然而，太阳再次升起的时候，禁军的防卫被冲破了。

无数火把朝着王府里飞进去，百姓们叫着喊着，举着火把就往里冲。

第 9 章 谁有问题

叫喊声震天,无数草垛和火油堆进了前庭,一个火把扔下去,火势瞬间便大了。

池鱼浑身紧绷,抓起沈故渊的手就往外冲:"从后门走!"

沈故渊神色古怪地看着她:"你不恨我了?"

"都这个时候了,还说什么恨不恨?"池鱼咬牙,"我再讨厌你,再记恨你,也不会眼睁睁看着你死!"

唇角微勾,他歪了歪脑袋,问:"也就是说,如果在让我去死和原谅我之中选一个的话,你会选择原谅我?"

池鱼没有回答。

叶凛城走在后头,没好气地推了他一把:"我说王爷,这都大难临头了,劳烦您担心一下自己的性命,别光顾着调戏人行不行?"

沈故渊顺势往外走,抿唇道:"随口问问罢了。"

现在是问这些的时候吗?池鱼都快急死了,出门看一眼前庭的火光,立马拉着人往后门走。

"池鱼!"赵饮马狼狈地跑过来喊了一声,"后门也有人围堵,走不出去的!"

"前有狼后有虎,那总得打一个。"池鱼皱眉道,"不然今日非得被烧死在这里不可!"

想起那漫天的火光,她仍旧觉得呼吸困难,侧头看一眼,郑嬷嬷已经把落白和流花抱在了怀里。

这回可不能烧着它们了。

"烧死妖孽，为民除害！"

后门外头的呼喊声也不小，火把从院墙外扔进来，落在后院的地上，由于没什么可以烧的东西，暂时还没燃起来。

叶凛城和池鱼上前，打开了后院的门。

外头拥挤的百姓瞬间齐齐往后跑，边跑边尖叫："妖怪出来啦——"

池鱼又好气又好笑，眼眶有点儿发红："真是该让那些个贪官活活剥削死你们才好！"

她的声音被湮没在了百姓的吵闹声里，叶凛城摇头叹息："别白费口舌了，跟他们有什么道理好讲？"

外头有胆子大的百姓，跑了几步停下来看，只见一男一女站在那后门门口，没见着妖怪，于是连忙大喊："别跑了，咱们这么多人，还怕他们不成？"

狂奔的人慢慢停下步子，小心翼翼地回头看，当真没看见妖怪，于是都围了回来。

"这是人还是妖？"

"看样子是人，但是怎么会在妖怪的院子里？"

"莫不是当了妖怪的走狗？"

四周的人议论纷纷，声音还挺大，池鱼听得连翻了好几个白眼，咬牙道："仁善王爷不是妖怪！"

这辩驳太苍白了，没有人听不说，反而犯了众怒："果然是跟妖怪一伙的，烧死他们！连他们一块儿烧！"

这话一出来，立马有火把朝这边飞来，叶凛城动作极快，翻身一踢就将池鱼跟前的火把踢飞了，护着她皱眉站着。

百姓们你看看我，我看看你，不知道谁带了个头，一群人撸起袖子就朝后门冲了过去。

第9章 谁有问题

"打死他们!"

"抓住他们,别让他们跑了!"

群情激愤,来势汹汹,池鱼吓了一跳,下意识地就想把后门关上。

一只修长的手从后头伸过来,握住了门边,清冽的梅花香气从后头飘来,闻着有令人安心的感觉。

池鱼回头,就看见雪白的发丝飘扬了过来,沈故渊的侧脸温柔得像山水画,轻轻拉开她欲合上的门,低笑道:"想抓我,就让他们来抓好了。"

这声音清朗如鹤鸣山谷,听得人心里一荡,瞬间冷静了下来。

外头的百姓也停下了动作,目瞪口呆地看向他。

一袭红袍扫过门槛,沈故渊抬眼,眼里有悲悯之意,仿若天神俯视众人,怜爱却又冷漠。下巴微扬,白发拂面。

"想烧死我?"

方才还在大喊大叫的一群人,不知为何竟然鸦雀无声,每个人都呆呆地看着他的脸,嘴巴都合不拢。

"这要是个妖怪,吃了我我也愿意啊……"有姑娘小声说了一句。

人群里的几个大汉这才回过神来,怒道:"大家别上当,妖怪大多都美艳动人,蛊惑人心!大家现在要是心软了,就是上了妖怪的当啊!"

"是啊。"旁边有人连忙附和,"这都是妖术,妖术!"

百姓们再次举起手里的火把,然而,没一个人舍得朝那美人儿扔过去,生怕烧着了他。

沈故渊扫了这些人一眼,问:"你们想杀了我,是因为我做错了什么,还是因为你们害怕?"

众人面面相觑,方才的大汉嘀咕道:"自然是因为你做错了事,不是你,哪里来的瘟疫?"

"你有证据证明我和这场瘟疫有关系吗?"沈故渊看着他问。

被盯着的大汉吓了一跳,往人群里缩了缩:"那……那我怎么知道?别的地方都没有事，就咱们这一块儿出事，不是因为你，还能因为什么？"

"也就是说，你们没有证据，只是因为流言揣测，把这场所谓的'瘟疫'，归为我的罪过。"沈故渊平静地道，"说白了，你们就是因为害怕，害怕我会危害到你们，所以要杀了我，让你们自己高枕无忧。"

众人沉默，相互看着身边的人，莫名地都有点儿心虚。

可不就是因为害怕吗……按理说这仁善王爷做的好事也不少，但他万一真的是妖怪呢？大家也不想睡不安稳啊，自然是要先除去他的。

转头扫一眼四周的百姓，沈故渊张开双臂，很是无畏地道："天要我死尚可活，人要我死，我走投无路。你们若是觉得杀了我良心能安，那就来吧。"

瞧着他这么坦荡，四周的百姓反而不好意思动手了。倒是人群里混着的几个大汉，立马冲了出来将火把扔在了沈故渊的身上。

"师父！"池鱼瞪大眼，惊慌地喊了一声。

沈故渊一愣，回头看了看她，突然勾唇："你好久没这样喊我了。"

"你干什么？"池鱼提着裙子就朝他冲去，"你的衣裳！衣裳烧起来了！"

叶凛城连忙拦住她，伸手将她抱在怀里："别过去。"

池鱼急红了眼："你在说什么傻话！他会被烧死的！"

叶凛城抿唇，眼神闪烁了一下，低声道："你现在过去，他也是会被烧死的。"

一个火把上去了，后头陆陆续续有火把扔过去，沈故渊的衣裳点着了，一路烧上了他的身子。然而他还是那样站着，仿佛玉山耸立，巍峨不倾。

池鱼气得咬了叶凛城一口，死命扯着他的衣袖想把他推开，然而这叶凛城竟然跟块石头似的，一动不动。

"不用担心我。"沈故渊的声音变得空幽，"就算我死了，也会继续保佑你的。"

说话间，大火已经席卷全身。

第9章 谁有问题

111

池鱼"哇"一声就哭了出来,疯狂地抓着咬着叶凛城:"你放开我,你快放开我!"

烈火焚身,难得沈故渊眉眼还算清晰,朝她微微一笑,像是在诀别。

"不——"池鱼喊得嗓子都哑了,"你别这样!你一定可以不死的,你不是妖怪吗?"

"我早说过了,我不是妖怪。"沈故渊叹息,"是你不信。"

"不要,不要,不要!"池鱼发了狠,死命推开叶凛城,冲上去就扯了自己的外裳,疯狂拍打他身上的火。

赵饮马赶过来了,看见这边的情况,简直目眦欲裂:"救火啊!"

旁边的人连忙去找水,然而沈故渊身上的火势已经大了起来,整件红袍上全是火焰。池鱼边拍边哭,哭得整张脸丑极了:"你别走,我知道你肯定是想借机走了,你别走……"

最后看了她一眼,沈故渊扭头,整个人化为一团火,站在原地踉跄两步,倒在了地上。

四周的人都吓得纷纷后退两步,地上那一团火却没什么特别的反应,烧了一炷香的时间,除了一具焦尸,什么也没留下。

池鱼张大嘴,哭得喉咙生疼:"师父……我不生你气了……你别走……"

叶凛城叹了口气,俯身想拉她,却被她狠狠拍开。

"你为什么要拦着我?"池鱼抬头,双眼血红地看着他,"一开始我还能救他的,我还能救他!"

叶凛城摸了摸鼻尖:"你不是怕火吗?先前看前院烧起来都那么紧张……"

"我怕火,可我更怕他死啊!"眼泪成串地掉落,池鱼哽咽不已,抓着他的衣襟恨恨地道,"你是不是故意想他死?是不是?"

这咋说呢,叶凛城苦了脸:"是他自己想死。"

池鱼闻言,立马扫视了周围的人一眼。

有人趁乱想跑，她飞身上去，狠狠一个过肩摔，将人猛地往地上一摔，灰尘飞扬。

"啊！"那大汉痛苦地吼了一声，在地上如断了的蚯蚓一般挣扎起来。

"赵统领！"池鱼咬牙，"就是这个人起哄要烧死三王爷的，没有他的煽动，旁边的人不会那般冲动！"

赵饮马闻言，立马带人上来把他扣住："带回廷尉衙门去审问。"

"不必。"宁池鱼深吸一口气，拔出自己随身带着的匕首，眼里恨意滔天，"我没那么多耐心，他要么立马说出背后指使者，要么立马下去陪三王爷！"

刀锋抵着大汉的脖颈，瞬间就有红色的血流下来。那汉子惊慌地咽了口唾沫，眼珠子转了转，想再耍点儿滑头，奈何这姑娘当真是没耐心，扬起匕首就要往他心口插。

"哎！"再狠的人也怕没命，这汉子立马就道，"我招我招！这都是有人花银子让我们来起哄煽动的，咱也就是图个二两银子，没想别的，不至于要我性命吧！"

赵饮马皱眉："谁给你的银子？"

汉子咽了口唾沫，指了指隔壁街的方向："那头茶楼上的人，说事成之后去找他们拿银子。"

池鱼没敢再看那焦尸，死命掐着这汉子站起来，咬牙道："大哥，劳烦你替三王爷收殓，我要先去替他报仇！"

赵饮马皱眉："你一个人太危险了，我让李晟权陪你去。"

"好。"抓着人，池鱼撑着一口气，把他往隔壁街拖，"我给你提个醒，我现在杀人的欲望很大，你最好别耍花样。"

那大汉连连摇头："不敢的不敢的，我也就是赚二两银子而已……"

穿过一条小巷，池鱼抬头就看见了大批护城军围堵在一家茶楼门口。

"是这家？"池鱼皱眉。

那大汉连忙点头:"是,是!"

疑惑地看了一眼那护城军,池鱼心里焦躁得厉害,干脆低喝一声:"管事的人何在?"

茶楼二楼上的人都是一愣,纷纷回头,池鱼就看见了护城军统领南稚那张娃娃脸。

"池鱼郡主?"南稚连忙凑到窗台这边来看,"您这是做什么?"

"抓着个人,"池鱼道,"可否让我上去?"

南稚为难地看了茶楼里头一眼,在接到那人的眼神允许之后,南稚道:"您先上来吧。"

池鱼抓着大汉穿过护城军上楼,一上来,就感觉气氛不太对劲。

护城军们刀剑出鞘,统统对准了窗边一个人,那人施施然坐着,悠然自得地喝着茶。

"别来无恙啊,池鱼。"

手一僵,宁池鱼抬头看了一眼这人,脸上顿时没了血色。

沈弃淮满意地欣赏着她的表情,温和地笑道:"看见我,是不是很意外?"

一身灰黑色的长袍,头发随意束着,脸上有擦伤的痕迹,但整个人风采不减,恍然间,池鱼觉得时光压根没有流淌,这人还是当年那叱咤风云,手握大权的沈弃淮。

然而,四周的刀剑让她回过了神,她皱眉,看了沈弃淮一会儿,转头看向旁边的南稚:"南统领,这是……"

"我奉命来营救余家小姐,"南稚道,"没有想到会在这里围堵到叛贼沈弃淮。"

他不是死了吗?池鱼摇头:"这肯定有什么误会,我亲眼看着沈弃淮掉下悬崖的。"

"我也是亲手把你拖下悬崖的,"沈弃淮失笑,"我还好说,三丈之下就有护网接着,可你呢?肉体凡胎,竟然掉入万丈深渊而不死,这可多亏了那个妖怪。"

身子一震,池鱼有点儿不敢置信,眉头松了又皱,眼里恨了又笑:"你又算计我?"

什么坐在悬崖边后悔了,什么还是爱她,统统都是骗她的,就为了把她骗过去,让她死?

"这哪里能叫算计呢?"沈弃淮笑了笑,"我也没想到你会来,本只是个脱身之计,但你来了,不把你弄下悬崖,我可就对不起我那被你毁了的十几年的基业!这顶多,算是报复罢了。"

池鱼气极反笑:"你有什么资格报复我?做错事的人,一直是你!"

"是吗?"沈弃淮笑了笑,"那我就一错到底好了。"

看一眼池鱼身后的人,他问:"人死了吗?"

跪在地上的大汉哆哆嗦嗦地道:"死了,被烧死了。"

池鱼心里一沉,如巨石压下来,痛得不能呼吸,声音都变得极轻:"是你干的?"

"怎么?很意外吗?"沈弃淮挑眉,笑得很是温柔,"他夺了我的权,让我走到今天这个地步,烧死他而已,难道不应该吗?"

往后退了两步,池鱼眼睛发直:"原来是你……竟然是你……"

她就奇怪,云烟怎么可能出得了大牢,出来又能跟随谁?原来都是他在暗中操控。皇陵……对皇陵感兴趣的,可不就是沈弃淮吗?他既然没死,那一切谜题就都解开了。

这个老谋深算的人,诈死逃离了被追捕的境遇,潜伏回京城,绑架余幼微,利用她把云烟救了出来,然后买通叶凛城,偷了廷尉衙门的账本,用于威胁钟闻天。钟闻天说服孝亲王往皇陵里放金佛,沈弃淮就趁机把人藏在金佛里,进而知道了皇陵的位置,盗走了不死药!

悬崖下三丈处的护网救了他,也就是说,当时她和沈故渊在悬崖上的对话,他都听见了,所以让人散布沈故渊是妖怪的传言,就是为了报复。

"你这个人……"池鱼摇头,指着他,一时竟然不知道该说什么好。

沈弃淮微微一笑:"我想要的东西,怎么也会是我的。"

"无耻!"池鱼咬牙。

沈弃淮丝毫不在意,转头拍了拍身边余幼微的脸蛋:"该等的消息咱们已经等到了,那就走吧。"

"你想去哪里?"角落里传来余承恩的声音。

池鱼回头,这才发现人群里还有一个余承恩,他看起来好像已经掌控全局,但由于余幼微还在沈弃淮手里,他不能轻举妄动。

沈弃淮低笑:"岳父大人,好戏看完了,我自然要带着幼微走,不然还留下来吃饭吗?"

余幼微手被捆着,嘴里塞着破布,一张脸惨白,眼泪直流,"呜呜呜"地不知道在说什么。

余承恩怒道:"老夫在此,你还想绑走幼微?"

"那不然你们就动手,咱们夫妻二人,今日就死在这里,下辈子还做夫妻。"沈弃淮无所谓地笑了笑,转头看了余幼微一眼,阴森森地问她,"好不好啊?"

余幼微吓得连忙往后缩,头摇得跟拨浪鼓似的。

池鱼看得唏嘘,几个月前还是联手杀她的恩爱有情人,如今竟然成了这般情形,谁能想到!反正余幼微肯定没想到。

这人分明是头豺狼啊,对你好的时候温柔无比,看上去月亮都能捧给你,但是一旦你没了利用价值,他一定会把你一口吃进肚子里。

"你放了幼微,"余承恩妥协了,"我放你走。"

"丞相!"南稚皱眉,"这人可是谋逆的贼人,哪能……"

"你难不成要看着幼微死在他手里吗?"余承恩怒喝,"放了他!"

南稚抿唇,挥手让人收起了刀剑。

沈弃淮一笑,扶起余幼微就往楼下走:"丞相说话算话,但我不信其他人，放我出去，等半个时辰之后，你们去北城门接幼微便是。"

余承恩刚想点头，就听宁池鱼道："丞相，恕我多嘴，他不会守信的。"

余承恩挥手道："我余家的家务事，就不劳郡主操心了。放行！"

好心当成驴肝肺，池鱼也不吭声了，侧身就让了路。

沈弃淮从她身边走过的时候，深深地看了她一眼，眼里讥讽之意甚浓。

池鱼视若无睹，只觉得手心有点儿发凉。

沈弃淮还活着，这京城，注定是平静不了了。

看了一眼天色，池鱼朝余承恩拱手，步伐沉重地往仁善王府的方向走。

原先很难镇压的暴民，在沈故渊死后，统统安静了，连不愿意来的护城军也来到了仁善王府，开始收拾被毁坏的庭院。

沈故渊的尸体停在后院，已经盖上白布，池鱼呆呆地坐在他旁边，抱着膝盖，眼里满是茫然。

"在想什么？"郑嬷嬷低声问她。

池鱼抿唇，看她一眼，眼眶又红了："他是想走了，所以才让自己死在那群人面前的吧？"

郑嬷嬷慈祥地伸手摸了摸她的脑袋："主子有他自己的想法，咱们这些做下人的，不太清楚。"

眼泪涌上来，池鱼伸手抹了，吸吸鼻子道："我早想到有这么一天，他做完了自己该做的事情，就得走。他说我是个麻烦，所以我拜堂成亲，让他早日解脱。

"可是没想到，他是解脱了，我却万劫不复。"

想起沈故渊那张总是不耐烦的脸，还有他柔软的白发和有些冰凉的怀抱，池鱼哽咽，将头埋进了膝盖。

郑嬷嬷怜爱地看着她："傻孩子。"

"他那次是真的很伤我心。"池鱼闷声道，"我听着他说的话，心口疼得喘不上气，身子也疼，疼得都不像是自己的了。我那时候就发誓，我再也

不要理这个人了，不管他说多好听的话，做多少悔过的事，我都生气，气得想与他相忘于江湖。"

"然而他真的走了，难过的还是我，心口疼得喘不上气的人，还是我。"眼泪大颗大颗地往下掉，池鱼呜咽，"为什么这么不公平啊？"

郑嬷嬷听得心酸，只能一下下抚摸着她的头发。

三王爷薨逝，朝野震惊。

"怎么会发生这样的事情？"孝亲王急得眼泪立马下来了，起身就要往仁善王府走，旁边的人连忙拦住他，"王爷，最近那一片正闹瘟疫，您可要保重啊。"

"是啊，"徐宗正皱眉道，"如今天道不济，皇室凋敝，王爷您可千万保重，不能再出事。"

"故渊可是我沈家嫡亲的血脉啊！"孝亲王声泪俱下，"本王得去看看他，得去看看啊……"

"王爷节哀。"余承恩皱眉，"现在有更重要的事情——沈弃淮还活着！"

此话一出，众人更是震惊，一时间将沈故渊的事情放在了一边，纷纷看向余承恩："怎么回事？"

余承恩咬牙道："他绑架小女，救走死囚云烟，并且在京中散布三王爷是妖怪的流言，而且根据消息，皇陵被盗一事，多半也与他有关！"

孝亲王惊得瞪大眼，侧头深思，走动两步，喃喃道："他当真还活着，那肯定是他了，肯定是他了……"

"孝亲王！"徐宗正皱眉道，"沈弃淮狼子野心，有忤逆之举，必须尽快捉拿归案！"

"这本王当然知道！"孝亲王皱眉看向余承恩，"丞相，你在何处看见沈弃淮的？"

"东林街的茶楼上。"余承恩咬牙，"他骗了老夫，说会放了幼微，然而压根没有！"

宁池鱼说得对，这个沈弃淮，当真不会守信！

然而现在说什么都晚了，他跑了，余幼微还在他手里。

孝亲王叹息："全城找吧，把京城封锁起来，挨家挨户地找！就连本王的王府也不要放过！"

"是！"众人应声而去。

仁善王府里起了灵堂，池鱼还坐在棺材边，一整天了，一滴水都没喝。

叶凛城端着饭菜过来，皱眉看着她："你这是要殉情还是怎的？"

池鱼没反应。

他走过来，舀了一勺汤放在她鼻子下头："郝厨子做的，可香了，你要不要尝尝？"

池鱼还是没反应。

叶凛城有点儿恼，"咕噜咕噜"两口，自己把汤喝了，末了一抹嘴："犟死你算了！"

夜色寂静，今夜无月，满天都是星星。池鱼抬头看着，不知道看了多久，四周都有点儿模糊了。

"池鱼。"熟悉的声音响起，她一惊，定睛一看，面前不远的地方，一个红衣白发的人正漫步而来。

"你这是舍不得我吗？"沈故渊挑眉，眼角眉梢都是嘲讽之意。

然而池鱼觉得这张满是嘲讽的脸真是看着太舒心了，忍不住冲上去拉住了他的衣袖："师父，你不走了？"

"我走哪儿去？"

院子里寒梅开得正好，风吹落一片花雨，她红着眼睛仰头看他："当真不走了？"

"嗯。"沈故渊低头看着她，"我不走了，你能原谅我吗？"

"原谅你！"池鱼连忙点头，"我当什么都没发生过，我不恨你了，咱们一起回家！"

猛地去拉他的手,却抓了个空,池鱼一愣,呆呆地抬头看着他。

沈故渊微微一笑:"你原谅我,我就心满意足了。"

话音落,身影竟然就越来越淡,越来越透明。

"不……"池鱼慌忙伸手去搂他,去抱他,手却总是穿过空气,什么也抓不住。

"师父……"

哽咽出声,所有感官霎时全部归了位,池鱼睁开了眼。

面前一对白烛安静地烧着,灵堂里纸钱被风吹得漫天飘散,她周围一个人都没有。

原来是梦啊,池鱼低笑,抹了一把脸,动了动自己冻得僵硬的身子。

"池鱼!"外头跑进来个气喘吁吁的人,一冲进来,就将她拥进了怀里。

叶凛城被吓了一跳,眉头皱起来,一把将人拉开:"你干什么?"

沈知白脸色苍白,压根没精力理会其他人,挥开叶凛城的手就看着池鱼道:"他们说三皇叔死了,是假的吧?"

刚遏住的眼泪又涌了上来,池鱼咬唇看着他,又看了看后头的灵堂。

沈知白的眼睛也红了,不敢置信地道:"怎么会发生这样的事情?他可是沈故渊……"

沈故渊是个怪物,能在那么短的时间内肃清秋收贪污腐败,也能在那么短的时间内拔除沈弃淮的势力,怎么能说死就死了呢?

放开池鱼,沈知白走到蒲团前去跪下,恭恭敬敬地上了三炷香,然后咬牙磕头,半晌也没抬起头来。

"她已经很难过了,可没空安慰你。"叶凛城瞧着那架势,连忙道,"你可千万别哭,这儿好不容易才哄好。"

"我没哭,"沈知白咬着牙道,"我会为他报仇的。"

"这仇怎么报?"叶凛城挑眉,"他是被百姓烧死的。"

"可罪魁祸首,是沈弃淮。"沈知白起身,回头看着池鱼道,"京中已经开始通缉他了，一旦抓住，定然是斩首示众。"

"他怎么可能还留在京城？"池鱼低笑，"他是为着复仇和不死药回来的，现在仇报了，不死药应该也在他手里了，肯定早就逃之夭夭了。"

"他跑不了，"沈知白道，"孝皇叔震怒，已经让幼帝下了圣旨，全国通缉。京城周边的地方，都派了重兵追剿。他带着云烟和余幼微，甚至还有一些党羽，目标很大，用不了多久就会落网。"

沈知白看了那棺木一眼，又皱眉："三皇叔对朝廷贡献那么大，怎么连金丝楠木也不给？"

金丝楠木是皇室专用的棺材木，不朽不腐，一般对朝廷有贡献的皇室成员，都会被赏赐金丝楠木。

池鱼抿唇："大概是太仓促了吧，没有做好。"

沈知白欲言又止，抿唇道："我总觉得这次皇室做得很不厚道，三皇叔本可以不死的。"

池鱼皱眉："此话怎讲？"

"说他是妖怪，这么荒谬的流言，我都不信，其余的人怎么就信了呢？"沈知白皱眉，"就因为那个所谓的德高望重的紫衣老人？"

池鱼抿唇："那紫衣老人是骗子，我解释过了，孝皇叔不听。"

"孝皇叔也便罢了，他本来就信这些，我反而觉得最奇怪的是忠亲王。"沈知白道，"他一向是个有主见、不信鬼神的人，这次竟然没有站出来表态，还任由禁军封了仁善王府。"

"我听闻他生病了。"池鱼无奈地道，"他年岁也不小了，卧病在床，自然管不了太多的事情。"

"谁知道呢？"沈知白眯眼道，"若是以前沈弃淮还在的时候，发生这样的事情，四大亲王无论如何也会站在三皇叔这边，你信不信？"

那是自然，沈弃淮还在，那主要的敌人就是沈弃淮，没有什么比扳倒他更重要了。但沈弃淮不在，一切自然就不同了。

池鱼苦笑,这好像是卸磨杀驴的意思。但不可能啊,沈故渊是皇室血脉,孝亲王最看重的就是皇室血脉,无论如何也不可能害他。

难不成,还有人在背后捣鬼?

池鱼陷入了沉思。

京中的追捕行动闹得沸沸扬扬,然而沈弃淮迟迟没有落网。四大亲王都很愁,不过抓不着归抓不着,日子还是要照常过的。

"孝亲王,您看这……"

走在宫道上,孝亲王长叹一口气:"幼帝身子本来也不太健壮,最近发高热,宫人照料自然更妥当,若是开销不够,就由我孝亲王府出。"

"您这说的是什么话,"大太监金目翘着兰花指道,"宫里开销还是支付得起的,只是这玉玺……奴才拿着也不是个事儿。"

"本王知道你为难,"孝亲王道,"但眼下朝政由四大亲王共同扶持,你把这玉玺放我一个人手里,未免不妥。"

金目摇头:"孝亲王啊,别的不说,咱这四位亲王里头,可就您一位是嫡系的,这玉玺不给您给谁?旁人也没资格拿呀。"

孝亲王摆手:"放在你这里保管就挺好。"

金目苦着脸道:"奴才只是个内侍,揣着这东西整天睡不好觉。"

幼帝生病,那圣旨自然也不用通过他的口了,直接用玉玺盖了,就叫圣旨。金目是想巴结孝亲王的,毕竟仁善王爷一死,就他最靠得住。

然而,孝亲王并不领情,停下步子,很是严肃地看着他道:"金公公,这件事你不必再提,玉玺这东西该是谁的就是谁的,本王不会垂涎。"

金目一噎,孝亲王又大步往前走了,胖胖的背影满是正气,看得金目忍不住拱手行礼。

"他没收?"

静亲王府里,静亲王挑了挑眉:"那倒是我小人之心了。"

沈知白点头:"我也觉得不会是孝皇叔,父王,您觉得忠亲王有问题吗?"

"你先别妄下定论，"静亲王叹息，"幼帝生病也是事发突然，你不能把人挨个怀疑一遍。"

"可是，"沈知白皱眉，"马上年初，又是一轮官权调整的时候，这个节骨眼上，幼帝说病就病，大权岂不是要彻底旁落？"

"胡说什么！"静亲王抿唇，"大权要落能落到哪儿去？都是一家人。"

沈知白垂眸："但愿是儿子多想。"

沈故渊死了，沈弃淮叛了，眼下幼帝还生病，怎么看怎么像是皇权要易主的模样。

幼帝这病来势汹汹，高热一直不退，四大亲王急得纷纷守在宫里，孝亲王更是整宿整宿地不睡，要么照顾幼帝，要么念经祈福。

"你说这是不是报应啊？"太医诊脉的时候，孝亲王泪流满面地抓着静亲王的手道，"是咱们闯了皇陵，惊了太祖，所以才有这一连串的报应。"

静亲王拍了拍他的背："皇兄别想太多了。"

"回禀王爷，"太医诊断完了，跪地道，"陛下年幼，容易染病，这症状看起来很像最近外头闹的瘟疫，已经用了三天的药，不见丝毫好转，再这么下去，恐怕……"

孝亲王一脚就朝他踹了过去："这点儿小病都治不好，朝廷养你何用？"

宫里的太医都来了，一起商量药方，亲自熬药侍药，然而幼帝还是不见好转，脸色渐渐苍白。

"微臣方才听外头的太医说，陛下怕是熬不了几天了。"徐宗正皱眉对孝亲王道，"王爷还是早做打算的好。"

孝亲王白着嘴唇摆手："什么打算，本王不做！陛下一定会好的！"

"王爷……"

"再跟本王说这些不吉利的话，以谋害陛下论罪！"孝亲王哽咽，挥袖进了玉清殿。

第 10 章 踏实的怀抱

头七过去了，沈故渊没有丝毫要回来的意思，她也可以不用那么盼着了，盼来盼去，都是失望。

"池鱼姑娘，"苏铭满脸惆怅地问她，"您之后打算去哪儿？"

池鱼笑了笑："四海之大，还能没有我的容身之处？"

"要离开京城吗？"苏铭有点儿意外，"最近幼帝病危，大家争先恐后地往孝亲王府跑，您不去凑凑热闹？"

孝亲王府？池鱼皱眉："去那里做什么？"

苏铭拱手道："原来您还不知道？宫中传言，陛下已经没几日可活，眼下叛贼沈弃淮又逃脱了，只有四大亲王能主持大局。其中，孝亲王乃沈氏唯一嫡系血脉，众人自然都往他那里走。"

江山要易主了？池鱼漠不关心地摆手："爱往哪儿走就往哪儿走吧。"

沈故渊都不在了，这天下倾覆，与她又有什么关系？

苏铭道："热闹咱们可以不凑，但那金丝楠木的棺材，还是得让孝亲王给的。"

池鱼挑眉："不是说要送过来吗？"

苏铭叹了口气："说是这么说，但一直没动静。昨儿小的去问过，内务府说，库里已经没了。"

"没了？"池鱼眼睛微瞪，有点儿不敢置信，"先前还说在赶工，一转眼就没了？"

苏铭苦笑:"姑娘,咱们现在势单力薄,主子死得又冤枉,谁还会把仁善王府当回事?说句大不敬的话,宫里那位怕是也急着要这东西了,所以……"

"那也没这么办事的!"池鱼咬牙,"我去找孝皇叔!"

沈故渊头七都过了,还不比他们更急着用棺材不成?人活着被冤枉,没道理死了还被欺负!

池鱼骑着马冲到孝亲王府附近,抬头一看,好家伙,这前门后门停着的马车真不少,她刚下马上前,就听得那管家拱手道:"各位,王爷今日身体不适,说了谁都不见,请回吧。"

门口一片惋惜之声,却没有人走,不少脸皮厚的直接上前给那管家说好话,拉着管家的手不放。

看了看那拥挤的架势,池鱼抿唇,转身绕到了一处人烟稀少的围墙旁边,直接翻进去。

京城官邸她都熟悉,孝亲王府也不例外,一路从后院翻到中庭书房,池鱼避开了所有家丁,站在书房背面的窗户旁边,想着该用什么方式出现,才不会把孝亲王他老人家吓着。

然而,不等她想清楚,里头突然传来一声低喝:"什么人!"

池鱼一惊,立马飞身隐进旁边的拐角。

沈弃淮的脑袋从窗口探了出来,戒备地扫了扫四周。

"弃淮,你也太紧张了。"孝亲王笑道,"这可是本王的府邸,最安全的地方。"

"这世上就没有什么安全的地方,"转过头,沈弃淮朝孝亲王笑了笑,"尤其是你的身边。"

"你这话怎么说的?"孝亲王皱眉,拍了拍自己胖胖的肚子,"你可别忘记了,你被护城军追得走投无路,是本王救的你。"

池鱼死死捂着自己的嘴,瞳孔猛缩。

第 10 章 踏实的怀抱

怎么回事？孝亲王怎么会去救沈弃淮？

"皇叔的好意，弃淮心领了。"沈弃淮轻笑拱手，"可您救我，怕是别有所图吧？"

"哈哈哈，"孝亲王眼神微动，"本王总跟人夸你是沈家最聪明的年轻人，这当真没夸错。"

"好说，"沈弃淮道，"皇叔有皇叔想要的东西，我也有我想要的东西，既然如此，那我们自然可以坐下来谈谈。"

孝亲王挑眉："弃淮想要什么？"

"很简单，"沈弃淮抿唇，"我现在背负叛国的罪名，走到哪里都活不下来，不死药对我来说没什么用，但对皇叔您就不一样了。您是最有可能登上皇位的人，有了不死药，您可以一直坐着那皇位，享受荣华富贵，笑看人世生死轮回。这样算来，用您的长生不死，换我一世富贵安稳，不算过分吧？"

孝亲王听懂了，笑道："你想让本王替你平反？"

"眼下也只有您登上皇位，替我平反，才能让我安安稳稳光明正大地活下去。"沈弃淮道，"至于怎么平反，我都想好了。当初罗藏山的事情，我可以全推给余承恩，就说是他陷害我。皇叔您觉得如何？"

孝亲王笑得眼神深邃："这个得费点儿功夫。"

"我等得起，"沈弃淮道，"不死药我拿到了，藏在了只有我知道的地方，一旦皇叔替我平反，让我重得王爷之位，我必定将那药双手奉上。"

笑意微微淡了，孝亲王垂眸："本王凭什么相信你呢？"

"就凭不死药在我手上，"沈弃淮笑得胸有成竹，"您想要，那就别无选择。"

孝亲王沉默，思索良久才道："本王答应你，如此一来，你我算是一条船上的人了，你可别出卖我。"

"皇叔放心，"沈弃淮道，"您是唯一能救我的人，我怎么可能对您不利？"

孝亲王脸上重新挂了笑意，正想再说两句，面前的沈弃淮却是神色一紧："外头有人。"

"你又来了，"孝亲王嗔怪道，"一惊一乍的干什么？本王都说过了，这王府安全得很。"

"不。"转头看向窗口，沈弃淮倏地冲了出去。

池鱼惊得浑身发凉，转身就跑！

她轻功不如沈弃淮，很容易就会被抓住。眼下她听了个惊天的秘密，一旦被抓住，定然会被灭口，就算是为了那还不知事的幼主，她也必须得跑！

铆足全身的力气，池鱼如穿林之箭，越过墙头就冲向外院墙，过墙落地飞奔，动作一气呵成。

意外的是，后头竟然没有人追上来。

喘着粗气，池鱼停下步子，有点儿茫然。按道理来说，以沈弃淮的反应和她逃跑的速度，至少背影被看见了，沈弃淮怎么可能放过她？

想了一会儿想不通，池鱼也顾不得其他的了，立马进宫去求见幼帝。

"池鱼？"

今日刚好是静亲王侍药，带着沈知白正坐在玉清殿里，看见金公公带着池鱼进来，还有点儿意外："你不守灵了？"

池鱼跑得上气不接下气，哆哆嗦嗦地道："快……屏退左右……"

沈知白起身过去，心疼地给她递了帕子："有话慢慢说，看你累得脸都白了。"

池鱼咽着唾沫摇头，嗓子都哑了："我这不是累的，是吓的。"

"什么事能把你吓成这样？"静亲王挥手让金公公以外的人都退下去，看着她道，"来跟我们说说。"

接过沈知白递来的茶水喝了一口，池鱼顺了气，咬牙道："沈弃淮在孝亲王府！"

"什么？"大殿里几个人齐齐站了起来，"这是怎么回事？"

第 10 章 踏实的怀抱

"我亲眼所见，"池鱼道，"孝皇叔想要不死药，沈弃淮想重新做回王爷，两人一拍即合，就等着陛下驾崩。"

静亲王脸白了："池鱼，这玩笑可开不得！"

"您看我像是在开玩笑吗？"池鱼咬牙。

沈知白皱眉："那还等什么？立马派人去孝亲王府抓人啊！"

"别轻举妄动。"池鱼抿唇，"你调动禁军，得圣上允准——也就是说，要有加盖玉玺的手谕，玉玺在御书房，你们过去一趟，弄好手谕，再传令给赵统领，调派兵力，这么折腾一轮，沈弃淮早听见风声跑了。到时候抓不住人，反而惊了孝皇叔。"

"那怎么办？"

"知白别急，"静亲王皱眉想了一会儿，看着池鱼道，"光听你这些话，本王不能立马怀疑自己的皇兄。"

"我懂，"池鱼点头，"所以现在，我想请个人来给陛下诊脉，看看陛下是否染了瘟疫。"

"宫里太医都诊断过了啊。"金公公捏着兰花指皱眉道，"太医们可都是行医之人中的佼佼者，他们都觉得是瘟疫，别人来诊又有什么用？"

"仁善王府里有一位精通药理的嬷嬷，"池鱼道，"她的医术先不论比不比得过太医，但至少她肯定不会被人收买。"

静亲王皱眉："池鱼，皇叔也相信你，但是你不能这般揣测你孝皇叔，他一直没做过什么错事，又怎么会干出收买太医谋害圣上的事情？"

"我也不想相信他有这样的心思，"池鱼道，"所以，我想求证。"

沈知白皱眉道："父亲，我觉得池鱼说得有道理，信任一个人的方式，不是完全不查他，而是放心大胆地让人查他，相信就算孝皇叔知道了，也会理解。"

"好吧。"思索良久之后，静亲王挥手，让池鱼把郑嬷嬷接进宫。

郑嬷嬷半跪在龙榻边诊脉，又翻动幼主的眼皮和舌苔看了看，转头就朝众人道："陛下这不是瘟疫，是中了慢性毒，吃颗解毒丸就能好，不至于丧命。"

静亲王傻眼了："不是瘟疫？"

"不是，"郑嬷嬷拿出个瓶子双手递到金公公手里，接着道，"宫外仁善王府附近的百姓，也不是闹瘟疫，而是有人往仁善王府西边二十丈远的水井里投了毒，导致附近一片饮此井水的百姓都中毒了，却被谣传是瘟疫。"

池鱼瞪眼："你怎么不早说？"

"有些真相，只能说给愿意听的人。"郑嬷嬷无奈地道，"老身也是这两天才查出来的，就算跟旁人说，他们也不会相信。"

池鱼咬了咬牙，道："这是沈弃淮干得出来的事情。"

"现在先别说这个。"静亲王沉着脸看着金公公手里的药丸，"这个真能救陛下吗？"

"能，"郑嬷嬷点头，"但既然是有人故意下毒，那这次毒解了之后，贼人必定还会动手，所以你们务必多加小心。"

池鱼神色凝重地点头。

金公公捏着药瓶子，倒了两颗药闻了闻，自己先吃了一颗，等了半个时辰觉得没什么大碍，才小心翼翼地喂给幼帝。

静亲王半信半疑地等着，幼帝吃了药三炷香的工夫，就开始出汗。

"退烧了，"池鱼拿着帕子擦着幼帝额头上的汗水，伸手探了探他的额头，松了口气，"静皇叔，您自己来看。"

静亲王连忙上来试探，摸着幼帝的额头不烫手了，紧绷着的脸才松了下来。

"陛下若当真能好，本王必定重赏于你！"欣喜地看着郑嬷嬷，静亲王道，"你就是陛下的救命恩人！"

郑嬷嬷微笑着行礼。

静亲王转头看着池鱼道："既然有人要对陛下不利，那咱们就来看看，

到底是谁有这包天的胆子！"

"这怎么看？"池鱼皱眉，"真正的老虎，都不会轻易露出爪子。"

孝亲王藏得多好啊，他分明知道皇陵所在，也知道不老药的存在，却忍了这么多年，一直没有动手。平时笑呵呵的，又崇敬先帝，又关心沈氏血脉，横看竖看都不是个有权欲心的人，谁能想到他也存有坐上皇位并长生不老的野心？

现在仔细想想，孝亲王的棋下得妙啊，皇陵让沈弃淮盗了，对太祖不敬的罪名是沈弃淮背着，他只要能坐上皇位，就能白得一颗不死药，该有的都有了。

而沈弃淮呢？精心筹备这么多年，功亏一篑。假死回来费尽心思拿到不老药，到头来还得交出去，就换回自己原来的地位。怎么算都是一笔亏惨了的买卖。

姜还是老的辣。

"你留在玉清殿跟我们一起侍药吧。"静亲王低声道，"其余的事情，本王来安排。"池鱼回神，点了点头。

沈弃淮既然已经出现了，那她就得留下来，亲眼看着他不得好死！

幼帝的药是三个太医轮流熬的，池鱼抓了三只老鼠养在玉清殿，每次有药送来，统统倒给老鼠喝。不到一天，三只老鼠就全吐了白沫。

"一个安好心的人都没有！"静亲王暴怒，连夜召集了几个来京城勤王还未返回封地的老王爷，露了点儿口风。

这几个老王爷跟静亲王向来交好，也都是赤胆忠心之人，闻言个个都很生气，统统加入了揪出反贼的阵营。

孝亲王尚未察觉，他很忙，忙得两天之后才进宫一趟。

谁知道，这一进宫，幼帝竟然睁开眼坐在软榻上玩玩具了。

"孝皇叔，"小脸蛋还有点儿惨白，可脸上已经有精神了，幼帝奶声奶气地道，"三皇叔什么时候来呀？朕好久没有看见他了。"

孝亲王心里有点儿错愕，但面上却是大喜，走进来抱起幼帝就亲了一口："您可算是好了，吓死皇叔了！"

"皇兄，"静亲王垂眸道，"这宫里太医失职，用药不对症，所以陛下病了这么久都没好，一换药方，竟然立马好了。"

"有这样的事情？"孝亲王怒道，"将那些个太医停职查办，看看在搞什么名堂！"

"已经在查了，"静亲王道，"只是这两天咱们得辛苦些，轮流照顾陛下。"

孝亲王想了想，愧疚地道："这两日辛苦你了，是我太忙了，都没空进宫。这样吧，你回去休息两日，陛下交由我来照顾。"

"这……"静亲王有点儿犹豫。

孝亲王心疼地看着他道："你瞧瞧你眼里的血丝，还有知白，你们父子俩都守了多少天了，老老实实回去吧。"

"也好，"静亲王点头，转头看向一旁，"那池鱼跟着你孝皇叔好好留在玉清殿侍药。"

"是。"池鱼乖巧地应下。

孝亲王这才发现池鱼还在旁边，朝她笑了笑。

看着这张慈祥万分的脸，池鱼僵硬地回了个微笑，心里直发毛。

于是接下来几天，池鱼就看着孝亲王忙里忙外地照顾幼帝，丝毫不意外的是，幼帝的病情又开始加重了。

"孝王爷。"看着那胖胖的喂药的身影，池鱼喊了一声。

正是酉时，天色已经昏暗下来，玉清殿里亮着无数盏宫灯，灯影恍然。

孝亲王听见她这一声喊，有点儿意外地端着碗回头看她："你怎么这样叫我？"

池鱼面无表情地看着他："本想喊您一声皇叔，但想想沈弃淮也这么叫，我就喊不出口了。"

捏着勺子的手一僵，孝亲王眼里有一瞬的意外，接着笑道："你在说什么胡话，沈弃淮都是多久之前的事情了？"

"不久，"池鱼道，"也就两三天吧。"

脸上的笑意僵住了，孝亲王认真地看她一眼，放下碗勺，走到玉清殿门外看了看。

"王爷，"金公公笑眯眯地捏着手问他，"您有什么吩咐吗？"

孝亲王看了大殿里池鱼一眼，低声道："让禁军副统领过来一趟，带点儿人，本王要护驾。"

金公公一愣，扫了宫殿里一眼，笑着应下："是。"

孝亲王若无其事地关上殿门，看着池鱼，慈祥地道："你刚失去了师父，心情不太好，本王可以理解，但话要说清楚——几天前怎么了？"

"孝亲王真是老到，话说到这个份儿上，您还能不慌不忙的。"池鱼低笑，"几天前，沈弃淮不是在您的书房里，亲亲热热地喊您皇叔吗？"

孝亲王不笑了，一双眼定定地看着她："窗外的人是你？"

"我本想去跟孝王爷讨楠木棺材的。"池鱼歪着脑袋道，"但这天下的事情，就是这么巧，恰好就让我听见了不该听的事情。"

"然后呢？"孝亲王负手而立，"你打算用这个威胁本王？"

"不是威胁，"池鱼闭眼，再睁眼的时候，眼底满是挣扎，"我只是不明白，孝王爷这样的人，怎么也会做大逆不道的事情？"

"大逆不道？"扫了一眼空荡荡的宫殿，孝亲王放下了伪装，冷笑道，"我只是拿回属于我的东西，怎么就大逆不道了？"

先皇驾崩之时，皇位后继无人，按理来说就该他这个皇弟继位！谁知道先皇竟然立下传位圣旨，要贵妃的遗腹子继位，这不荒唐吗？

"人都是自私的，"孝亲王道，"先皇自私地想让他的儿子继位，我自然也想坐这皇位。一个奶娃娃，能把偌大的国家治理好吗？还不是我在背后出谋划策？凭什么做事的是我，坐皇位的却是他？"

眼前的孝亲王仿佛积怨已久，此刻爆发出来，一向和善的脸瞬间变得狰狞起来："你现在想怎样呢？跑出去告诉所有人我有谋逆之心吗？哈哈哈，他们不会信的，就像不会信你师父不是妖怪一样！"

"你是不是，就等着我师父死？"池鱼深吸一口气，"他替你铲除了沈弃淮，你这渔翁之利，是不是收得很开心？"

"故渊是个好孩子，"孝亲王状似感叹地道，"多亏有他，不然我压根拿沈弃淮没办法。不过他要是不死，就会成为下一个沈弃淮，我不得不防啊。"

池鱼怔愣地看着他，忍不住苦笑出声："我是真的没想到，您会是这样的人。"

"现在你应该想到了，"孝亲王笑了笑，"但是没机会啦，池鱼，今儿你得死在这里了。"

"杀人灭口？"池鱼挑眉，"您就不怕我死在这里，别人追问原因？"

"要不怎么说女儿家的脑子就是没男人聪明呢？"孝亲王低笑道，"这要是沈弃淮在这里，肯定就能明白我想做什么。"

说罢，看了一眼床榻上熟睡的幼帝。

池鱼瞳孔微缩："你还想对陛下不利？"

"不是我，是你。"孝亲王笑了笑，"这几天你也在侍药啊，下毒谋害圣上再自尽，是不是也挺可行的？"

池鱼皱眉："你妄想！我没有谋害圣上的理由！"

"怎么没有呢？你师父死了，你觉得是沈氏皇族的错，害不了本王，当然只能报复幼帝。"孝亲王拍了拍手，"而本王，就来救驾，将你这狠心的郡主的尸首，带去皇室祠堂鞭挞，以平天下人之怒。"

殿门应掌声而开，禁军副统领带了人进来，站在孝亲王背后，低头行礼："王爷。"

"按照先前吩咐的做吧。"孝亲王慈祥地笑道，"注意一下咱们池鱼郡主，她可会点儿武功。"

池鱼护着龙榻,皱眉看着孝亲王道:"你会有报应的。"

"怎么报应?"孝亲王挑眉,张了张手臂,"如今这皇宫尽在本王掌控之中,你能把本王如何?"

"您就不怕今日所说之话,被别人听见?"

"别人?"孝亲王轻笑,"这玉清殿附近都是本王的人,若是有人在偷听,早就被本王抓出来了。池鱼丫头,玩这些虚张声势的把戏是没用的。"

"是吗?"房梁上响起个声音,"那假如她没有虚张声势呢?"

孝亲王一惊,猛地抬头,就见沈知白施施然飞身落下,青白色的锦袍飞扬,脸上带笑:"还真有别人听见了呢。"

"你……"孝亲王这才有点儿慌,一个宁池鱼他好处理,毕竟宁王死了那么久了,宁池鱼无亲无故,没有人会替她鸣冤。但沈知白就不一样了,他可是静亲王唯一的儿子,他要是死在这里,怎么跟静亲王交代?

孝亲王的眼珠子飞快地转起来,他冷静了一下,抿唇问:"知白,你什么时候来的?"

"来了很久了,"沈知白做回忆状,"大概是响午,您去吃午膳的时候,我就在上头待着了。"

宫殿的房梁可宽了,人在上头躺着都没问题。

孝亲王咬牙,勉强笑道:"本王同池鱼开玩笑呢。"

"您说的那些话,我可不敢当玩笑听。"沈知白摇头,"一早就觉得您有不对劲的地方,但我父王还不信,非说不能随意怀疑您。"

脸色一变,孝亲王抿唇道:"我也不想这样,但你既然埋伏在这里故意抓我的错漏,我就不能让你去其他人面前污蔑我。"

"来人!"

沈知白扫一眼四周围上来的禁卫,苦恼地朝房梁上喊了一声:"赵统领,你们禁军胡作非为,你不管的吗?"

赵饮马从房梁上伸出个脑袋来,也很苦恼地道:"这些人是倪熊带的,我管不住啊，我能怎么办？"

孝亲王脸都绿了，抬头看向房梁上头："怎么还有人！"

"不好意思啊，王爷，"赵饮马飞身下来，摸着后脑勺儿道，"我这个人就喜欢爬上爬下的。"

孝亲王胸口起伏得厉害，沉声道："你们的行为，等同刺客！"

"那也是没办法的事情。"赵饮马耸肩，"王爷您的人实在厉害，把这周围看得死死的，咱们不躲上头，就没地儿躲了。"

孝亲王扶了扶额，被这突如其来的情况弄得脑子不太好使了。

这该怎么办？全软禁？一个郡主一个侯爷外加一个禁军统领，三个人都有武功，先不说能不能顺利抓住，就算抓住了，动静也不会小，到时候消息传出去，纸包不住火。

可要是放了他们，那自己可就完了，宁池鱼一个人说话没人信，这三个人加在一起还没人信吗？

"孝皇叔。"池鱼开口，"您已经走到悬崖边上了，现在回头还来得及。"

回头？孝亲王冷笑："话说到这个份儿上，你以为本王还有回头的可能？"

"怎么没有？"沈知白道，"您撤走这宫殿里的人，别再加害陛下，那我们三个就算出去说您要谋逆，也没有证据。"

现在撤走？孝亲王眼珠子一转，冷笑道："等了这么多年，再等下去当真没机会了，与其现在放弃，不如拼死搏最后一把！"

"把他们抓起来。"孝亲王冷笑一声，挥手就往后退。

后头的倪副统领带人围了上来，池鱼三人立马反抗，与上前的禁军缠斗，踢翻宫灯，大喊一声："孝亲王谋逆弑君啦——"

瞳孔微缩，孝亲王狠狠心，咬牙道："不留活口！"

"是！"禁军集体刀剑出鞘，白晃晃的刀刃，触身就是一道血口子。三个手无寸铁的人瞬间就落了下风。

"怎么办？"池鱼咬牙护在龙榻前头，"外头的人还有多久到？"

"酉时两刻，还差一会儿。"沈知白抿唇，"我们保命不难吧？"

"保命是不难，可是……"赵饮马看了一眼身后躺着的幼帝，"有陛下在，咱们难免有顾忌。"

有顾忌就不能放开手脚，总要吃点儿亏。

池鱼捏了捏拳头："拼死一战吧。"

旁边两人点头，一个抄起宫灯，一个扯了床帐上的挂钩，迎上禁军锋利的刀刃。

咬咬牙，池鱼搬起龙榻边的脚凳，一个横扫，拍倒一片禁军。

按照约定，玉清宫这边一有兵力调动，静亲王和忠亲王就会带人等在西门，准备支援。池鱼刚刚大喊那一声，金公公就应该去报信，援兵过来，直接能把孝亲王抓个现行。

然而，扛了一刻钟，三人身上都负了伤，援兵还没来。

"出事了？"沈知白小声问。

赵饮马神色凝重地摇头，挡开面前一个禁卫的刀，低声道："咱们得自己想办法冲出去。"

"三个兔崽子就想翻天？"孝亲王站在门外，冷笑道，"本王玩你们这套的时候，你们还在喝奶！"

"呜呜！"金公公被捂住嘴捆了起来，着急地朝殿里叫唤。

池鱼扫见了他，心里一沉："完了。"

"我背陛下，你们两个掩护我。"赵饮马咬牙将幼帝扛起来，"冲出去！"

"陛下会受伤的！"池鱼咬牙，"你当心些！"

赵饮马反手将幼帝抱在怀里，眼神锐利地盯着前头的禁军，片刻之后，方向一转，往旁边守卫薄弱的地方猛冲过去！

"拦住他！"孝亲王低喝。

无数刀刃落下来，饶是穿着铠甲，赵饮马也疼得白了脸，死命护着君主想突围，却被更多的人堵了回来。

"哎呀，虚惊一场。"看着那狼狈的三个人，孝亲王拍了拍手，"放弃吧，你们跑不掉了。"

"何以见得？"赵饮马吐了一口血沫，不服气地看着他道，"咱们可都还活着呢。"

"也离死不远了，"孝亲王哼笑，"今日这玉清殿，没有人能活着离开！"

沈知白咬牙，池鱼也捏了捏拳头，他们还不想放弃，还想再冲一次。然而看看这周围的禁军数量，的确让人心底都透出绝望来。

就到此为止了？池鱼苦笑，闭上了眼。

"没有人能活着离开，那妖呢？"

一阵风吹过来，带着冬日梅花的清冽之气，让人心神一荡。

池鱼猛地抬头，眼里迸发出惊人的光，直直地朝那说话的人射过去！

"师父！"

孝亲王不敢置信地睁大了眼，还没回头，就瞧见一缕白发随风飘到了他脸侧。

"皇叔，别来无恙啊。"沈故渊伸手，轻轻搭上孝亲王的肩，红色的袖子盖在他的肩膀上，将他那一身暗紫色四爪龙袍衬得灰暗极了。

"这么大的场面，怎么不叫上我来看热闹？"

一股子凉意从心底升上来，孝亲王疯了似的挥开他的手，后退两步抬眼看向他。

俊朗无双的一张脸，完全没有被焚烧过的痕迹，还是那般摄人心魄。一双眼半阖着看他，仿佛在俯视什么蝼蚁。最为熟悉的就是他嘴角那抹嘲讽的笑意，看得人心里直发毛。

"你……"孝亲王咽了口唾沫，震惊地道，"你怎么还活着？"

"意外吗？"沈故渊转身，慢悠悠地走到池鱼面前，将她拉了起来，看着池鱼，却对孝亲王道，"在您的计划里，我早该死在一群百姓手里了，碍

不着您半分。"

池鱼呆呆地看着他,像无数次在梦里看见的那样,忍不住伸手去碰他的脸颊。

没有消失,这次没有消失!她的师父,终于回来了!

池鱼激动得眼泪瞬间涌了上来,欣喜地抓着他的袖子:"太好了,太好了!""别磨叽了。"沈故渊的温柔没持续多久,眉毛就竖了起来,"大敌当前,现在是叙旧的时候吗?"

"不是!"池鱼抹了把脸,兴高采烈地冲着孝亲王道,"我师父回来啦,你完蛋啦!"

这模样,活像是小孩儿打架终于等来了帮自己的大人,看得孝亲王气不打一处来:"他来了又如何?就算大难不死,他也只是一个人而已!"

"一个人?"沈故渊挑眉,抬了抬袖子,"你不是说我是妖吗?那我可不能一个人来对付你。"

话音落,一串红线从袖子里飞出,越过层层禁军,在宫道上空"啪"的一声像烟花一样炸开。

红线落处,整齐的禁军迈着步子举着长戟往这边围了过来。

"你——"孝亲王皱眉,"这是什么妖术?"

"都说是妖术了,那我说了你也不懂。"嫌弃地看他一眼,沈故渊朝那头喊了一声,"再慢点儿,人都死完了!"

静亲王和忠亲王连忙加快步子,一众禁军将玉清殿的反贼全部包围,长戟相对,一声怒喝。

整个皇宫都是一震,孝亲王愣愣地看着,犹自不甘心地道:"皇弟,你们终于来了,这些人绑架圣上,妄图谋反……"

"皇兄,"静亲王眼神沉痛地看着他,"事到如今,您还说这些,有意思吗?"

孝亲王一顿,扫一眼四周,眼里满是不甘和后悔。

宫里发生叛乱，各路王爷都进宫勤王，然而这场叛乱并未持续多久，天亮的时候，一切归于平静。

"王爷，您是怎么活下来的？"赵饮马瞪大了眼走在宫道上，眼睛眨也不眨地盯着沈故渊道，"我是亲眼看着您被烧死的！"

"障眼法，"沈故渊不耐烦地道，"你见没见过世面？"

原来是障眼法啊！赵饮马恍然大悟地点头，不好意思地挠着后脑勺儿道："我的确没怎么见过世面，嘿嘿。"

沈故渊一点儿也不心虚，翻了个白眼继续编道："我假死就是为了诱骗孝亲王露出真面目，现在大功告成了，你能不能跟着各路王爷盘查一下孝亲王，别跟着我？"

"盘查他有什么意思？"赵饮马撇嘴，"我更想看您变戏法。"

沈故渊眯眼，加快步子跨进前头的宫殿，一把将赵饮马给关在了外头。

"哎哎！"赵饮马连忙拍门，"王爷，有话好好说嘛，我就是想看看戏法……"

"回去休息吧，大统领！"沈故渊咬牙，"不然我就把你给烧了！"

外头瞬间没了动静。

沈故渊摇头，转身一看，宁池鱼正坐在软榻上，眼睛眨也不眨地看着他。

"又来？"没好气地走过去，沈故渊道，"我不会突然消失，你不用这么死死盯着我。"

眼泪"唰"地掉下来，池鱼红了鼻尖和眼眶，抿着唇看着他，眼睛还是不眨，泪珠子却大颗大颗地掉落。

沈故渊身子僵了僵，神色复杂地道："你来这套是什么意思？哭就有用了？"

鼻翼一动一动的，眼睛也红得像只小兔子，看起来可怜极了。

沈故渊举起了双手："我投降。"

下一秒，池鱼就被人拥进了一个踏实的怀抱。

第 11 章 恩怨一笔勾销

"我以为……我以为你再也不回来了。"池鱼抽抽搭搭地道,"你突然就那么走了……一声招呼都不打……"

说完,抓着他的衣襟又哭了起来。

沈故渊有点儿心虚,摸摸鼻尖眨眨眼,他突然想起,自己当时忙于算计对手,当真是忘记跟宁池鱼交代清楚了。

然而这个锅他要背吗?他不!堂堂天神,锅都不会甩,还怎么混?

于是,轻咳一声,沈故渊一本正经地道:"那会儿正是紧要关头,我没有办法分心。我是那种会在紧要关头扔下你们逃跑的人吗?"

池鱼愣了愣,傻呆呆地看向他。

沈故渊一脸受伤的表情:"我真没想到在你心里我竟然如此不堪。孝亲王要造反,这个节骨眼上我要是跑了,那还是人吗?"

眨眨眼,两颗豆大的泪珠砸下去,池鱼咽了口唾沫,哑着嗓子低声道:"那你也不能不告诉我一声就……"

"呃!"沈故渊突然就伸手捂住了胸口,表情很是痛苦。

池鱼吓了一跳,连忙问他:"怎么了?哪里伤着了?"

轻轻吸着凉气,沈故渊先是神色痛苦,又转为忍痛强自镇定的表情,眼里波光涌动,声音压抑地道:"没事,我自己休息片刻即可。"

"是身子还没恢复吧?"池鱼咬牙,"先前就亏了元气,今日又用术法,你疼不疼?哪里疼?"

沈故渊捧心皱眉，咬牙状似强忍痛苦，勉强地道："胸口有点儿难受，你扶我躺下。"

池鱼担心极了，立马放弃追究责任，紧张兮兮地喊了郑嬷嬷进来，然后就蹲在床边眼巴巴地看着沈故渊。

郑嬷嬷一摸床榻上人的脉搏，眉梢瞬间挑了挑。

沈故渊定定地看了她一眼。

郑嬷嬷放下他的手腕对池鱼道："郡主别太紧张，主子这是身子还没恢复，有些疲乏罢了。"

池鱼松了口气，立马起身："那我去找御膳房熬点儿汤来！"

郑嬷嬷点头，看着她蹦蹦跳跳地出去，扭头责备地看着沈故渊道："您未免有些不厚道。"

"怎么？"沈故渊道，"我又做错什么了？"

"池鱼丫头这几日，眼泪就没断过。"郑嬷嬷皱眉，"您是不是故意没告诉她？"

沈故渊抿唇，拢了拢自己的白发，低声道："我可没这么无聊。"

"是吗？"郑嬷嬷眯眼，"您这招釜底抽薪用得妙啊，池鱼丫头瞬间就原谅了您以前的所作所为，只知道担心您了。要说您心里没什么小九九，老身打死都不信。"

轻哼一声，沈故渊斜眼道："我现在可是病人，你再这般咄咄逼人，等会儿让她瞧见了，就得说你两句了。"

见过厚脸皮的，没见过这么厚脸皮的！郑嬷嬷磨了磨牙，起身提着裙子出去了。

四周安静了下来，沈故渊躺着跷起二郎腿，盯着床帐顶发了会儿呆。

宁池鱼这丫头怎么这么好骗啊？先前还那般决绝，决绝得让他绝望。结果就假死一次，装个柔弱，她便不计前嫌，只顾担心他的身体。

笨蛋就是笨蛋，教再多东西也聪明不起来。

沈故渊心里骂着,但不知怎的,嘴角却抑制不住地往上扬,想压压,保持一下天神的严肃,然而那股子高兴从眼角眉梢各处往外跑,拦都拦不住。

"三皇叔,"沈知白跑了过来,还没到床边就道,"孝亲王被押在宗正衙门了,他的情况比较特殊,眼下没人能定罪,您看……"

沈故渊立马翻身坐了起来,一挥衣袖便道:"这有什么不好定罪的,按照规矩来,先把证据准备齐全。"

"嗯?您没事啊?"一看他这矫健的身姿,沈知白疑惑地道,"没事躺着干什么?"

"我乐意,你管得着吗?"皱了皱眉,沈故渊道,"既然那边事情还没结束,你跑过来干什么?"

沈知白往大殿左右看了看,抿唇道:"我看池鱼方才脸色不太好,所以顺道来看看她怎么样了。"

"她好得很,不用你操心。"沈故渊道,"倒是你,闲得无聊的话,去把叶凛城那小子给我抓回来。"

叶凛城?沈知白好奇地道:"抓他干什么?"

恨铁不成钢地看他一眼,沈故渊问:"宁池鱼现在的夫君是谁?"

"叶凛城啊。"

"那抓他有什么问题吗?"沈故渊翻了个白眼,"你还想让他们当一辈子夫妻?"

然而,话音刚落,宁池鱼就捧着一盅东西推开了殿门。

"小侯爷来了?"吹着手里的汤盅,池鱼高兴地道,"你们看我厉不厉害?刚好御膳房在炉子上煨着老鸡汤,我立马端来了。"

在她推开殿门的一瞬间,沈故渊就倒回了床上,盖上了被子,还咳嗽了两声,动作之流畅,神态变化之快,看得沈知白很想给他鼓个掌。

"皇叔这是演苦肉计呢?"笑了笑,沈知白一点儿面子也没给长辈留,直接开口道,"想喝汤知会侄儿一声,侄儿自然会替您跑腿的,做什么要骗池鱼？"

池鱼莫名其妙地在床边坐下，舀着汤边吹边问："骗我什么了？"

沈故渊狠狠瞪了沈知白一眼，抹了把脸，一边咳嗽一边捂住胸口，挣扎着坐起来，露出一个苍白的笑容："无妨，知白是说我还没有病死，不至于这样躺在床上。"

池鱼震惊地回头看了沈知白一眼："小侯爷，有您这么说话的吗？他伤得已经很严重了，难不成非要死了才能躺在床上？"

"我……"沈知白哭笑不得，连忙摆手解释，"我没有啊，我是说他刚刚还好好的……"

"喀喀喀！"沈故渊脸上浮起两抹不正常的嫣红，眼神也有些飘忽，强自镇定地道，"嗯，我的确好好的，池鱼你别冤枉了小侯爷。"

"小侯爷，"池鱼站了起来，伸手拦在他前头，不悦地道，"您今日太暴躁了，想来需要休息，快去隔壁的宫殿小憩片刻吧，不然总想发火。"

"池鱼你听我说，他……"

什么叫哑巴吃黄连，什么叫比窦娥还冤啊！沈知白很是不甘心地看了床榻的方向一眼，正好看见沈故渊撑着下巴眨巴着眼看着他。

门关上，池鱼回到床榻边，端起汤试了试温度："刚刚好，来尝尝。"

池鱼很仔细地喂着他，动作温柔，还拿帕子擦着他的嘴角，那小心翼翼的模样，生怕他碎了似的。

对于这种待遇，沈故渊很满意。

嘴角勾了勾，沈故渊声音仍旧很严肃："当真不生我气了？"

"不生气了。"池鱼认真地道，"我想了想，你已经道过歉了，我的气呢，也慢慢消了，我还是想跟在你身边，要是因为面子上过不去就一直僵着，对我自己也没什么好处。"

早点儿这样想多好啊！沈故渊咬牙，他前段时间可真是被她怼得心窝子疼！

第二章 恩怨一笔勾销

"不过师父,你什么时候走,总要给我个准信儿。"池鱼抿唇,抓紧了他的衣袖,"你在我身上的任务,应该已经完成了吧?"

"是啊,"沈故渊点头,"可我还有别的事没做完。"

"什么事?"池鱼连忙凑过来,面对着他,一双眼睛眨巴眨巴地看着他。

沈故渊道:"眼下没什么威胁了,我也跟你坦白——我不是妖怪,是月宫天神,掌管凡人姻缘的。"

天神?池鱼惊了惊,上下打量他两眼:"掌管凡人姻缘的天神,不就是……月老?"

"呸!"沈故渊嫌弃地道,"这个称呼真是难听死了,但我不是月老,我师父才是月老。"

"你师父是月老,那你怎么能掌管凡人的姻缘?"池鱼怀疑地道,"扯红线就是月老干的事情啊!"

沈故渊翻了个白眼,伸袖一挥。

"唰"的一声,两个人瞬间换了个地方。

黄昏的月老庙来往的男女依旧很多,池鱼觉得自己还没站稳呢,就被旁边的人拉着往里走。

进了大殿,沈故渊指了指正中央的月老像,淡淡地说道:"他徒弟很多,但现在能掌管姻缘扯红线的就我一个。所以,在他闭关修炼之时,就是我在掌管天下情事。"

"那不还是月老吗?"池鱼道。

这称呼真的太难听了,显得他很老似的!沈故渊很不满意,拂袖就走。

池鱼连忙跟上,出了庙宇,就是一片梅林。

"怪不得你身上总有梅花的香气。"池鱼深吸一口气,张着胳膊转了几个圈,"原来你是月老。"

沈故渊无视了那难听的称呼,望了望这片梅林,忍不住就想起在天上的时候。

天上也种了这么一片梅林，月宫里的师兄弟们经常打闹，偶尔撞着一棵，就能惹来月老一阵怒骂。

"我的梅花哟！我每棵都当祖宗养着的！你们这群兔崽子，给我去别处玩！"

月老是个瘦小的老头子，个儿只到沈故渊胸口那么高，整天看起来都气呼呼的，也不知道是在跟谁生气。不过月老心肠很好，他年幼流落在外无人照顾的时候，是月老把自己捡回月宫，传授法术的。

所以，他一直很努力地学法术，凭借聪明的脑子和足够多的功夫，很快超越了一众师兄，成为最有资格继承月老衣钵的人。

然而，就在他即将拥有继承资格的时候，就出了宁池鱼红线牵错了的事情。他被月老扔下凡间，要求他在凡间将最后未牵好的线统统牵完才有资格回去继承衣钵。

老实说，沈故渊不是个喜欢争抢的人，但他看得出来，月老很累了，他当了五百年的月老，自己的姻缘始终没有着落，到现在都还是孤家寡人。所以他觉得，自己能帮这老头子一把。

于是，池鱼身边就出现了个无所不能的沈故渊。

"好像要下雪了，"看了一眼天色，池鱼问，"师父，回吗？"

"回，但是咱们得自己走回去，"沈故渊抿唇，摊了摊手，"我不能再消耗元气了。"

池鱼乖乖地点头，拉着他往外走。

雪落了下来，一大片一大片的，落进脖颈里，冻得人直抖。

于是，师徒二人就在雪花纷飞的天气里向前迈进，刚走一里地，地上的雪就能埋着鞋子了。

沈故渊板着脸道："今日我心情好，陪你走路，不然，我就自己飞回去了。"

那她还得谢谢他？池鱼扁嘴，朝他阴阳怪气地行礼："师父你真好！"

池鱼蹦蹦跳跳地跟在他身边,看着面前扑簌簌的雪,小声道:"这雪还真跟您的头发一样美。"

"美?"沈故渊挑了挑眉,"你可知道,若不是沈氏皇族都有这白发,它在人间便是老的象征?"

池鱼噘嘴:"老怎么了?那也好看哪!"

尤其是在自家师父身上,简直好看得让人想扑上去!

沈故渊白她一眼,嘴角却忍不住微微勾了勾。

不过这雪当真是下得大,没一会儿地上就铺了好厚一层,他倒还好,旁边的小丫头却走得艰难,那雪已经没了她的绣鞋。

"师父你看!"池鱼一边拔着自己的腿往前走,一边兴奋地扯着他的袖子让他往自己脑袋上瞧。

沈故渊用眼角扫了扫她,微微一顿。

"这样我算不算也是白发了?"她眼睛亮亮的,指了指自己那满头的雪。

心口微微一动,沈故渊板着脸道:"算,你再走一会儿,整个人都算是雪人。"

说罢,自顾自地往前走了。

池鱼连忙拔腿想跟上去,奈何沈故渊腿长力气大,在这雪地里走得丝毫不费力,她使出吃奶的劲儿,也没能追上。

"师父……"她可怜巴巴地喊了一声。

前头的人仿佛没听见,雪白的长发翻飞,袖子也跟旌旗一样飞舞着。

叹了口气,池鱼认命地继续往前走,直到腿走得酸了,才停下来揉一揉。

"上来。"前头响起个冷冰冰的声音。

池鱼一愣,抬头就看见方才那走得很远的人半蹲在了自己面前。

"啊?"她有点儿反应不过来。

沈故渊不耐烦地道:"让你上来!"

池鱼被他凶得一抖,立马扑上他的背,把他撞得微微前倾。

"真重！"站起身，沈故渊嫌弃地撇了撇嘴。

池鱼趴在他背上，笑得眼睛都弯了起来，想了想，把外袍给解了，举过两人的头顶。

沈故渊微微一顿，皱眉道："笨蛋，你不冷吗？"

"不冷。"池鱼笑眯眯地道。

微微一哂，沈故渊摇头，继续往前走。

雪越来越厚，他却走得很稳，池鱼在他背上一点儿都没觉得颠簸。两人距离很近，她一低头就能碰到他的头发。

忍了又忍，实在没忍住，池鱼低头，轻轻在他头发上落下一吻。

沈故渊突然就一个趔趄。

"师父？"池鱼吓了一跳，连忙攀住他的肩膀，心虚地问，"怎么了？"

"没什么。"沈故渊若无其事地站稳，继续往前走。

池鱼打了个哈欠，迷迷糊糊地道："咱们还没到王府吗？"

沈故渊镇定地道："你先睡一觉吧，就快到了。"

"嗯。"池鱼将举着衣裳的手慢慢收回来，头耷拉在他背上，靠着就睡。

前头终于出现了仁善王府的牌匾。

沈故渊抬脚刚跨进去，就瞧见门口靠着个人。

"这么晚了，王爷才回来？"叶凛城叼着根野草，侧头看着他，眼神有点儿凉，"可让我好等。"

看他一眼，沈故渊继续往里走："有事？"

叶凛城站直身子跟上去拦住他，不悦地道："没别的事，但我的妻子，王爷是不是该还给我了？"

眉梢一挑，沈故渊气定神闲地站住脚，抬眼看着他道："你的妻子？"

指了指他背着的人，叶凛城低声道："拜过天地，她自然是我的人。"

"哦？"眼皮翻了翻，沈故渊勾唇问，"可拜完了？"

叶凛城无话可说。

"她为何与你成亲,你我都清楚。"沈故渊道,"堂也没拜完。现在来拦我,你觉得,有资格吗?"

心里堵了口气,叶凛城微恼:"她告诉你了?"

不是说好演戏瞒住这个人的吗?这丫头可真是不靠谱!

"她没告诉我,但我就是知道。"沈故渊微微侧头,看了一眼自己背后,眼里涌上些宠溺,"毕竟是我的人。"

惊了一跳,叶凛城沉了脸:"你的人?"

沈故渊一脸理所应当的表情,点了点头,越过他继续往里走。

郑嬷嬷站在前头不远的地方,目瞪口呆地看着自家主子:"您……"

沈故渊有些不耐烦地道:"我的徒弟自然是我的人,有什么不对吗?"

郑嬷嬷挑眉,凑上来看了看熟睡的池鱼,戏谑地道:"您方才那语气可不是指徒弟的。"

"不然是什么?"沈故渊加快了步子,"你少来跟我说这些,黎知晚的事情可办好了?"

郑嬷嬷意味深长地看了他一眼,笑着跟上去道:"您已经主动解了婚约,那还有什么办不好的?"

"那就行。"跨进主屋,沈故渊将池鱼放在床上。

池鱼这一觉睡得极好,醒来的时候,就看见沈故渊坐在外头的软榻上写着什么。

打了个哈欠起身,她笑眯眯地道:"师父早啊。"

沈故渊白了她一眼,道:"时至晌午,你还有脸说早?快些起来,等会儿随我去宗正衙门一趟。"

池鱼连忙下床洗漱,边洗脸边问:"出什么事了吗?"

"还能是什么事?"沈故渊淡淡地道,"孝亲王不肯认罪,其余的王爷也定不下他的罪,更有人说他这么多年没有功劳也有苦劳,要将功抵过。"

"那怎么成?"池鱼皱眉,"沈弃淮的教训还不够吗?这些人只要还活着，就不会消停！"

"你也赞成按律惩处？"沈故渊看她一眼。

池鱼道："孝皇叔对谁都好，跟谁也都有感情，我也会对他心软，所以我没法儿说他必须得死。但也绝不能纵容了他啊。"

心思多深沉的一个人啊，暗地里谋划这么多年，要不是有沈故渊这个异数在，孝亲王早就成功了。这样的人站在幼帝对面，幼帝压根不是他的对手，一旦让他有东山再起的机会，遭殃的定然是天下人。

微微勾唇，沈故渊收了笔，将写好的东西卷起来放进衣袖，睨着她道："跟我来。"

池鱼提着裙子就蹦蹦跳跳地跟了上去。

宗正衙门是专门处置皇亲国戚的地方，已经很久没这么热闹过了。朝中有头有脸的人都在，交头接耳，说个没完。

"仁善王爷到——"外头的人通传了一声。

嘈杂声瞬间消失，池鱼跟着自家师父进去，就见众人都齐齐朝他们行礼："三王爷。"

静亲王等人也颔首致意。

沈故渊拱手回礼，走上前问静亲王："如何了？"

静亲王垂眸："沈弃淮还在逃，孝亲王已经押在大牢。徐宗正说，这案子他没法判。"

"徐宗正为人和善，素来与孝亲王交好，自然没法判。"冷笑一声，沈故渊扫了扫四周，"那谁来判呢？"

剩下的三大亲王齐齐沉默，一众皇亲国戚更是不敢言语。

"既然都没人毛遂自荐，那不如我来。"沈故渊转头看向静亲王，"皇兄觉得如何？"

"你来自然是好的。"静亲王叹了口气，"只是……故渊，这案子要判得服众，可不好拿捏。"

第二二章 恩怨一笔勾销

孝亲王在朝中的影响力不亚于沈弃淮,甚至更甚。沈弃淮犯的是死罪,一众皇亲国戚都亲眼目睹,所以杀他,大家都没什么意见。但孝亲王不同,孝亲王是沈故渊等人抓的,很多人不在场,要不是静亲王和忠亲王亲自带兵,众人都不信孝亲王会造反。若是直接处死,众人难免心凉,但若不处死……也留后患。

沈故渊颔首:"我知道分寸。"

沈故渊转身坐在上位的审案后头,道:"先前有人说,孝亲王造反,缺乏证据。"

忠勇侯沈万千一顿,出列拱手:"的确缺乏证据,单凭几位王爷的供词,不足以让其余不在场的人信服。孝亲王怎么说也是沈氏嫡系血脉,皇室血脉本就凋敝,这么轻易地给他扣上罪名,实在不妥。"

"哦?"沈故渊眼神暗了暗,身子微微前倾,盯着他道,"我也是沈氏嫡系血脉,侯爷给我身上扣妖怪之名的时候,怎么就那么轻易啊?"

沈万千一愣,气势立马就弱了,忐忑地道:"王爷明察,这跟我有什么关系?妖怪的传言,是因为那个紫衣人当场……"

"妖怪的事情先放一放,还有很多机会可以慢慢追究。"沈故渊淡淡地道,"现在先来说说,禁军副统领为什么擅自调任禁军吧。"

池鱼站在他身侧,偷偷看了忠勇侯一眼,这人之前去仁善王府的时候起哄得可起劲了,眼下怕是知道沈故渊要跟他算账,脸都白了,一声也不吭地就站回了队列。

倪熊被带了上来,身上血迹斑斑,显然已经被用过刑。

"王爷,属下是冤枉的啊!"一跪下,倪熊就皱着脸道,"卑职是听孝亲王传召,说有人行刺陛下,这才带人赶过去的。"

"是吗?"沈故渊从袖子里掏出一封信捏在指尖,"那这封信就是假的了?"

倪熊抬头看了一眼,皱眉道:"什么信件?"

"就是孝亲王三日前送去你府上的密信啊。"沈故渊道,"不是说,让你点好三百禁军在东门处等着,听凭他调动吗?事成之后,还许你禁军统领之位。"

"这……这不可能啊,王爷!"倪熊眼珠子左右动了动,"这信是假的,一定是假的!"

当然是假的了,这信分明是沈故渊在王府里写好塞在袖子里的!池鱼哭笑不得,小声嘀咕:"师父,人家的密信肯定都是看完便烧了,您这样诈,人家肯定不上当。"

侧头看她一眼,沈故渊眼里满是嫌弃:"脑子不好使就闭嘴。"

池鱼委屈地噘嘴,伸手捏住了自己的嘴唇。

回过头看向另一边站着的李晟权,沈故渊道:"听闻李大人最擅长识别笔迹。"

"是,"李晟权拱手道,"只要是同一个人,无论用左手写还是用右手写,笔迹都有相似之处。但若不是同一个人,就算写得一模一样,臣也能识得出。"

旁边的赵饮马拍着胸口打包票:"晟权这本事可当真是绝了,当年咱们一起读书,先生就拿过好多字画给他看,他不用一炷香工夫就能把同一个人写的都找出来,一幅都不差!"

"那就好,"伸手把书信递给他,沈故渊道,"我让人再找一幅孝亲王的手书来,你认认。"

"是。"李晟权上前接了信。

看着沈故渊那一本正经的模样,倪熊只觉得奇怪,那信他当真是看完就烧了,怎么可能落在他手里呢?但要是没落在他手里,他怎么知道孝亲王的书信里写了什么?

"先不说这到底是不是孝亲王的亲笔。"赵饮马看了一眼,皱眉道,"出事当日,倪副统领应该在休假,敢问副统领,你没我的允许,为何会突然进

第二十二章 恩怨一笔勾销

宫，还带人守在东门？"

倪熊心里忐忑得很，说话都结巴了："我……我只是想护卫宫城，所以暂停了休假，进宫……"

这话一点儿说服力都没有，他自己都说不下去了，颓然地垂下脑袋。

"你要是如实招了，那兴许还能从轻发落。"沈故渊不耐烦地道，"但你若还心存侥幸，想着孝亲王要是能脱罪，也能拉你一把，那就别怪我不留情面了。"

倪熊沉默，不安地捏着手腕上的锁链。

孝亲王的手书送来了，李晟权认真看了许久，皱眉拱手："王爷，这两份笔迹，分明一……"

一模一样？等他这四个字说出来，那就连从轻发落的资格都没了！倪熊慌了，立马跪立起来喊了一声："王爷，我招！"

抬眼看了看他，沈故渊很是不悦："你现在才肯招，不觉得迟了？"

不见棺材不落泪，见了棺材还不落泪的，那就不是人了！倪熊咬牙道："王爷就算验出笔迹是孝亲王的，也只能知道卑职是受孝亲王指使进宫，并不知道其他的。"

"其他的还有什么？"沈故渊眯眼，"我给你最后一次机会，在一炷香之内说完。"

听着这话，旁边的静亲王欲言又止，很想说哪有这么着急审案的？跪在这堂下的人多半都是死罪，哪能那么果断全部招供？

然而，如果上头坐的是个磨磨叽叽的主儿，倪熊说不定拖延一会儿，但遇见沈故渊这一点儿耐心都没有的人，他压根连犹豫的机会也没有，立马如竹筒倒豆子般地道："孝亲王让我进宫，听他的指示等着，若是幼帝殁了，便带人去散布妖怪索命的流言。若是幼帝还在，那就说明出了变故，要我立马去玉清殿支援。"

池鱼听得心凉，多周密的安排，孝亲王当真忍心朝幼帝下手？那可是他抱着长大的啊……

"你赶到的时候，孝亲王的命令是什么？"沈故渊冷声问。

倪熊低头道："抓住池鱼郡主、知白小侯爷和赵大统领，不留活口。"

四周一片唏嘘，静亲王的脸色也难看了些："他当真这么说？"

"当真，"倪熊苦笑，"事到如今，罪臣没有必要撒谎。"

静亲王捏了捏拳头，颇为失望地道："知白怎么说也是他的侄儿，他怎么狠得下心？"

"这样一来，共犯的证词就有了。"沈故渊道，"接下来，赵统领，劳烦你搜一搜孝亲王府吧。"

赵饮马站出来拱手道："回王爷，已经搜过了，搜到黄金十万两、白银三十万两和一些古董玉器。沈弃淮跑了，但余家嫡女留在了孝亲王府，已经获救。"

"获救？"眉梢不悦地动了动，沈故渊道，"她也是共犯，怎么就用上'获救'一词了？"

赵饮马侧头看了旁边的余承恩一眼。

第 12 章 兴许是你不喜欢我吧

余承恩皱眉站出来，看着沈故渊道："小女是为人所害，受了大半个月的苦，怎么就成共犯了？"

沈故渊嗤笑一声："为人所害？本王要是没记错，令爱与沈弃淮一直是夫妻，只是大难临头各自飞而已。如今聚在一处犯案，有天牢文书为证。余丞相要是没个证据，就说令爱不是共犯，未免不能服众。"

这不是胡搅蛮缠吗！余承恩不悦地道："老夫知道小女曾得罪过王爷，但王爷也不能公报私仇。"

"丞相言重，"沈故渊道，"本王大度，从不记仇。"

池鱼听见这八个字，忍不住翻了个白眼。

从不记仇？也不知道当初是谁让她拿着刀把余幼微吓得跪了下去，又是谁骂她对沈弃淮心软报复力度不够。他要是不记仇，这天上地下，怕都是心胸宽广如大海的人了。

余承恩显然想法和她差不多，但是余幼微与沈弃淮成亲是事实，在沈弃淮叛乱之后和离也是事实，说得好听是大义灭亲，但若细细推敲，幼微少不得是要被问罪的，甚至会牵连到他。

捏着拳头忍了忍，余承恩拱手道："老夫也信王爷是个大度公正之人，既然觉得幼微有罪，那幼微也该接受审查，以此服众。"

"丞相深明大义，实乃百官表率。"沈故渊颔首，难得地夸了人一句。

余承恩却笑不出来，转身退回一边，神色晦暗不明。

"那接下来，就该去抓沈弃淮了。"沈故渊起身道，"再有他的供词，孝亲王的罪名到底如何，就能一清二楚了。"

"王爷，"赵饮马拱手皱眉道，"已经派了三千护城军在抓了，目前还没有消息。"

"抓个人而已，"沈故渊古怪地看着他，"用得着三千护城军？"

赵饮马嘴角抽了抽，你说要是个一般人，那自然不用三千人去抓。可那是沈弃淮啊，武功卓绝、对京城分外熟悉的沈弃淮！他想藏，谁找得出来？就算找出来了，没有三千人，谁抓得住他？

"我去。"沈故渊淡然地挥袖，侧头看了身边的人一眼，道，"跟上来。"

池鱼左右看了看，伸手指了指自己："就我？"

"嗯，"沈故渊点头，"够了。"

赵饮马忍不住站出来了："王爷，属下知道您武功不凡，但您和池鱼两个人……"

那可是沈弃淮啊！别说得跟抓蝌蚪一样简单行不行？

于是池鱼硬着头皮顶着众人的目光跟着自家师父离开了宗正衙门。

"师父，"走出去老远，池鱼才喊了他一声，"咱们去哪儿抓啊？"

沈故渊头也不回地道："抓他还不简单？"

池鱼撇撇嘴，正想吐槽他是不是太过自信，脑子里突然灵光一现。

找人很难，但引蛇出洞呢？池鱼拍了拍脑门，瞬间明白了自家师父的用意。

沈弃淮最恨的人是谁啊？她宁池鱼啊！她跟着去能帮上什么忙？打不过，但能当个诱饵啊！池鱼忍不住笑出了声。

沈故渊摇头，带着她上了门口苏铭的马车。

"咱们去哪儿钓他啊？"池鱼好奇地问，"我该怎么做？"

"你老实待着就好。"沈故渊道，"别给我添麻烦就是帮我了。"

池鱼垮了脸，有点儿委屈："我很麻烦，你还带着我干什么？"

马车一路到了悲悯王府,沈故渊像是知道该去哪儿似的,下车就直直地往里头走。

悲悯王府被封了大半个月,虽不至于荒芜,但已经没了丝毫人气。沈故渊毫不犹豫地破了封条走进前庭,扫了一眼庭中的池塘,淡淡地道:"好歹也是个王爷,这么藏头露尾的,不觉得可笑吗?"

池鱼听得一愣,转头往四周看了看,小声道:"他不会傻到回这里吧?"

"怎么不会?"沈故渊嗤笑,踢了一脚旁边地上放着的鱼食罐子,"那这东西是天上掉下来的不成?"

看见那罐子,池鱼恍然,连忙戒备起来,沉声道:"这都还不出来,难不成在等人拖他出来?"

一声叹息在假山后头响起,池鱼猛地侧头看过去,就见沈弃淮慢悠悠地踏步出来,负手而立:"竟然能找来这里,三王爷当真是厉害。"

池鱼也觉得沈故渊很厉害,但她更想不通的是:"你为什么会在这里?"

看她一眼,沈弃淮没有回答,拣了块矮的山石坐下,平静地道:"你们可真是自信,两个人就来抓我了。"

"你觉得我抓不住你?"沈故渊勾唇,嘲讽之意扑面而来。

"三王爷武功了得,我知道自己不是对手,"沈弃淮笑了笑,"但你活捉不了我。"

他可以打败他,却拦不住他去死。他是来抓他回去定案的,就一定要活口。沈弃淮知道这一点,所以肆无忌惮地站了出来。

然而,沈故渊眼皮一翻,却道:"谁说我要活捉你才行?"

沈弃淮微微一顿,皱眉:"不活捉我?"

"你以为我带宁池鱼过来,是想让她看我怎么把你打一顿,然后活捉你?"沈故渊嗤笑出声,"多麻烦啊,我直接让她看着你死,不是更痛快?"

沈弃淮有点儿恼怒:"你就算不在意我的生死,难不成不想定孝亲王的罪?就算不想定他的罪,难不成也不想利用我镇住朝中那些人?"

据他所知，朝中不少人躁动不安，尤其是曾经在他麾下的人，都因为他还活着而有异心。若是他能回去认罪受罚，自然能让那群人老实下来。

然而，沈故渊好像一点儿也不在意这些东西，身形一闪就到了他的跟前，眼眸微微发红，是嗜杀之兆。

沈弃淮心里一惊，转身就使了轻功，在假山上借力，瞬间飞出老远。

宁池鱼的轻功已经了得，然而她的轻功是沈弃淮传授的，所以沈弃淮这一跃，平常人没有能追上他的。

然而，沈故渊抬了袖子，红色的线飞出来，速度极快地缠上了他的脚踝，将人狠狠往后一扯。

"砰——"沈弃淮重重摔在地上，他脸色有些难看，抬头看了沈故渊一眼："你这个妖怪……"

"我若是妖，"沈故渊慢悠悠地走过去，半跪下来伸手掐住他的脖子，眼神冷漠，"你这造谣的人，就该下十八层地狱。"

沈弃淮是个自负且骄傲的人，他尝过万人之上的滋味，一向很有气场和风度。然而，此时此刻，被沈故渊掐着喉咙，他眼里也涌上了恐惧，慌张地道："你当真不觉得让我活下来，更有用吗？"

"你活着，我很不舒服。"沈故渊眼神幽暗起来，半阖着眼睨着他，"要不是你，我也不必落下这凡尘来。"

虽说是他胡乱牵的线，可这沈弃淮好歹是大富大贵之人，要是不负心，也足够宁池鱼安乐一世。谁承想沈弃淮竟然为了前程要杀池鱼，还烧了他给宁池鱼的姻缘符，逼得他不得不下凡来救人。

他亲手定的姻缘，除了他自己，没有人能毁了。若是毁，那就是跟他过不去，没有轻饶的道理！

手上正要用力，背后却传来一声："师父！"

沈故渊有些不耐烦，回过头盯着她："都这个时候了，你还要求情？"

"不是不是。"池鱼摆手，给他做了个"往左边挪挪"的手势。

"是您让我看,却又挡着我的视线了,我只能看见您的背。"

沈弃淮听着,差点儿一口血吐出来,恨声道:"你这狠心的女人!"

"哇,谁狠心啊?"池鱼瞪眼,"上次我就是心软了,差点儿被你害死,你这人才是最狠心,最没有良心的!师父,掐死他!"

沈故渊很听话地手上重新用了力。

"你……"沈弃淮脸色发青,又渐渐发紫,想说什么,喉咙里却发不出声音来。

片刻之后,他晕了过去。

沈故渊松手,很是嫌弃地看了看自己的手指。

池鱼连忙跑过去,恭恭敬敬地递给他一方手帕。

揩着手指,沈故渊道:"人晕了,让苏铭送去大牢,等他醒了,就让他写供词。"

池鱼瞪眼:"您不是说直接杀了他最痛快吗?"

收了手帕,沈故渊用看笨蛋的眼神睨着她:"我说你就信?这人活着分明比死了用处大。"

也就是说,先前说那么多,都是吓唬人的?池鱼哭笑不得,跺脚道:"你连我也骗?我还以为你冲冠一怒为红颜,要为了我掐死这个人呢,原来全是假的!"

站直身子,沈故渊上上下下打量了她一番,眼神很是勉强:"你要是有个红颜的样子,我还可以考虑考虑。"

池鱼怒了:"我没有吗?叶凛城天天夸我长得好看!"

"是吗?"淡淡地扔下这两个字,沈故渊转身就走。

"你别不信啊!"池鱼一手提着裙子,一手拽起地上沈弃淮的衣襟,将他往外拖,"叶凛城还说想跟我成为真正的夫妻呢,我还没回他……"

前头走着的人一声没吭,更没有停下来帮她的意思。

"奇怪,好端端的晴天,天色怎么突然暗下来了?"苏铭抬头看了看天,很是纳闷。

结果一低头，就看见从王府走出来的、眼神更加阴沉的自家主子。

苏铭吓得跳下车辕："这是怎么了？"

沈故渊没回答他，径直上了车，倒是后头的池鱼，费劲地把沈弃淮交给他，嘱咐他送去大牢。

"姑娘，你惹主子生气了？"苏铭小心翼翼地问了一句。

池鱼叉腰道："我惹他生气？他没气死我就算好的了！挤对我就算了，这么重的人，也让我一个人拖拽，一点儿也不怜香惜玉！"

苏铭茫然地眨眼，目送她坐上车辕驾车远去，自己站在原地拽着个沈弃淮，又疑惑地抬头看了看天色。

王府到了，池鱼径直下了车，完全没有要等沈故渊的意思。

"池鱼。"没走两步，叶凛城就喊住了她。

池鱼一愣，连忙侧头："你在啊？"

"我不是一直在王府吗？"叶凛城眼神复杂地看着她，"只是这两天，你一直没来找我。"

"啊，抱歉抱歉。"池鱼连忙给他作揖，"这两天太忙，忘记跟你说了。"

"你是太忙了忘记说，还是回到他身边，就忘了我了？"叶凛城眯眼，很是痛心地道，"我怎么早没看出你是个见色忘义的人？"

"没有没有。"池鱼连连摆手，"你别冤枉我，这王府里哪儿来的'色'？"

"哦？"叶凛城挑眉扫了一眼她背后，痞笑，"你是说，仁善王爷不算'色'？"

想起方才沈故渊的挤对，池鱼眯眼道："他算什么'色'？顶多能迷惑迷惑小姑娘！我这种见惯了好颜色的，哪里瞧得上他。"

叶凛城眼里的笑意盖也盖不住："这样啊。"

池鱼点头，倏地却觉得背后有点儿发凉，等反应过来沈故渊还在她后头没进门，池鱼冷汗都出来了。

第 12 章 兴许是你不喜欢我吧

　　沈故渊脸上一点儿表情也没有，拢着袖子慢悠悠地从后头走上来，经过他们身边也没停留。

　　"师父。"池鱼硬着头皮喊了一声，连看他的勇气都没有了。

　　沈故渊头也没侧，淡淡地道："你们慢慢聊，我还有事。"

　　"不是刚刚才忙完吗？"叶凛城痞笑，"还有什么事啊，王爷？"

　　看了他一眼，沈故渊道："去迷惑迷惑小姑娘。"

　　池鱼的脸红到脖子根，也没敢接话，埋着脑袋等沈故渊走远了，才懊恼地跺脚："我气糊涂了，怎么忘记了他还在后头！"

　　"这有什么？"叶凛城抱着胳膊道，"我看他也没生气啊。"

　　"你不懂，"池鱼咬牙，"他这个人一般生气，会皱眉恼怒。但当真生气了，一向是不着痕迹的！我死定了！"

　　"既然这么害怕，那不如跟我走？"叶凛城笑眯眯地朝她伸手，"我带你去闯荡江湖。说好跟我一起浪迹天涯的！"

　　"嘿嘿，"池鱼不好意思地笑了笑，搓了搓手，"眼下看来是不成了，要不，你自己去浪？"

　　叶凛城瞪她一眼，无赖地往旁边的石柱上一靠："一个人有什么意思，我更喜欢跟你一起玩儿，既然违约了，那你就好好补偿我。"

　　"要怎么补偿？"池鱼问。

　　咂巴了一下嘴，叶凛城道："别的不说，先给我熬个鸡汤吧，然后端来给我。"

　　想了想，又补充一句："亲手喂我喝。"

　　池鱼提着裙子转身就走。

　　沈故渊坐在屋子里看东西，一张脸阴沉得厉害。

　　郑嬷嬷进来，放了两张喜帖在他手边，笑道："主子，结好果子了。"

　　眼角余光瞥了一眼，沈故渊冷声道："黎知晚和唐无铭要成亲了？"

　　"正是。"郑嬷嬷看了看他这表情，好奇地道，"这是好事啊，您在气什么？"

"我没气。"放下手里的书，沈故渊伸手打开一张喜帖看了看，"为什么有两张？"

"还有一张是给……是给池鱼郡主的。"

不悦地抿唇，沈故渊道："为什么写在两张上头？"

"这个……"郑嬷嬷干笑，"您与池鱼郡主只是师徒，又不是夫妻，自然算作两个人。"

"哼。"沈故渊扔了喜帖，拿起书继续看。

"主子不去吗？"郑嬷嬷问。

"凡人姻缘，有什么好看的？"

那上回池鱼和叶凛城成亲，也是凡人姻缘，您怎么就去了？

郑嬷嬷很想这么问，然而没这个胆儿，只能拿起另一张喜帖道："那老身给郡主和叶公子送去了。"

"站住，"沈故渊眯眼，"你说给谁？"

"郡主和叶公子啊。"郑嬷嬷无辜地打开喜帖指了指名字，"人家是夫妻，喜帖自然写在一块儿。"

"拿来。"沈故渊伸手。

郑嬷嬷连忙护着喜帖摇头："这可不能撕啊，撕了怎么跟郡主交代？"

"你哪只眼睛看见我想撕？"沈故渊冷笑。

郑嬷嬷伸手指了指自己的左眼和右眼。她又不瞎好不好？瞧他这脸色，分明是想撕个粉碎！

池鱼端着鸡汤回到侧堂的时候，就听见主屋传来一道花瓶落地的声音，想来是谁一时失手，她也没在意，推开门就喊："过来喝。"

叶凛城一个鲤鱼打挺就从床上坐起来，笑嘻嘻地道："还真给熬了！"

"毒死可不算我谋杀。"池鱼很不负责任地道，"虽然食材都是别人准备的，但调料是我自己放的，水也是我自己加的，你好自为之。"

叶凛城坐下来，拿起勺子舀了一勺，吹两下就送进了嘴里。

池鱼紧张地看着他："怎么样？"

叶凛城面不改色地咽下去，朝她笑了笑："挺好喝的。"

"是吗？"池鱼高兴地拍了拍手，道，"那就好！不过……你嗓子怎么突然哑了？"

"没事，"叶凛城哑着嗓子一本正经地道，"我刚刚突然感染了风寒。"

沈故渊一脚踹开了侧堂的房门。

池鱼吓得一抖，叶凛城也差点儿一口汤呛鼻子里。两人齐齐回头看去，就见沈故渊面无表情地捏着张喜帖走进来。

"师父？"池鱼嘿嘿笑了两声，"有什么事吗？"

"黎知晚给你的帖子。"沈故渊看着她递过去，"她马上要成亲了。"

接过帖子，宁池鱼恍然大悟。黎知晚怎么说也是差点儿嫁进仁善王府的人，如今成亲，自家师父就算不喜欢她，面子上也过不去，肯定不高兴。

于是，她贴心地道："那师父就不必去了，徒儿代您去。"

沈故渊冷声道："不必，我自己去。"

"那您什么时辰出发啊？"池鱼连忙道，"我好让苏铭准备马车。"

"帖子有两份。"沈故渊看着她，皮笑肉不笑地道，"苏铭的马车我一个人坐就好，你与叶凛城另找一辆坐吧。"

池鱼一愣，有点儿莫名其妙，还想再说些什么呢，沈故渊转身就走，红色的袖子差点儿甩在她脸上。

惊恐地看着他出去，池鱼跑回桌边坐着，瞪眼道："这跟我有什么关系？还冲我发火。"

天黑了，府里的夜灯也亮了起来，沈故渊别说再来找她了，那主屋的门都没打开过一次。

期待变成了失望，池鱼关上窗户，可怜巴巴地问叶凛城："他这个人怎么这么奇怪啊？有时候我觉得他挺在乎我的，可有时候，好像一点儿也不在乎我。"

叶凛城打了个哈欠，敲了敲她的脑门道："别总想这些奇奇怪怪的事情，沈故渊那个人，除了长得好看点儿，还有别的优点吗？"

池鱼连忙道："有啊有啊！"

瞧她这立马要掰指头数的模样，叶凛城头痛地道："你给我闭嘴，时候不早了，先睡觉！床让给你，我睡外屋的软榻。"

不甘心地看了外头一眼，池鱼伸了根手指出来："我能不能再等一刻钟？"

"一瞬都不行。"叶凛城道，"他要是真惦记你，早过来了，不会到现在都没反应。"

池鱼扁嘴，有点儿鼻酸。

叶凛城叹了口气，很想俯下身来抱抱她。然而，不知怎的，竟然困得很，打了个哈欠，迷迷糊糊地道："我先睡了，你也快睡。"

池鱼扯了被子过来，刚想躺下，就听见软榻上轻微的鼾声响起。

睡得这么快？池鱼唏嘘，躺下去闭着眼睛假寐，心里还在犹豫，要不要偷偷出去，看看沈故渊在做什么。

正想着，门"吱呀"一声就被人推开了。

一个激灵，池鱼睁眼就见一头白发被外头的月光照得微微泛蓝。

师父？她吓了一跳，连忙又闭上眼。

沈故渊走到床边，扫一眼这看起来已经睡着的人，弯下腰，轻轻来拉她。

这是做什么？刚刚不来找她，等人都睡了才过来？

池鱼故意不睁眼，想笑，但又怕被他察觉，只能在心里偷偷乐。

他还是在乎自己的嘛，就是来得晚了点儿。不过没事，来了就好。

池鱼心里美滋滋的，却突然觉得眼前一暗，有冰凉的发丝落在了她脸上。

自家师父的声音淡淡地响起："你要装睡到什么时候？"

心里"咯噔"一声，池鱼睁开眼，就看见他撑着下巴睨着自己，眼里满

第12章 兴许是你不喜欢我吧

是戏谑。

池鱼羞得红了脸，坐起身，不好意思地道："你怎么知道我醒了？"

"心跳声太大。"沈故渊盯着她道，"比擂鼓的声音还响，我想装不知道都不行。"

池鱼懊恼地捶了捶自己胸口，抿抿唇，看着他道："我睡得好好的，你突然来拉我，当然会醒了。这么晚了，你拉我做什么？"

"我才不要你和他同处一室。"沈故渊冷冷地说。

沈故渊将池鱼安顿到另一间屋子睡下。早上醒来洗漱一番，池鱼掀开隔断处的帘子。

"醒了？"沈故渊淡淡地道，"过来用早膳。"

池鱼一愣，僵硬地转头看过去。

叶凛城也坐在桌边，正用一种恨铁不成钢的眼神看着她，要是沈故渊不在，他肯定一个栗暴就落她额头上了。

缩了缩脖子，池鱼干笑，规规矩矩地在他们两个人中间的空位上坐下："你们都好早啊。"

"不早了，"叶凛城咬牙道，"要不是昨晚被人下了迷药，我早该醒了！"

"啊？"池鱼无辜地眨眼，"谁这么大胆，敢在仁善王府下药？"

沈故渊轻咳了一声。

池鱼明白了，这府里，就沈故渊胆子最大，谁也拿他没办法。

叶凛城咬牙："王爷不觉得这种手段下三烂了些吗？光明正大来把人接走，叶某也不会说什么。"

"叶公子误会，"沈故渊从容不迫地道，"我只是觉得光明正大上门去抢人家媳妇，不太说得过去。"

叶凛城一拍桌子站了起来："那你半夜来偷就说得过去了？"

点点头，沈故渊一脸理所应当地道："这是自然，半夜来偷，就没有别人知道，自然不用考虑说不说得过去的问题。"

"你……"叶凛城简直是哭笑不得,"堂堂王爷,竟然如此厚颜无耻。"

"你坐下用早膳吧。"池鱼拉了拉叶凛城的衣袖,"他一向都是这么厚脸皮的。"

叶凛城睨着池鱼道:"你怎么拜这样的人为师了?"

沈故渊看了他一眼:"怎么?你觉得不妥?"

"那自然是不妥。"叶凛城眯眼,"行为不端路数不正,能教好徒弟吗?"

沈故渊勾唇:"你的意思是,我没有教好她?"

叶凛城立马道:"池鱼这是出淤泥而不染,但近朱者赤近墨者黑,谁知道她会不会哪天被你带偏了?池鱼,你听我一句,现在改投师门还来得及。"

"你的意思是……"沈故渊挑眉,"跟着你这种偷鸡摸狗的人,就是行为很端,路数很正了?"

"我那是劫富济贫、替天行道!"叶凛城冷哼,"你懂什么?"

"贼就是贼,安什么好名头,做的也是不端的事情。"夹了一筷子菜放进池鱼碗里,沈故渊道,"替天行道是官府该做的事情,不劳贼人操心。"

"笑话!"叶凛城也夹了一筷子菜放进池鱼碗里,"要是朝廷当真替天行道,我也不会被人称为侠盗了不是?很多官府不能做的事情,我能。"

池鱼张口就想吃叶凛城夹的糖醋鱼,然而刚把鱼肉递到嘴边,就感觉旁边有两道冷箭射过来。

咽了口唾沫,池鱼放下鱼肉,改夹沈故渊夹来的青菜。

旁边的叶凛城"啪"的一声拍了桌子。

池鱼吓得筷子一抖,哭笑不得地抬头:"你们让不让人吃饭了?"

"你吃。"沈故渊道,"前些日子流落在外,一看伙食就不太好,清瘦了不少,这会儿多补补。"

叶凛城白了他一眼:"她在外头不知道多逍遥自在呢,倒是回了王府,又变得规规矩矩的,束缚极多。"

"我束缚你了?"沈故渊挑眉问池鱼。

第12章 兴许是你不喜欢我吧

池鱼连忙摇头。

"那你在外头不自在?"叶凛城皱眉。

池鱼也连忙摇头。

于是左右两人就莫名其妙地开始对视着冷笑。

咽了口唾沫,池鱼夹了几口菜,端着碗就走。

"你去哪儿?"两人齐声问。

池鱼指了指自己的碗,委屈又愤怒地道:"我换个安静的地方吃!"

于是沈知白过府来拜望的时候,就看见池鱼站在主院门口吃饭。

"这是怎么了?"他皱眉,"三皇叔又罚你了?"

"没有。"池鱼连忙摇头,心有余悸地看了院子里一眼,对他道,"里头两人正在吵架,知白你小心点儿。"

"嗯?"沈知白好笑地在她旁边坐下,"这院子里不是一向只有三皇叔脾气火爆吗?怎么,几日没来,多了一个?"

"你是不知道。"池鱼皱着鼻子道,"我师父最近变得更古怪了,连叶凛城都有点儿奇怪,两个人一见面就跟斗蟋蟀似的。"

"叶凛城?"沈知白挑眉,瞬间明白了什么,低头问她,"你是说,你师父和叶凛城不对盘吗?"

"是啊,"池鱼耸肩,"可能是八字不合。"

"这哪里是八字不合,"沈知白笑着摇头,"怕是你师父吃醋了。"

啥?池鱼一口鱼差点儿呛喉咙里,连忙放下碗:"我师父会吃醋?"

"你想啊,"沈知白道,"那叶凛城是你夫君,除了这一点,就跟三皇叔没什么交集了,他为什么要跟叶凛城过不去?"

"可是……"池鱼皱眉,"我和你在一起,他怎么就不吃醋?"

"这个嘛……"沈知白也有点儿想不明白,却苦笑道,"兴许,是因为你不喜欢我吧。"

第 13 章 厚脸皮的男人

他说这句话的时候，长长的睫毛垂下来，嘴角边虽然挂着笑，但怎么看都有几分落寞。

池鱼有点儿手足无措，伸手抓着自个儿的裙子搓啊搓的，干笑道："你挺好的，我这种人，喜欢不喜欢，没什么要紧。"

沈知白低笑一声，转头道："罢了，我还要去找三皇叔问些事情，你随我一道进去吧。"

"我……"池鱼看了一眼放在一边的饭碗，"我还没吃完呢。"

沈知白从袖袋里拿出一包油纸包好的东西，递给她道："外头这么冷，你坐在这里吃，饭菜都凉了，吃这个吧。"

池鱼伸手接过来，只觉得这纸包热腾腾的，好奇地打开，就看见几个翡翠色的包子，只半个拳头那么大，精巧可爱又香气四溢。

"这是什么？"池鱼一喜，立马跟着他往里走，边走边问。

沈知白道："这是隔壁街新出的翡翠包子，我路过闻着挺香，就带了几个过来。原想当茶点给三皇叔和你尝尝，现在想想，还是你一个人吃来得好。"

"为何？"咬了一口翡翠包，池鱼看着他道，"这么好吃的东西，自然要匀两个出来给师父。"

"你师父定然气饱了，哪里还吃得下别的？"沈知白低笑，"就别让他糟蹋粮食了。"

气？池鱼很纳闷，该气的是她才对，沈故渊好端端的，能气什么？

然而，坐在花厅里吃完一包翡翠包的时候，池鱼果然瞧见自家师父沉着脸跨了进来，后头还跟着个吊儿郎当的叶凛城。

"知白找我有事？"拂袖在主位上坐下，沈故渊余怒未消，语气听得人心惊。

沈知白却是从容，上前拱手作了揖便道："父王让我来告诉皇叔一声，沈弃淮招供了，而且全盘托出，将孝亲王的罪名定下了。"

"哦？"沈故渊道，"那余下的用不着我，你父王就能处置了。"

沈知白挑眉："您……不管了？"

"为什么要管？"沈故渊没好气地道，"我看起来像个喜欢操心的人？"

"可……"沈知白有点儿意外，眼下这局势，谁都看得出来。孝亲王定罪之后，朝中势必要唯三皇叔马首是瞻，先前因着妖怪的传言，三皇叔在朝中威信尽失。处置孝亲王，便正是三皇叔重新树立威望的时候。

他竟然不想操心？

"我这个人，闲散惯了，要不是沈氏一族有难，我也不会来蹚这浑水。"沈故渊翻了翻眼皮，"比起我，这些事你父王来做更合适。不管他做什么决定，最后只管往我身上推，说是我断的案定的罪，沾不着他老人家分毫。"

沈知白定定地看了他一会儿，道："昔日幼帝病重，三皇叔假死，孝亲王知自己是沈氏一族唯一嫡血，夺位之欲瞬涨。而如今，三皇叔也处于孝皇叔当初之地位，反倒对什么都不在意。"

沈故渊伸手撑了额角，睨着他道："你这话，将幼帝置于何处？"

幼帝再小，那也是正经登基的皇帝，眼下还活得好好的，沈知白就敢来质问他为什么不争权了？

"知白失言，"沈知白皱眉拱手，"只是人之常情，难免有此一问。"

幼帝除开身份不谈，只是个住在宫里的小孩子罢了，身边没有死忠的人，也没有护着他的人，上位者想除掉他是很容易的事情。孝亲王都选择除掉他，那这个失散多年，与幼帝没有什么感情的三王爷，不是更应该除掉吗？

沈故渊冷笑一声，看着他道："人之常情与我无关，有我在一日，谁也别想打幼帝的主意。"

池鱼一顿，很是惊讶地看了他一眼。

沈故渊施施然坐着，一副慵懒的样子，可说这句话的时候，眼里有光闪过，似战场上最利的长剑，又似护着幼崽的狼王的獠牙，震得人心惊。

沈知白觉得不可思议，可看三皇叔这神情又不像作假，僵硬片刻，只能正儿八经地朝他行礼："有三皇叔在，知白就放心了。"

气氛好像有点儿沉重，池鱼笑眯眯地转移话题："对了，余幼微怎么样了？"

沈知白顺着她的话道："说起这余幼微，也是吃了不少苦头，本就是个被宠坏的千金小姐，先前被沈弃淮折磨得够呛，精神不太好。如今又被三皇叔一句话给扔进了大牢，听闻天天在号哭呢。"

池鱼咋舌："余丞相没救她的意思？"

"怎么没有？"沈知白斜眼看了看主位上的人，努努嘴，"这位拦着呢，在孝亲王和沈弃淮定罪之前，怕是别想出来了。"

池鱼"咚咚咚"跑到沈故渊身边，瞪眼道："您这还叫从不记仇？"

过这么久了，她都已经释怀不想再跟她计较了，谁知道他竟然还这般针对人家。

"这叫记仇？"沈故渊眉头皱了起来，义正词严地道，"区区丞相之女，竟然能去天牢里捞出死囚，这说明了什么？说明那号称守卫森严的天牢，也是个被权力腐蚀的地方！此事若是不把她扣住，一五一十地问清楚，那下一次被放出去的是不是就是沈弃淮了？"

池鱼想了想："可是……"

"有什么好可是的？"沈故渊道，"后宫尚且不可干政，余承恩却任由他女儿胡作非为，他没管教好的女儿惹了祸，难不成让朝廷来承担后果？我按照律法将她关在大牢里审问，是故意刁难吗？"

他说得有理有据的,听得池鱼连连点头:"的确不是故意刁难。"

旁边的叶凛城伸手盖住了自己的眼睛,咬牙道:"真是好骗!"

"嗯?"池鱼疑惑地抬眼看他,沈故渊更是一声冷笑扔过去:"我说得不对?叶公子要是能找出我的所作所为有半分与律法相悖之处,那我今日就认了这个'心胸狭隘'之名。"

"我哪里敢?"叶凛城翻了个白眼,"我是一介草民,你们个个都是皇亲国戚,你们说是什么,自然就是什么。"

"哎,"沈知白抬手道,"郡马谦虚了,你既然与池鱼完了婚,那自然也算是皇亲国戚。"

此话一出,沈故渊眼神一沉。

沈知白用眼角余光瞥着,颇觉有趣,两步走到叶凛城身边,接着道:"不过你们这婚事还没有办完,不如,等这些事都处理好了,再给池鱼补一个婚礼?"

叶凛城做恍然大悟状,若有所思地摸着下巴看了看池鱼。

池鱼皱眉,刚想反驳,就看见沈知白背对着沈故渊,连连朝她挤眉弄眼。啥意思啊?池鱼有点儿茫然,歪着脑袋看了他半晌,疑惑地闭了嘴。

"说起这桩事,我倒是想起来了。"沈故渊道,"明日就是黄道吉日。"

"哦?"沈知白笑着扭头问他,"宜嫁娶吗?"

"不,"沈故渊站起来,淡淡地道,"宜出殡,宜和离。"

说罢一挥手,衣袂飘飘地走了。

池鱼目瞪口呆地看着,旁边的叶凛城和沈知白倒是有默契得很,相互看了一眼,竟一起哈哈大笑起来。

"你们笑什么啊?"池鱼问。

沈知白笑得上气不接下气,一向苍白的脸上都泛了红,眼波潋滟地道:"你不觉得,你师父生气的样子,当真是可爱极了吗?"

池鱼缩了缩脖子,头摇得跟拨浪鼓一样。她只见过自家师父生起气来吓死人的样子，半点儿也不觉得可爱。

"你跟她这个榆木疙瘩有什么好说的。"叶凛城伸手搭上沈知白的肩膀，擦了擦笑出来的眼泪，道，"这丫头心里除了她师父就没别的了，只看得见她师父的好，哪里能明白咱们想看那三王爷生闷气的心情？"

叶凛城接着又看向池鱼说道："还是先去给我准备早膳吧。"

"啥？"池鱼眨眨眼，"你不是才吃过吗？"

叶凛城磨了磨牙："跟三王爷在一起，能吃得好吗？桌子都被掀了，我肚子很饿！"

"那……"池鱼点头，"那我去厨房看看还有什么吃的。"

"快去快回啊。"叶凛城朝她挥手。

瞧着池鱼走远了，沈知白用惊异的目光看了这叶凛城一眼："她为什么这么听你的话？"

叶凛城抱着胳膊扬了扬下巴："那是我有本事。"

"这也太有本事了。"沈知白苦笑，"自从她察觉出我的心意，我跟她之间，就没能再亲近了。"

"老兄，这就是你笨了。"叶凛城摇头，"宁池鱼这种傻姑娘，喜欢你还好，随意你怎样她都会跟着你。但要是不喜欢，你还凑上去让她知道，她定然要赶你走。"

沈知白愣了愣："叶兄高见啊。"

"不敢当不敢当。"叶凛城叹了口气，"我也只是瞧着她傻，欺负她让她欠了我人情，好继续赖着不走。"

沈知白顿时有种"同是天涯沦落人"的感觉，拍了拍他的肩膀，跟着叹了口气。

"我心情不好了，"叶凛城眯眼，"咱们去看看三王爷吧。"

"心情不好还去看他，那岂不是心情更不好？"沈知白挑眉。

冷笑一声，叶凛城抹了抹嘴角："那可不一定。"

沈故渊坐在书房里冷静了一会儿,觉得自己最近太过暴躁,这样下去会一直无法断绝七情,实在不妙。

深吸一口气,他平和了面容,捏着自己的一缕白发,心里暗暗发誓,往后不管遇见什么,都要冷静,不能再失态发怒。

誓刚发完,书房的门就被推开了。

沈知白裹着白狐披风走进来,笑眯眯地道:"还是三皇叔在的地方最暖和,外头又要下雪了,借皇叔的地方避一避,喝两盏茶,皇叔不介意吧?"

扫一眼他这方才还没有的披风,沈故渊淡淡地道:"不介意,但我看你不冷。"

"要是不冷,我才舍不得让人去马车上把这披风拿来呢。"沈知白叹息,目光眷恋地看着身上的披风道,"这可是池鱼的心意。"

的确是很重的心意,一针一线的,那丫头绣了许久。

沈故渊轻嗤一声,继续低头看书。

没过一刻钟,书房门又被推开了,叶凛城蹿进来,呵着哈气道:"哎呀,冷死了!"

沈故渊额角青筋跳了跳,深吸一口气,暂且按捺下去,抬眼,目光凉飕飕地看向他:"你也是来取暖的?"

"王爷聪慧啊,"叶凛城痞笑,"我等会儿还要用膳,总不能在那冰冷的饭厅里用吧?饭菜会凉的。"

沈故渊扣了书,皮笑肉不笑地道:"是谁告诉你们,我的书房,可以随意进出的?"

两人坐在软榻左右,对视一眼,异口同声地道:"池鱼啊!"

端着饭菜刚跨进门的宁池鱼吓了一跳,莫名其妙地道:"我怎么了?"

沈故渊忍了忍,抬眼睨着她问:"你把我这书房当成什么地方了?"

这眼神可吓人了,池鱼毫不犹豫地转身往外走:"抱歉,我走错地方了……"

"站住！"沈故渊眯眼，"我没让你走。"

"啊？"池鱼回头，端着红木雕花托盘，很是无辜地道，"又不用走了吗？"

真是要被这人给气死！沈故渊捏了捏拳头，深吸一口气，将火气压下去一些。

他是神，神不能有这么大的火气，要是不在人间消磨掉，再回天上，怕又要让万神忌惮了。

眼神重新归于平静，沈故渊和蔼地问："你端着饭菜干什么？"

池鱼低头看了看，把饭菜放到了叶凛城面前的矮几上："他说他没吃早膳，我去拿的。"

"这府里是没丫鬟了，要你去拿？"沈故渊冷笑。

叶凛城舀了一口汤，咂了一下嘴道："王爷这就不懂了，有一个词叫'举案齐眉'，形容的就是夫妻之间的恩爱。"

池鱼想了一会儿，突然眼神一沉，狠狠一脚踩上叶凛城的脚背。

叶凛城吃痛闷哼，瞪眼小声道："你做什么？"

"这话该我问你，"池鱼咬牙，声音从牙齿缝里传出来，"你好端端的说这个干什么？"

"说个实话而已，有错吗？"叶凛城很委屈，"你重色轻友！"

微微一噎，池鱼收回了脚，恶狠狠地威胁他："安静吃饭，别出声！"

旁边的沈知白瞧着就笑了："我倒是觉得，比起举案齐眉，更恩爱的怕是'打情骂俏'了。"

池鱼脸都绿了："小侯爷，你也跟着起哄？"

"不起白不起啊。"沈知白用眼角余光扫了那书桌后头的人一眼，戏谑地小声道，"你难道就不想看看你师父吃醋的样子？"

沈故渊这种人，会吃醋？池鱼有点儿不信，但听他这么一说，也忍不住朝沈故渊的方向瞥了瞥。

第 13 章 厚脸皮的男人

那红衣白发的人安静地坐在书桌后头,仿佛压根没听见他们这边在说什么,拿起书,认真地翻了一页又一页。

池鱼撇撇嘴,朝他们耸肩:"不可能的,他哪里会有这些心思。"

叶凛城挑眉,笑得坏里坏气的,伸手就将她拉了过来:"我跟你说……"

毫无防备被这么一拽,池鱼直接扑在了他身上,手抵着叶凛城的胸口,两个人大眼瞪小眼。

"啪"!书桌上碎了一只茶杯。

池鱼惊得回神,立马站起身回头看,就见沈故渊平静地松开手,扫了一眼碎在底座里的茶杯,淡淡地道:"这胎也太薄了,受不得力。"

叶凛城当即笑出了声,沈知白眼里也是趣味盎然,大着胆子打趣了一句:"皇叔,这可是官窑出来的上等瓷器,断断没有受不得力的道理。"

沈故渊冷哼,目光深邃地盯着自己的手瞧。

池鱼顺着他的目光一看,吓了一跳,连忙跑过去抽出手绢给他按住伤口:"流血了!"

"划伤而已,不碍事。"沈故渊想抽回手。

池鱼一把将他抓住,低喝了一声:"别动!"

"这伤口里还有碎碴子,鲜血淋漓的,哪里就不碍事了?"池鱼又急又气,语气都变了,"你给我按着,我去拿药箱!"

说罢,扭头跑了出去。

软榻上的两个人笑不出来了。

沈故渊勾唇,捏了捏帕子,斜眼看过去:"举案齐眉又如何,打情骂俏又如何?"

挑衅,这是赤裸裸的挑衅!叶凛城"唰"地站了起来,走过去一巴掌拍在他的书桌上,恨声道:"堂堂王爷,还用苦肉计,不觉得丢脸吗?"

"是啊,"沈知白脸也沉了,"你就是欺负池鱼心好。"

"我有欺负她吗?"沈故渊挑眉,满脸疑惑,"我方才好像是说了'不碍事'，她自己紧张的。"

"你！"叶凛城气极反笑，"有机会我倒是想比一比，王爷这脸皮和城墙孰厚。"

沈故渊慢条斯理地拢了拢落在身前的白发，幽幽地道："你没听池鱼说过吗？"

"什么？"

"我这个人，"他抬眼，朝着面前这两个人勾了勾唇，"向来是厚脸皮。"

门外有脚步声飞快地靠近，沈故渊收敛了神色，当真厚脸皮地"柔弱"了起来——捏着手指往椅背上一靠，脸色发白。

沈知白连连摇头："这脸翻得比书还快。"

叶凛城沉声道："你这话可太抬举书了。"

池鱼没听见他们说什么，着急地跑回沈故渊身边，连忙拿开手绢，先用针把他伤口里的碎瓷片给挑了，然后拿药膏细细地抹上。

"怎么这么不小心？"她絮絮叨叨地道，"多大的人了，茶杯都不会放？"

沈故渊闷哼两声，淡淡地道："一时走神罢了。"

池鱼看得心疼，包扎好他的手指，扭头又继续翻郑嬷嬷的药箱，企图再给他找点儿内服的药。

沈知白唏嘘地道："也是咱们瞧见皇叔只伤了手指，要是没瞧见的，还以为皇叔要薨逝了呢。"

叶凛城翻了个白眼："正好明日宜出殡。"

"瞎说什么呢？"池鱼扭头瞪了这两个人一眼，放下药箱，一手推一个，把人往门外赶。

"哎哎哎！"叶凛城连忙扒住门框，"你干什么？外头很冷的！"

池鱼没好气地道："你同小侯爷在一起，热闹得很，哪里会怕冷？花厅里也有地龙，请两位过去喝茶吧。"

沈知白抿唇："那你留下来干什么？"

"我?"池鱼一脸正经地道,"当然是照顾师父了。"

"池鱼啊,"沈知白揉了揉眉心,"你师父是能一招打败沈弃淮的绝世高手,一点儿皮外伤而已,真的不需要你照顾。"

宁池鱼为难地看他一眼,道:"我觉得,他需不需要我是一回事,我想不想照顾是另一回事。"

沈知白痛苦地捂了捂胸口,抓着叶凛城道:"叶兄,咱俩还是走吧。"

叶凛城皱了皱脸,被沈知白拉着,幽幽地朝池鱼吐出四个字:"重色轻友!"

然后就被拖出去了。

门关上,池鱼松了口气,回到书桌边,就见沈故渊还拿着书坐在那里。

"师父真是好学,"池鱼搬了凳子在他身边坐下,继续倒腾药箱,一边倒腾一边道,"怪不得郑嬷嬷常夸你,说你是天上地下,做事最认真的一个。"

沈故渊挑眉,抬眼看她:"你跟郑嬷嬷聊我?"

"嗯,"池鱼道,"郑嬷嬷经常跟我讲你的事情,刚开始我听不明白,因为不知道你的身份。现在回想起来,也大抵知道了你不少事情。"

沈故渊放了书,微微调整了坐姿:"知道了些什么,说来听听?"

池鱼耸肩:"也没什么,郑嬷嬷说你是月老从凡间带回去的,一到天庭就不太受人待见,总有人欺负你,所以你从小与别人不太亲近。"

他是个念恩的人,就凭月老收留他,还教他法术这一点,他就在月宫老实待了二十年,甚至想继承月老的位置,让他可以退下来休息,去过自己想要的生活。

沈故渊看了看自己手指尖上扎着的蝴蝶结,半阖了眼帘道:"你知道我为什么还没走吗?"

池鱼抿唇:"您上次说,还有别的事情没做完。"

"嗯,"沈故渊道,"在黎知晚成亲那日,你得帮我个忙。"

"好,"池鱼想也不想就答应了,"师父尽管吩咐。"

黎知晚的婚事就在月末，因着相识一场，池鱼提前去了黎府。

黎太师府上张灯结彩的，看起来喜庆得很。池鱼想着人家成亲也挺忙，应该没空见她。所以只让个小丫头把贺礼送去了黎知晚的闺房。

然而没想到，那小丫头不到片刻就跑回来了，笑吟吟地道："郡主这边请，我家小姐在等您呢。"

池鱼挑了挑眉，跟着她走。

黎知晚穿着大红的嫁衣，盖头已经半遮了凤冠，然而瞧见她进来，她起身就朝她拜了下去："郡主。"

池鱼吓了一跳，连忙让周围的人把她扶起来，担忧地看了看她的脑袋："这么重的凤冠，你也不怕磕下去把脖子折了？"

黎知晚掩唇微笑，眼里满是水光："我一直盼着您来，就想跟您行个谢礼，没有您，我怕是要抱憾终身。"

池鱼有点儿莫名其妙："虽然我的确是想帮你，但最后不是也没帮上吗？"

"您帮了大忙了！"黎知晚拉着她的手左右看了看，带她去了隔壁一间空厢房。

"上次没来得及跟您明说，"黎知晚低声道，"您可知道，后来我与仁善王爷的婚事，是怎么取消的？"

池鱼愣了愣，垂眸："那天晚上过后我就出了王府，一直没打听消息，自然不知道发生了什么。"

黎知晚微笑道："您是不是觉得王爷伤了您的心，所以后来急匆匆地要嫁人？"

"也不全是，"池鱼叹息，"也是有要报答他的意思。"

"你是不知道，先前的时候，仁善王爷半点儿也没有要取消婚约的意思，无论我怎么求他，他脸色都没一点儿变化。但就在你离开王府之后，他派人来传话，让我等着。"

"我本还担心他强行要来提亲,谁知道,他竟然把唐公子带来了。"

想起那天的场景,黎知晚笑得眼里全是星星:"他们带了聘礼来,我爹一听是王爷要替人求亲,脸都黑了。正想发火呢,仁善王爷就道——这位是唐大殿士的嫡子,唐无铭,也是本王打算好生提拔的青年才俊,先给太师见个礼。"

模仿着沈故渊那淡然的语气说完,黎知晚笑道:"你可没看见,我爹瞬间就变了脸。最近内阁也有官职变动,那唐大殿士可是和李大学士平起平坐的人,两人在内阁都是大人物,他的公子,自然与我门当户对。"

池鱼明白了:"你爹是看出来三王爷不想娶你,打算发火,但转头一看他给的台阶不错,为了保住黎府的颜面,顺水推舟地就应了?"

"是啊!"黎知晚捏了捏手帕,"我本还想着,这桩婚事不成,定然得被爹爹打上一顿,半年出不得门。可三王爷如此一来,我不仅不会受罚,反而立马就能嫁给唐公子!"

"我想了许久也没明白三王爷为什么突然愿意帮我,但在收到你要成亲的消息的时候,我反应过来了。"看她一眼,黎知晚微笑,"三王爷是看在你的面子上才帮我一把的,他在意你,所以你帮我,他就帮我。"

池鱼心里一动,莫名地觉得有点儿鼻酸:"他没跟我说过这些。"

"仁善王爷那么寡言少语的人,哪里会说这些小事?"黎知晚摇头,"而你,是个耿直爽快的姑娘,也猜不来这些心思,所以难免有误会。"

池鱼深吸一口气,笑了笑:"无妨,我现在知道也不晚,师父他对我好,我不生他气了。"

"那就好。"黎知晚笑眯眯地道,"您先去外头歇息会儿吧,我还得梳妆呢。"

"好。"池鱼点头,转身往外走了两步,又停下来回头。

黎知晚吓了一跳:"怎……怎么了?"

"你慌什么?"池鱼哭笑不得,"我只是想多问一句,你很喜欢唐公子吗？"

　　黎知晚脸上染了两抹红霞，点头道："若是不喜欢，我也不会放着仁善王爷不嫁，非要嫁给他了。"

　　这句话很有说服力，池鱼点头："白头偕老，永结同心。"

　　"多谢郡主。"黎知晚颔首，再抬头的时候，宁池鱼已经走得没影了。

　　黎知晚松了口气，拍拍心口道："吓死我了，还以为她发现了。"

　　沈故渊从屏风后头走出来，神色淡然。

　　"王爷。"黎知晚低头行礼，笑着道，"可还满意？"

　　淡淡地"嗯"了一声，沈故渊道："多谢。"

　　黎知晚连连摆手："小女可承不起您一个谢字，太重了，会折寿。您啊，也先去外头看看热闹吧。"

　　沈故渊颔首应了，一挥袖子离开了厢房。

　　池鱼在人群里左找右找，怎么都没见着一起来的自家师父。

　　正晃悠呢，突然就撞着了个人。

　　"你做什么？"沈故渊居高临下地看着她问。

　　池鱼连忙站直了身子，嘿嘿直笑："您不见了，徒儿自然是要找的。"

　　沈故渊有点儿欣慰，这终于回到以前的模样了啊。

　　然而她下一句就是："不是还有忙要我帮吗？"

　　沈故渊看她一眼，顺手指向人群里的一个人："把她腰间那个紫晶坠子偷过来。"

　　啥？池鱼瞪眼，顺着他指的方向看了看，一位穿灰白色连襟长裙的妇人站在人群里，脸上没什么表情，眼神也黯淡得很。

　　"这不厚道吧？"池鱼犹豫地道，"人家看起来心情就不太好，与您也不可能有什么仇怨，无缘无故的，您偷人家坠子干什么？"

　　沈故渊垂下眼皮来盯着她，微微皱眉。

　　宁池鱼提着裙子就往那人身边挤。

师父做事一定有他的道理，不能问太多为什么，这个脾气不好的人会发火的！大庭广众之下，又是大喜的日子，她可不能让这位爷把黎知晚的婚事给搅了。

偷东西这种事，池鱼不是不擅长，但凑近这位妇人，发现她身上有很好闻的清香，池鱼犹豫了一下，看了沈故渊一眼。

真的要做这种缺德事吗？

沈故渊认真地点了点头。

池鱼深吸一口气，掏出匕首，在路过那位妇人身前的一瞬间，将她的紫晶坠子的绳子给割了。

小贼池鱼抱着赃物，心虚地跑回自家师父身边，夹着尾巴似的问："咱……咱们现在去哪儿啊？"

"哪儿也不用去，"沈故渊道，"等着。"

看了看手里的紫晶坠子，池鱼果断地往自家师父怀里一塞："你让偷的，你拿着！"

沈故渊白了她一眼，道："幸好叶凛城没把你带走。"

池鱼一愣，有点儿意外地看着他道："师父这是在庆幸我还留在您身边？"

"不，"沈故渊淡淡地道，"我是说，当真把你带走跟他一起去偷盗，你一定是最先被人发现的那个，到时候一定会连累他一起吃牢饭。"

池鱼泄气地垮了肩膀，呆站在自家师父身边，正走神呢，就被旁边跑过的一个姑娘撞得一个趔趄。

"啊！"那姑娘显然自己身形也不太稳，摇摇晃晃的，直接就往沈故渊身上倒。

沈故渊反应极快，伸手勾住池鱼的腰，往前跨了半步。

"砰"的一声，地上扬起些灰尘。

池鱼探头看了看地上那姑娘，咂舌道："正常情况下，你不是该很有风度地扶人家一把吗？"

将她的身子扶正，沈故渊认真地问："我这个人有风度可言？"

池鱼打了个寒战，僵硬地摇头，看向那位姑娘的眼神里，瞬间带了同情。

"三皇叔……"地上的姑娘爬起来，眼泪汪汪的，"人家好不容易赶过来拜见您，您怎么这样对人家？"

皇叔？池鱼挑眉，仔细端详了一下这位姑娘。

能喊皇叔的，自然是跟她一辈的郡主，上一辈的王爷生女儿的不多，除了她老爹，好像就只有怀王了。

怀王之女，叫什么来着？

沈故渊平静地看着她，没搭腔。

那姑娘被盯得头皮发麻，也不指望被他扶起来，连忙自己站起来，行礼道："怀王白宗之女白妙言，见过三皇叔。"

白妙言？池鱼觉得好像听人聊起过，这位郡主似乎……很是活泼。

"起来吧，"沈故渊道，"你可真是会挑地方拜见啊。"

人家正准备婚事呢，四处都是人，本也不是个正经拜见的地方。池鱼以为以沈故渊这种性子是不会介意的，然而他竟然直接这么说了。

白妙言有点儿委屈："皇叔恕罪，人家只是太想见见您了，您的威名，妙言这一路上听了不少。"

"哦？"沈故渊没应声，倒是池鱼眼睛亮了，连忙问她，"都有些什么威名啊？"

第 13 章 厚脸皮的男人

第14章 传言里的三皇叔

有台阶下,白妙言一喜,连忙站近半步,看着沈故渊道:"他们都说三皇叔睿智英勇,文韬武略样样精通,是沈氏一族百年难得一见的奇才。今日一见,皇叔风华摄人,果然非同凡响!"

说这话的时候,那一双水灵灵的眼睛直往沈故渊的身上瞧,双颊微红,一看就是动了春心的小女儿模样。

池鱼察觉到了她的心思,微微皱眉,拉着自家师父退后半步。

"哎,"白妙言连忙道,"你们等会儿是不是也要去唐府吃喜酒啊?能不能带上我?"

池鱼道:"郡主该有自己的马车,为何要同我们一路?"

"我……"白妙言眼珠子一转,道,"我的马车坏了,正愁该怎么过去呢,谁料到就遇见皇叔了。他们都说皇叔对晚辈很是关爱,想必捎带我一程应该不难。"

池鱼忍不住感叹,人家小姑娘就是会说话,瞧这一字一句的,要是沈故渊不带她,那岂不成了不关爱晚辈了?可要是带了她……让她一路都用这种眼神盯着自家师父,池鱼觉得浑身发寒。

"怀王应该也来了吧,"她道,"郡主自己的马车若是坏了,还可以坐怀王的。"

"没有啊,"白妙言眨眨眼,硬着头皮道,"我父王今日忙碌……你看见他了吗?"

看这郡主的模样是打定主意要耍赖跟着了，池鱼皱眉，脑子里飞快地想着还有什么法子能摆脱她。

沈故渊站在她身侧，淡淡地开口："我看见怀王了。"

池鱼挑眉，侧头看他。

白妙言有点儿意外："在哪儿？"

自家父王不常来京城，更是从未拜谒过仁善王爷，按理说他们应该不认识才对，就算现在他正在西边院子里，但也没来跟三皇叔打招呼，怎么可能被看见了？

心里惊疑不定，白妙言只管盯着沈故渊瞧。

沈故渊脸上没什么表情，看她的目光也很平静，开口却说了一句："宾客礼单上看见的。"

太师嫁女，来贺喜送礼的人不少，为着以后还礼方便，进门贺喜的人都有登记。礼单上有名字的人，自然是进来了的。

白妙言的脸倏地红了，也不知道是羞的还是被沈故渊看的，木讷地道："我……"

"走吧，"有些不耐烦了，沈故渊挥袖就道，"池鱼，跟我上车。"

"是。"看了那郡主的脸色一眼，池鱼很不厚道地笑了笑，提着裙子就蹦蹦跳跳地跟上自家师父的步伐。

出了门上车，池鱼才笑着问："你也不怕她跟人说你不关爱晚辈？"

"有什么要紧？"沈故渊满脸无所谓地理着袖口，"我这个人，向来没什么爱心。"

"太不慈爱了！"池鱼义正词严地责备他，然后捂着嘴偷偷地笑。

白了她一眼，沈故渊道："等会儿去唐府，你去跟沈青玉说几句话。"

沈青玉？池鱼一愣，立马收敛了笑容，不解地问："跟他有什么好说的？"

"随你说什么，"沈故渊道，"见机行事即可。"

池鱼疑惑了，那沈青玉自从回京就十分老实地待在仁善王府的南苑里，

没出来过一次。师父有什么事情不能直接去找他，偏生要绕这么大个弯？

疑惑归疑惑，师父的吩咐还是要做的，到了唐府，池鱼提着裙子便下去找人。

沈青玉一直担心宁池鱼找他秋后算账，可等了这么久也没见有什么动静，不免就宽了心，想着兴许人家已经把过去的事情给放下了。所以今儿，他安安心心地出来喝喜酒了。站在院子里跟众位叔伯寒暄，仿佛又回到了当世子的时候，备受关爱，脸上的笑容也灿烂得很。

然而，这灿烂的笑容在一个转头之后，僵在了脸上。

"世子……啊，不，现在该喊一声沈大人了。"池鱼笑眯眯地朝他颔首，"听闻三王爷给了你内阁文士一职，如今也算是光宗耀祖。"

冷汗瞬间就冒了出来，沈青玉看了看四周，勉强朝她拱拱手："借一步说话。"

池鱼点头，很是乖顺地跟着他到了处僻静些的地方。看一眼他这神色，忍不住笑道："大人这是在怕我啊？"

沈青玉梗着脖子道："我如今也算是在朝为官，如何会怕你？"

说是这么说，捏着袖子的手却不安地搓着。

"想来也是，"池鱼点头，戏谑地道，"咱们小时候的事情都是前尘往事了，大人自然不必挂在心上。"

一提这个，沈青玉就想起自己以前是怎么折腾宁池鱼和沈弃淮的了，再一想如今这宁池鱼有多得三王爷宠爱，脸不免有点儿发白。

"你也说是前尘往事，现在难不成打算同我秋后算账？"沈青玉喉结微动，强自镇定地问。

池鱼耸肩："我没那么小气，已经是死过一次的人了，现在就当是重活。大人不再来找我晦气，我自然不会与大人为难。"

沈青玉大大地松了口气，瞥了她一眼，抿唇道："当初我也只是年少轻狂，玩心重，并非当真讨厌你。"

"我知道。"池鱼看了一眼四周，应付着面前的人，心里不免嘀咕，自家师父到底要做什么？

还没想明白，突然就听得那头人多的地方热闹了起来。

"借过，借过。"穿着灰白衣裳的妇人焦急地往外走，"请让让路。"

唐府里贺喜的人不少，里头站的全是人，外头还有人不断地进来，一个柔弱的妇人，想出去自然没那么简单，被挤得狼狈得很，发簪都掉了。

见宁池鱼看得专心，沈青玉也就抬眼扫了过去。

不看还没什么，一看他就沉了脸，道了一声"失陪"，就连忙往那头走。

池鱼奇怪地挑了挑眉，那妇人跟沈青玉有什么关系？

"抱歉。"撞着人，又被人撞，灰白衣裳的妇人连声道歉，还是想往外挤。正艰难地移动着呢，冷不防就有人抓住了她的手腕。

"宛央，"沈青玉皱眉，"你干什么？"

何宛央回头，看见是他，连忙站直了身子，又理了理衣裳，低声道："我……我要去找东西。"

"你也不看看这是什么地方，容得你胡来吗？"沈青玉不悦地道，"要找东西，等宴会散了再找也不迟，你现在能找得到什么？"

"可……"何宛央弱弱地指了指外头，"那东西怕是早就掉了，我一直没察觉，现在不去找，怕是找不回来了。"

"你给我老实待着！"沈青玉道，"再胡闹，我立刻把你送回去！"

何宛央不吭声了，默默地低下头，不过看样子不甘心，一双眼依旧在地上四处看着。

池鱼觉得有趣，凑过去问了一句："这位是？"

"我……"何宛央很想自报家门，旁边的沈青玉却打断了她，"我的一个远房妹妹，守着寡的，带她来见见世面。"

竟然是个寡妇？池鱼挑眉，扫了一眼她空荡荡的腰间，心里罪恶感更重了。

人家年纪轻轻就守寡已经很惨了,自己在师父的教唆下还把人家的东西给偷了,真是造孽。

"池鱼,"沈故渊的声音在她背后不远处响起,"你在做什么?"

池鱼回头,就见四周的人纷纷让开一条路,半鞠躬行礼:"三王爷。"

抬手示意他们免礼,沈故渊走过来看了看她,又看看沈青玉:"不去门口等着看花轿,在这里闹什么?"

"师父,"池鱼嘿嘿笑道,"我是看这儿有位妇人很有意思,所以问问沈大人是谁。"

"哦?"沈故渊扫了何宛央一眼,"这不是住在南苑里的那位吗?"

"皇叔英明。"沈青玉连忙上来拱手道,"这是青玉从原先住的山庄里带回来的。"

沈故渊点点头,好像不太感兴趣,倒是从袖子里伸手拿出一个锦盒,递给池鱼:"方才路过一家首饰铺子,瞧着这个好看,送你了。"

送她?池鱼有点儿喜出望外,连忙接过盒子打开看。

一块紫晶吊坠,安安静静地躺在盒子里的丝绒上头。

池鱼"啪"一声将盒子给盖上,轻轻吸了一口凉气,看看旁边的两个人,又看看自家师父,咬牙切齿地笑道:"这是……送给我的?"

"是啊,"沈故渊一本正经地道,"你不喜欢吗?我瞧着这紫晶的颜色很衬你,可是花了不少银子呢。"

"那我可真是谢谢你了。"池鱼抬手就想把盒子塞回他袖子里。

然而,一听见"紫晶"两个字,旁边的何宛央不镇定了,急忙抓着池鱼的手道:"什么紫晶?能让我看看吗?"

池鱼勉强挤出一个笑容:"要看吗?"

"要!"

回答得这么耿直……她又抬头看了看自家一脸云淡风轻的师父:"要……给她看吗?"

沈故渊一脸宠溺地道："既然是送你的东西，自然由你做主。"

池鱼欲哭无泪，她还想着把东西塞给他就万事大吉了呢，谁知道最后还得她来扛！

深吸一口气，宁池鱼把盒子递给何宛央，努力装得镇定一点儿，让自己看起来不像一个贼："你看吧。"

何宛央接过来，急忙打开盒子，低头一看倒吸了一口凉气："这……这是我的坠子！"

沈青玉一愣，凑过来看了一眼，皱眉道："这紫晶又不是世上独一份的，三皇叔买了个一样的送给郡主，有什么大惊小怪的？"

"不是！"何宛央着急地道，"我方才在找的就是这个坠子，不知什么时候弄丢了！"

"你的意思是说，"沈故渊半阖着眼看着她，"本王偷了你的坠子？"

"民女不敢！"何宛央摇头，"但这的确……"

"你闭嘴！"低斥一声，沈青玉按了她的肩膀一把，让她跪在了地上，"三皇叔怎么可能偷你的坠子，这定然不是你的。"

何宛央一震，抬头很是不甘心地看着他："青玉哥哥，这是你送我的，你也认不出来吗？"

沈青玉皱眉，说实话他认得出来，这块紫晶是他当初落难的时候带着的，后来看何宛央照顾他很是尽心尽力，就随手送她了。但……

看一眼沈故渊的神色，他摇头："肯定是你认错了，三皇叔说这是买的。"

"的确是买的，"沈故渊淡淡地道，"你若是不信，还可以去隔壁街那家首饰铺问问，看本王有没有去过。"

池鱼抹着冷汗想，你当然去过了，不然装紫晶的盒子也不能凭空变出来。

不过，看他这镇定自若的眼神，撒谎脸都不带红一下的，着实能蒙住不少人，至少蒙住沈青玉是不难的。

沈青玉果然深信不疑，转而斥责何宛央："你休要再胡闹了！"

何宛央眼眶都红了,咬唇看了他半晌,转眼看着池鱼道:"郡主,这坠子能卖给我吗?"

偷人家的东西再卖给人家,这也太缺德了,池鱼很想说,直接送给你好了。然而话还没说出口,腰上就被人掐了掐。

沈故渊很是自然地伸手揽着她的腰,不悦地看着何宛央道:"本王送她的东西,你当是可以买的吗?"

"皇叔恕罪,"沈青玉拱手行礼,"我这妹妹不懂规矩,言语上难免有冒犯,青玉先替她赔个罪。"

"罢了,"沈故渊大度地道,"我也不是斤斤计较的人。"

说罢,揽着池鱼就走。

何宛央抬步就想追,被沈青玉一把拉住。

"你以为那是谁?是你可以说得上话的人?"沈青玉黑着脸,怒道,"眼下整个大梁没一个人敢得罪他,幼帝得叫他一声皇叔,各大亲王都礼让他三分,你还敢去问人家要东西?"

"可……"何宛央执拗地道,"他就是拿了我的东西啊。"

沈青玉气得直挥袖子,道:"你非想要就去要,我不拦着你,到时候被怪罪,可别扯上我!"

他这话说得极凶,何宛央的眼泪瞬间落了下来。

沈青玉转身走了,压根没理会她,她就自个儿蹲在原地哭,哭完了,擦擦脸起身去找仁善王爷。

"多可怜啊,"池鱼坐在凉亭里偷偷看着小池塘对面的何宛央,叹息一声,回头又看了看沈故渊,神色复杂地道,"脸皮多厚啊!"

沈故渊半靠在凉亭的柱子上,望着池塘上的涟漪,白发微扬:"我这是在做好事。"

"这要是能叫好事,那什么才叫坏事?"池鱼在石桌边坐下来,戳了戳桌上放着的盒子,"真不还给她了?"

"你想听故事吗?"沈故渊问。

池鱼挑眉:"什么故事?"

"无聊的爱情故事。"沈故渊打了个哈欠,伸腿坐上凉亭边的长石凳,手撑在石栏上抵着额头,闭眼道,"想听就在这儿等着,我歇会儿。"

池鱼回头看他一眼,撇撇嘴:"你也真是不挑,这么嘈杂的地方也能歇。"

"郡主。"何宛央过来了,怯生生地看了一眼旁边闭着眼的沈故渊,提着裙子就给池鱼跪下了。

池鱼吓得蹦了起来,跟着她蹲下:"你这是干什么?"

"我想求求郡主,这紫晶对我而言很重要。"何宛央眼里有泪,鼻尖微红地看着她道。

这姑娘长得秀气,虽然没有大家闺秀的端庄,也没有歌坊佳人的美艳,但瞧着就让人觉得心疼,巴掌大的脸,有小家碧玉独有的我见犹怜之感。

池鱼将她扶了起来,扫了旁边装睡的自家师父一眼,为难地道:"这要是我的东西,我也就直接给你了,但……你能不能给我讲讲,它为什么对你很重要?"

何宛央坐下来,有些为难地看了一眼沈故渊。

池鱼摆手道:"不用在意,我师父睡着了,怎么吵都吵不醒的。"

何宛央见池鱼满脸赤诚,犹豫了片刻,长叹一口气。

"几年前,青玉哥哥流落到我们庄子上,是我将他救回去的。"

沈青玉运气好,在饿死之前找到了隐蔽在荒郊之外的蒹葭山庄,被在门口玩耍的何宛央带了回去。何宛央是庄主的女儿,不过这山庄算不得富裕,要多养一个人也是有为难之处的。但何宛央就是护着沈青玉,坚持要留下他,所以,沈青玉保住了性命。

何宛央是个柔情满怀的小姑娘,乍一看沈青玉此人也算是相貌堂堂,又失了庇护,怜悯之心和爱慕之心一起生了,对他好得上天入地。

然而,沈青玉是王府出去的小世子,什么美人没见过,哪里看得上这根

小豆芽?随手送了她一块自己随身带的紫晶,但对她并没有什么情愫。所以后来,何宛央被逼着嫁人,他也没有去拦。

"那你还惦记着他呢?"池鱼听到这里就拍了桌子,"你嫁人他都没话说的,那你还看重他送的东西干什么?拿去卖了换钱啊!"

何宛央被她这气壮山河的一巴掌吓得抖了抖。

池鱼瞧着,连忙收敛了动作,温温柔柔地坐下来问:"然后呢?"

"然后……"何宛央苦笑,"是我福薄,刚拜完堂,新郎就猝死了。婆家觉得我克夫,差点儿打死我。"

那次,沈青玉倒是去救她了,单枪匹马地闯进她婆家,将她救回了山庄。

她记得那个时候的风,很暖和,拂过他皱着的眉头,突然就让她一颗死了的心重新跳了起来,而且越跳越厉害,比从前都厉害。

之后,她就开始守寡了,婆家来山庄闹过,骂过,被山庄的人挡了回去,她也就一直穿着灰白的衣裙,簪一朵白花,当一个寡妇。她觉得,只要还能天天看见沈青玉,其余的都不重要。

然而前段时间,有人来接他了。她慌得要命,看着他被人接走,一路追出去老远。

马车就在她跌倒的时候停下,沈青玉皱眉下车来,看着她问:"想跟我一起去京城见世面?"

何宛央呆呆地点头。

于是,她就被带上了马车,一起带到了仁善王府。

池鱼一脸见了鬼的表情:"你口中这个沈青玉,好像和我认识的那个不太一样。"

"郡主也跟青玉哥哥熟识吗?"何宛央好奇地问。

池鱼摸了摸自己的耳垂,干笑道:"算是老冤家吧,以前我寄住在他们王府里的时候,他没少给我苦头吃,每天都是一副天王老子的模样,不是指使我干这个干那个,就是把我关去柴房思过。"

何宛央瞪圆了眼："怎么可能？青玉哥哥很温柔的！"

"可能每个人看见的面不一样吧，"池鱼道，"你也不用太在意我的评价，毕竟他现在看起来算是痛改前非了。"

"那……"眼巴巴地看着桌上的盒子，何宛央问，"这个，能卖给我吗？"

池鱼歪了歪脑袋，看了看她这一身打扮，笑着问："你能出多少银子啊？"

何宛央脸有些红，木讷地道："我现在的银子不多，能分开给吗？每月给您一点儿？"

池鱼掰着指头就算："你一个月还我一两的话，至少还上三十个月，师父说这东西可不便宜。"

一两银子是官家才会有的俸禄月钱，寻常人家一个月是不可能攒下一两银子的。池鱼瞧着，面前的姑娘果然白了脸："这……能不能每个月暂且还五十文？我在王府里住着，也没什么营生……"

"这个嘛……"池鱼故作犹豫，打算把人吓唬够了，就把紫晶给她。

然而，长凳上靠着石柱歇息的沈故渊突然就开了口。

"主院里缺个丫鬟，"他缓缓睁眼，看着何宛央道，"月钱，一两银子。"

池鱼吓得差点儿从凳子上摔下去，瞪眼看着他道："你不是睡着了吗？"

"你嗓门太大，吵着我了。"不悦地瞪她一眼，沈故渊起身道，"还是府里睡着舒坦。"

"王爷，"何宛央的眼睛亮了，"您方才的话，当真？"

"当真。"沈故渊慢悠悠地理了理衣裳，"但你可想好，丫鬟没那么好当。"

何宛央欣喜地起身道："我知道的，粗活我都会干，反正现在在王府白吃白住也没什么事做，能做点儿事情我很高兴。"

池鱼扯了扯沈故渊的袖子，小声道："师父，您这就过分了吧，人家好歹是沈青玉喊一声妹妹的人，您给弄来当丫鬟？"

"我乐意，"沈故渊眯眼，"你管得着吗？"

池鱼微微一噎，咬牙道："是，王府里您说了算。"

知道就好。给她一个赞赏的眼神,沈故渊转眼,看着何宛央道:"那就跟我们走吧,今日起,你姓氏暂去,唤宛央。"

"是。"宛央应了,转头去看那桌上的盒子,却见仁善王爷施施然伸手,将盒子拿过去,揣进了池鱼郡主的衣袖。

宁池鱼伸手掐了掐他:"人家眼里都要掉下泪来了,你也真的忍心!"

沈故渊满脸无所谓,低头睨着她道:"眼泪对我不管用。"

铁石心肠!池鱼摇头,伸手去将宛央拉过来,道:"咱们走吧。"

"好……但是,"宛央指了指那头刚进门的新娘子,疑惑地问,"郡主和王爷不是来看热闹的吗?这拜堂还没开始,就要走了?"

沈故渊恹恹地道:"我对这种热闹不感兴趣。"

池鱼很想说,我感兴趣啊!好歹是黎知晚的婚礼呢!

然而她话还没说出来,沈故渊就道:"我不感兴趣的东西,身为徒弟的你,自然也不会感兴趣,是吧?"

宁池鱼错愕地看着他,觉得,自家师父脸皮可真厚。

马车到了仁善王府,池鱼下了车就跟着沈故渊向主屋走去。

沈故渊回头问她:"你不去安置宛央?"

"啊?"池鱼愣了愣,"归我安置吗?"

"她是你的丫鬟,自然归你安置。"沈故渊道,"我房里不进女人,其他地方她都可以随意走动。"

"哦,好。"池鱼点头,转头去安置宛央。

宛央很是乖巧,跟着去换了衣裳,就坐在侧堂里听她说规矩。

叶凛城回来的时候,就见池鱼坐在桌边,跟旁边的小姑娘一本正经地道:"王爷他很烦人黏着,尤其是不喜欢女人在他面前晃,所以你别进主屋,有其他的事情,找郑嬷嬷就好。"

"等会儿再讲吧,"叶凛城拍了拍她的背,"先准备午膳吧,我饿了。"

白了他一眼,池鱼起身就去厨房。

她前脚刚走，沈青玉后脚就进了主院。

"大人有何事？"郑嬷嬷笑着拦住他，"主子们都在休息呢。"

沈青玉皱眉道："我有个妹妹不见了，我听人说，是王爷给带回来了，便来看看。"

"人？"郑嬷嬷恍然，"你说宛央啊，她已经做了这主院的丫鬟，为期三十个月。"

"什么？"沈青玉吓了一跳，"这怎么可能？她好端端的，当什么丫鬟？"

"这个老身就不知了。"郑嬷嬷让开身子，指了指侧堂，"人在那边，大人可以自己去问问，只是，莫要惊扰了王爷。"

"好。"朝她点头，沈青玉大步跨进了侧堂。

"你要在这里做丫鬟是吧？"见着宛央，沈青玉压着火问了一句。

宛央点头："因为……"

"你在这里没事就好，"他打断她，拂袖道，"我还要去唐府一趟呢，告辞。"

"青玉哥哥！"宛央急了，追出去解释，"我来这院子里当丫鬟，是想攒银子。"

"那你可真是贤惠。"沈青玉半个字也不信，"好吃好喝地住着不乐意，非来给人当丫鬟攒银子。"

"我……"

池鱼从厨房回来，差点儿就撞着走路不看路的沈青玉。

"哎？"她挑眉，"你怎么在这儿啊？"

宛央立马擦了脸上的眼泪。

动作虽快，池鱼还是看见了，当即就眯了眼："来我院子里欺负我的人？"

沈青玉忍了忍，平缓了语气道："没有的事情，我赶着离开而已。"

说着又拱手："先走一步了。"

宛央还想追，可看池鱼在这儿，只得硬生生停了步子，委屈地揪着衣角。

第 15 章 私探皇陵

这一副小媳妇儿的模样,看得池鱼都觉得不忍心,连忙拍了拍她的肩膀:"怎么了这是?"

宛央红着眼,嗫嚅道:"没……没什么大碍,青玉哥哥大抵是不高兴了。"

池鱼费了点儿力才听明白她说的什么,失笑道:"你这姑娘,哪里都好,就是胆子太小。此处就你我二人,有什么话大声说便是。"

宛央摇头,有些无措地捏着裙子,惶然了好一会儿才朝她行了个礼:"奴婢先告退,去收拾东西。"

"好。"无奈地看着她跑走,池鱼摇头,继续回厨房看菜好了没有,三炷香之后,才将午膳端去饭厅。

沈故渊怡然自得地坐在饭厅里翻着他的姻缘簿子,见池鱼进来,施施然道:"你如今倒是体贴,饭菜都亲自去给我端。"

池鱼眨眨眼,看了看这除了他别无他人的饭厅,很是意外:"叶凛城呢?"

放了簿子,沈故渊道:"不曾看见,总归是不在侧堂,你先把菜放下。"

池鱼老实地把饭菜摆到他面前,忍不住往门口看了好几眼:"奇怪,分明是他让我去准备午膳的,这会儿怎么不来吃?"

沈故渊拿起筷子就吃:"别看了,等用过午膳,我带你去找他。"

"啊?"池鱼吓了一跳,连忙摆手,"我只是好奇他去哪儿了,找就不必了吧。"

"你不关心他的去处?"沈故渊瞥了瞥她,"万一他落进大牢了呢?"

池鱼一惊，连忙搬着凳子凑到他身边去，瞪眼问："进大牢了？这又是为什么？他最近没犯什么罪吧？"

轻哼一声，沈故渊斜眼挑眉："私盗皇陵，难道不是大罪吗？"

池鱼心里一沉，立马就站了起来："你怎么知道的？"

扫一眼她这心虚的表情，沈故渊连审问的环节都省了，嚼完饭菜，幽幽开口道："原来你还当真知道此事。"

啥意思？池鱼有点儿傻眼，抬头一瞧面前这人的神色，瞬间反应了过来，一拍桌子就道："你诈我？"

"随口一说，谁知道你这般藏不住事。"沈故渊嫌弃地道，"幸好我不做叶凛城那种勾当，不然有你这么个人在身边，坟上都该长草了。"

坐下来郁闷地吃了午膳，池鱼忍不住又问："那你是怎么知道叶凛城私盗皇陵之事的？"

沈故渊道："沈弃淮在牢里招了，说他没有偷太祖皇帝的尸首，可太祖皇帝的尸首的的确确是不见了，故而杨清袖带着人详查了皇陵附近的蛛丝马迹，最后查到了和叶凛城记录在案的脚印相似的痕迹，加上他没有当时不在场的证据，就被带回衙门审查了。"

池鱼皱眉："你刚刚还说你没看见他！"

"我的确没看见啊，"沈故渊很是无辜地道，"衙差一上门他就跑了，怕是要追上一会儿。不过不用担心，他跑不了多远，赵饮马在外头等着呢。"

"师父，"池鱼实在觉得古怪，怀疑地看着他道，"你这是不是故意的？就是因为看叶凛城不顺眼？"

然而，沈故渊一脸正经地道："你这说的是什么话？我是那种小肚鸡肠的人吗？"

池鱼很认真地点头，您岂止小肚鸡肠啊，简直是睚眦必报！

沈故渊起身道："这件事不是我做的主，是静亲王让人来抓的他，与我有什么干系？等会儿我还要去牢里问沈弃淮点儿事情，你快些吃。"

沈弃淮？老实说这个人池鱼是不太想看见的，然而如今她是沈故渊的小跟班，他说去，那她也只能跟着去看看了。

沈弃淮自从被抓就关在天牢最里头的一间牢房里，两个狱卒就站在他牢房外头守着，闲杂人等一律不能见他。

"没想到还能再见三王爷一面，"沈弃淮坐在稻草堆上，满身狼狈，舌头却还利索，"看来王爷也很关心那不死药。"

牢房门打开，沈故渊跨进去，很是嫌弃地看着他，那目光，跟当初刚进悲悯王府的时候一模一样。

孝亲王被静亲王判了个终身囚于宗人府，其他涉案之人该上断头台的上断头台，该流放的流放。剩下没处置的，也就沈弃淮一人而已。他手里还有太祖皇帝的尸首和不死药的下落，所以，没有人敢妄动。

沈弃淮沉吟片刻，便道："太祖的尸体我确实没有搬出去。"

"哦？"沈故渊挑眉，"你确定？"

"确定。"沈弃淮道，"我只是为了不死药，为什么要把太祖的尸体一并抬走？费力不讨好。"

这个事沈故渊是想过的，也想不太明白，那么危急的情况下，沈弃淮的脑子里是进了水，才会选择把太祖的遗体一并带走？

"但皇陵他们细细找过，没有太祖的仙身。"沈故渊看着面前的人，微微眯眼，"你蒙别人可以，蒙我还嫩了点儿。"

"为了寻找不死药，我确实命人打开了太祖的棺木，但里面什么都没有，现在撒谎，对我什么好处都没有。我之前被孝亲王抓住了，不甘心就那么死，所以骗他说有不死药，与他合作。"沈弃淮说。

沈故渊沉默了，他仔细回想了一下当时去看的时候，那棺材好像就不太对劲，怎么说呢，太干净了。正常的棺材，埋了那么多年，里头肯定污秽不堪，但那副棺材里，连灰都没多少。

会不会是那皇陵里有机关，真正的尸体，其实安葬在其他地方？

"那我且先去找找吧。"沈故渊道。

"师父，"池鱼皱眉，"你要相信沈弃淮的话？"

"不相信，"沈故渊道，"但我可以相信自己的眼睛。"

是不是真的，一看便知。

池鱼道："那我们现在去问陛下拿旨意守陵？"

皇陵没什么大事，自然不是能随意去看的，必须得有圣上旨意，再由宗正许可，把一大套礼节都做个周全，才能上罗藏山。

然而沈故渊这种怕麻烦的性子，明显没那么多闲心，抓过她，低下头来小声道："太麻烦了，咱们半夜直接去。"

池鱼瞪眼："您这要是被抓住了，可就算私闯皇陵！"

"怕什么？"沈故渊轻嗤，"被发现了还能去和叶凛城做个伴。"

因着皇陵频繁出事，罗藏山的守军增多了不少，池鱼远远就能看见泛光的一片片盔甲，池鱼不免有点儿心虚。

然而旁边的沈故渊从容得很，带着她绕了个路，走到一处陡峭的山崖之下，轻松地道："上去。"

"这怎么上去？"池鱼差点儿一口血喷他身上，指着这近乎垂直的山崖怒道，"你上一个我看看啊？"

沈故渊二话不说，抬袖就甩出红线，那红线十根缠作一股，直直地往山崖上飞，高得看不见挂在了哪儿。

池鱼嘴角抽了抽，疑惑地看着他道："郑嬷嬷先前不是说你法力尽失了吗？"

沈故渊身子一僵，总算心虚地别开了脸："现在恢复了。"

"你拿什么恢复啊？"池鱼挑眉，"嬷嬷说在人间日月精华比不得天上，所以只出不进，你身子才日渐虚弱。"

看了看地，又望了望天，沈故渊皱眉，不耐烦地道："你上不上去了？我带你来这里，是来聊天的不成？"

"对哦，不好意思。"池鱼下意识地就道了歉，伸手去扯那红绳。可转念一想，不对啊，这是不是传说中的恼羞成怒？沈故渊是在心虚吧？

"抓紧我。"伸手扯了红绳，沈故渊不耐烦地道，"等会儿你要是掉下去了，我可不救你。"

池鱼咽了话，张开双臂，死死地缠在了他的腰上。

沈故渊甩手就将剩下的红绳往两人脚上一绕，另一头扯在手里，就着手将池鱼抱紧。

脚下有东西踩着，池鱼就安心了不少，即便下一瞬就感觉自己飞快地在往上升，也没惊叫出来。

"师父，"她被风吹得睁不开眼，却还是要问，"您有法力了，那为什么不直接咻地一下把咱俩都变进皇陵里去？也不用走这么远了。"

沈故渊嫌弃地道："你以为法力是用不完的，想干什么就干什么？"

"不是吗？"

"不是。"沈故渊眯眼，"我在这里每日能恢复的法力有限，所以不能过度使用，能不用就不用。"

这样啊，池鱼点头，老老实实地将他抱得死死的，跟着他上了山崖，翻山越岭地潜入皇陵。

罗藏山的守军不知道皇陵的具体位置，所以皇陵入口附近也没人，沈故渊挖了洞，两人很顺利地先后进入，到了伸手不见五指的皇陵。

"师父。"池鱼有点儿害怕，伸手抓着他的袖子不放，"你走慢点儿。"

沈故渊径直往放置太祖棺木的墓室走去，脚步一点儿也没慢："事不宜迟，要是等会儿巡山的守卫发现咱们挖的洞，那就麻烦了。"

想想也是，池鱼不吭声了，跟着他跟跟跄跄地走进墓室。

棺木已经重新合上了，沈故渊深吸一口气，正要去打开，却听得一声异动。

"快下去看看！"

"火把，火把拿来！"

对话声从他们进来的洞口的方向传来，窸窸窣窣的，接着就有铠甲碰撞声由远及近。

池鱼吓了一跳，着急地揪着他的袖子道："师父，你是乌鸦嘴吗？"

说被发现，还真就这么快被发现了？他们才刚进来！

沈故渊反应极快，一把掀开棺木，将宁池鱼推进去，自己也跟着躺了进去，然后将棺木严丝合缝地盖上。

"你疯啦？"池鱼吓得直哆嗦，"他们进来打开棺木怎么办？咱们跑都跑不掉！"

"太祖的棺木，你以为谁想开就能开？"哪怕是在黑暗里，沈故渊也给了她一个白眼。

池鱼安心了，摸着他的腰，再度抱住，不敢出声。

棺木是单棺，两个人躺着略微拥挤。觉得呼吸有点儿困难了，沈故渊还挥手在棺木上无声地开了两个小洞。

指尖大的洞，能透气，还能瞧见外头的情形。

"有盗洞，必定有人闯进来了，你们仔细查找。"有个带头的人说了一声。

其余的人应了，四散开来各处查看，想必不会轻易离开了。

池鱼埋在他的胸口极小声地道："太祖的遗体在哪儿呢？"

"或许找不到反而是件好事，这样一来，太祖可以安然地长眠于地下。"沈故渊道，"不过眼下有些麻烦，咱们出不去，索性睡一觉吧。"

池鱼不敢置信地道："别人的棺木，你也能睡觉？"

"有什么关系。"打了个哈欠，沈故渊是当真觉得有些困。虽说这是太祖皇帝的棺木，但他倒觉得，挺舒服的。

听着他这均匀的呼吸声，池鱼也觉得有点儿困了，反正也不能干别的，干脆就闭目养神。

然而，这一闭目，她没想到自个儿还真睡着了。

睁开眼,眼前依旧是黑漆漆的一片。

"师父?"连忙摸了摸身边的人,池鱼摇了摇他,"快醒醒!"

沈故渊惊醒,猛地撑起身子,一头就撞上了棺材盖。

"咚"的一声响,外头立马有人低喝:"那边的棺木里有响动!"

池鱼脸都白了,死死抱着沈故渊的胳膊,不知道该怎么办。

沈故渊回过神来,揉了揉自己的脑袋,反手抱着她就道:"闭眼。"

池鱼听话地照做。

于是,身子一轻,她感觉自己又飞起来了,身边嘈杂的声音瞬间消失,只剩下呼呼的风声。

等了一炷香的时间,两人落地,池鱼咬牙睁开眼:"你能用法术脱困,为什么一早不用?吓死我了!"

沈故渊脸色有点儿发白,不耐烦地道:"都说了不到万不得已不能用,你怎么记不住?"

想起这茬,池鱼立马气消了,捶着他的手臂道:"师父别生气,我随口抱怨一下罢了。"

"师父。"池鱼抬头,眼巴巴地看着他问,"叶凛城什么时候能回来啊?"

"你还惦记他?"沈故渊道,"他在衙门里受审呢。"

"他什么也没偷,还告诉我皇陵闯进去了人,要不是他,恐怕没人知道沈弃淮盗了皇陵,就不能将功抵过吗?"池鱼皱眉,"毕竟名义上他还是我夫君呢。"

"他不是,"沈故渊收回手,"之前由得你胡来也就罢了,但今日之后,天下都会知道,他不是你夫君。"

啥?池鱼惊愕莫名地看着他:"为什么?"

沈故渊在她旁边坐下,慢悠悠地道:"审查会顺带查他的户籍,他没有户籍,所以你二人的夫妻关系,官府是不认的。此事会当成供词的一部分,呈给杨清袖,杨清袖会转呈进皇宫。"

池鱼干笑："那……那也请师父高抬贵手，早日让他回来。"

"知道了。"沈故渊淡淡地道，"过两天吧。"

还得过两天？池鱼张口就想再说，然而一瞧自家师父这脸色，当即就把话吞了回去。

宛央小心翼翼地去了南苑，站在门口徘徊许久也没敢进去。

青玉哥哥一生起气来就不爱理她，每次她都不知道该怎么办才好，只能这么傻乎乎地等。

等啊等的，天也黑了，屋子里灯亮了起来。沈青玉打开房门，不太高兴地道："你来干什么？"

他好似知道她一直在此处一般，宛央吓了一跳，连忙上前道："我想跟你解释的，我去主院当丫鬟……是想把那紫晶换回来。"

微微一愣，沈青玉微怒："你是怎么想的？当丫鬟去换那么一块紫晶？"

"反正闲着也是闲着，"宛央小心翼翼地看着他，"但你能不能别生我的气了？"

"你何时见我生气了？"沈青玉没好气地道，"我只是怕我带你出来，你却这般胡来，回去你爹娘得怪我。"

宛央失笑："你如今是当官的人了，我爹娘哪里还敢说你半句？"

说起这个，沈青玉道："我马上要出去自立府邸，你就在这王府里待着吧。"

宛央吓了一跳："我一个人在这里？"

"这不是你自己选的吗？"沈青玉皱眉道，"不是说那块紫晶对你很重要吗？难不成你要跟我走，不要紫晶了？"

宛央怔然地看了他半晌，眼里的水光一点点蔓延上来："青玉哥哥，都这么久了，我觉得重要的东西到底是什么，你当真不清楚吗？"

什么紫晶，若不是他送的，也就是块石头罢了，她自然是要跟他走的。

沈青玉却神色古怪地看着她道："宛央，我应该一早就告诉过你，你这

样的姑娘,我瞧不上的。"

小脸白了白,宛央低头搓了搓腰带:"我……我也没指望你能看上我,只是,好歹让我能看见你啊。"

她是个守寡的,又是小门小户的姑娘,自己也知道自己几斤几两,就没奢求过这人会娶自己。唯一的要求,也不过是天天能看见他罢了。

沈青玉摇头道:"我立了府,自然是要娶亲的。眼下我父王母妃皆已不在,婚事由几个王爷做主,你若还跟去我府上,就说不过去了。等你在王府里待够了,自己回蒹葭山庄吧。"

宛央白了脸,怔愣地看着他。

"行了,"他道,"天色晚了,我要歇息,你若还有话,就明日再说。"

门在面前"啪"的一声关上,宛央呆呆地站了半晌,如木偶一般转身,往主院的方向走。

"小丫头这是怎么了?"郑嬷嬷坐在侧堂门口,瞧见她,便慈祥地招手,"过来跟嬷嬷说说。"

宛央心里一片死寂,本不知道该去哪儿、做什么的,然而一听见她的话,竟然下意识地朝着她走了过去。

温柔地拉着宛央坐下,郑嬷嬷道:"除了你也没别人了,小丫头,可是被哪家男儿伤了心?怎么这般难过?"

摸了摸自己的脸,宛央勉强笑了笑:"我没事,只是看来和府上没什么缘分,这丫鬟大抵是当不了几日了。"

"嗯?"郑嬷嬷好奇地问,"为什么?可是哪里不习惯?"

"不是,"宛央垂眸,"青玉哥哥说以后不能带着我了,他自己要立府娶妻,那我……我是该回山庄继续守寡的。"

偷偷掐了掐手指,郑嬷嬷背着宛央翻了个白眼,心想自家主子这牵的都是什么乱七八糟的线啊,要不是今儿她在,这根线就得断喽!

转头,郑嬷嬷又笑得慈祥:"寡有什么好守的?依我看,你还是当丫鬟来得好。在这王府里等着，说不定什么时候转机就来了。"

"那怎么可能，"宛央垂眸，"他不要我，我这一辈子，就没什么转机了。"

"别那么快绝望，"郑嬷嬷拍拍她的背，"有时候跟上天祈祷一下，也是有用的。"

有用吗？宛央摇头，她是不太信这些东西的，若求求上天就有用，那这世间也不会有这么多愁苦了。

想是这么想，但是睡觉之前，她还是没忍住，偷偷地双手合十，闭上了眼。

池鱼第二天是被吵醒的，她被郑嬷嬷拉起来，穿衣洗漱，带到了庭院里。

"怎么了？"眼睛都还睁不开，池鱼苦恼地道，"我还没睡够。"

"这都什么时辰了，你竟然还在睡觉？"白妙言的声音落下来，将她吓得一个激灵，瞬间清醒了。

"妙言郡主？"池鱼眨眨眼，"您这一大清早的，过来干什么？"

白妙言没好气地道："找你有事。"

"我？"伸手指了指自己，又看了看身后，池鱼道，"你确定不是找三皇叔，而是找我？"

"确定，"一把拉过她，白妙言道，"今日天色不错，我带了很多有趣的东西来同你玩。"

啥？池鱼哭笑不得："郡主，咱们很熟吗？"

"你是郡主，我也是郡主，就算没见过面，但彼此也听过不少人提起对方吧？"白妙言嗔怒地道，"咱们难道没有一见如故的感觉？"

池鱼很老实地摇头："说实话，没有。"

白妙言气得柳眉倒竖，可转念一想，又镇定下来，撇嘴道："那总要给个结识的机会，咱们相互了解一下吧？"

池鱼眼神微动，去屋檐下头的走廊边坐下，笑着问："郡主想了解什么？"

"这个不急，咱们玩着玩着就知道了。"白妙言挥手让自己的家奴搬东

西上来,撸了撸袖子就道,"这些都是我最喜欢的,咱们今日挨个儿玩儿!"

池鱼低头扫了一眼,嘴角微抽。

当弹珠玩的玉珠、鸡毛的毽子、沙包和磨好的牛骨,还有一把琴。

还真是个养在闺阁里的郡主啊!

池鱼皱眉道:"郡主想干什么?"

"我能干什么?"白妙言叉腰道,"三皇叔不允我住进来,那我只能在你这儿下功夫了!"

池鱼觉得好笑:"你莫不是对自个儿的皇叔一见钟情了?"

要说有什么能让女儿家奋不顾身的,那一定是心上人。

"皇叔怎么了?"白妙言站起来俯视着她道,"他不也是你皇叔吗?你不照样赖在这府里不走?"

池鱼耸肩:"我不一样,我是无家可归,拜了他为师。"

"那我也可以拜他为师!"白妙言道,"你我身份相同,他能收你,定然也能收我!"

正说着呢,主屋的门就被打开了。

沈故渊像是刚睡醒,红袍凌乱,一头白发也只是随意束着。但神色是池鱼没见过的慌张,大步跨出来就往外走。

"师父?"池鱼吓了一跳,连忙扔了手里的珠子跟上去,"这会儿还早,您怎么了?"

白妙言也跟上来,提着裙摆好奇地看着他。

然而沈故渊压根没有细细解释的耐心,出门上了车,就吩咐苏铭快些走。

池鱼慢了两步,和白妙言一起站在门口看着那扬长而去的马车,目瞪口呆。

"一定是发生什么不得了的大事了!"池鱼慌了,"上次沈弃淮造反,他都没这般紧张。"

"那还等什么?"白妙言拉着她就走,"追上去看看!"

她过来自然是有马车的，池鱼也就顺便搭一程，跟上去看看到底发生了什么事。

苏铭驾车飞快，七拐八拐地出了城。池鱼看着这方向，总觉得有点儿眼熟。

"到了。"半个时辰之后，苏铭勒马，沈故渊掀开车帘便下去，径直往月老庙里走。

"这是哪儿啊？"白妙言好奇地跟着下车，"有点儿眼生。"

"城郊新起的月老庙。"池鱼提着裙子也跟着冲进去，一边走一边跟她解释，"刚修不久，你不常进京，自然眼生。"

月老庙？白妙言皱了眉："皇叔急匆匆来这里，莫不是约了什么佳人？"

冬末春初的天气，梅林零落了一地的花瓣，看起来是个绝佳的风花雪月之地。半寒不冷的风轻轻吹着，吹得佳人的衣摆轻轻扬起。

然而，这佳人并未在等谁，一张小家碧玉的秀气脸蛋上满是泪痕，跌坐在梅树下许久，长叹一口气，笑着落泪："我求过缘分，天命说没有，我却不信，求了十回总算求到了，却也只是一个空签而已。"

说罢，缓缓低头，痴痴地盯着地上的梅花笑，伸手慢慢地从袖口里掏出一把匕首。

从前宛央觉得，守寡没什么要紧，反而挺好的，她不用受夫家管束，可以天天守着青玉哥哥。但如今……青玉哥哥不要她了，要她自己回蒹葭山庄，她突然觉得曾经牢牢顶在她心里的那根柱子垮了，整个天地突然崩塌了，她还没有地方可以躲藏。

闭上眼，宛央抽出匕首，狠狠地往自己心口一送！

"不怕疼吗？"

微风吹过，卷着一阵梅香。有男子的声音低低地在她旁边响起，手上的动作也随着这声音戛然而止。

宛央惊愕地睁眼，看向身边的人。

"王……王爷？"

沈故渊居高临下地看着她，问："就这么死了，不觉得不甘心吗？"

宛央愣愣地看了看他，又看了看四周。

她特意挑了个僻静无人的角落，三王爷为什么会突然出现？

"我在问你话。"沈故渊眉头皱起来，显然不耐烦了。

宛央吓了一跳，连忙跪坐起来，朝他磕头："奴婢……奴婢只是在这里歇息……"

手指一转，那匕首就绕在了他指间，沈故渊淡淡地道："你既然喜欢沈青玉那么久了，缘何现在因为他一句话，就要放弃？"

宛央心里惊疑不定，压根不知道这三王爷为什么来跟她说这些。但听着他的声音，她的眼泪莫名其妙流得更凶了："奴婢是没有别的办法了。"

她若是寻常的闺女，那还好说，可她现在是个寡妇，压根没有底气黏着他不放。他话都说到那个份儿上了，她还能做什么？

沈故渊皱眉："你没办法，我有啊。"

啥？有那么一瞬间宛央觉得自己幻听了，抬头呆呆地看着面前这风华绝代的人。

池鱼站在十步之外，脸色有点儿发白。

白妙言抓着梅树树干看着那头的情形，气不打一处来："这是什么戏码？我三皇叔匆匆赶过来，就为了这个丫鬟？"

宁池鱼的情绪好像瞬间就低落了，虽然脸上看不出什么，但她那一双明亮的眼，现下是一点儿光亮也没有。

沈故渊是不会突然对宛央感兴趣的，在黎知晚的婚事上那一出，再加上今日这一场，池鱼突然明白了他在做什么。

他说，他暂时不会走，因为还有事情要做。

天上的月老，在凡间的事情是什么？

给别人牵红线。

206

就像当初救她一样，也像帮黎知晚和唐无铭一样，沈故渊如今有了第三个要救的对象，自然会阻止她去死，就像当初拦着她不让她冲动找死一般。

池鱼咧了咧嘴，眼眶有点儿发红。

本以为是舍不得她，是想多陪陪她，结果不是，他有别的人要帮，等帮完，也就跟她没关系了。

马车回了王府，池鱼进去，二话没说就去了郑嬷嬷的房间。

"啊？"郑嬷嬷听她说了几句，眼睛都瞪圆了，"我昨儿都拦过了，那宛央丫头怎么还是要去死啊？"

"您……"池鱼神色复杂，"也插手了宛央的事情？"

郑嬷嬷笑了笑，坐在她旁边道："这一桩，本也是主子牵的姻缘，只是情况有点儿特殊……"

"又是他牵错了的？"池鱼眼里泛着水光。

"也不算是错。"郑嬷嬷苦恼地道，"这件事怎么说呢……您的红线，是主子牵得不耐烦了随意牵错的，所以他得弥补。黎家姑娘那条线是牵了又被他不小心扯断了，所以他得续上。而宛央丫头这一条……是他强行牵的，结局会如何，谁也不知道。"

强行牵？池鱼趴在桌上，扯着嘴角笑了笑："还能这样做？"

"换作别人，肯定是不能的，少不得被天规惩罚。"郑嬷嬷无奈地道，"但咱们这位少主有点儿不一样，他天不怕地不怕的，老实的时候还肯听月老的话，不老实起来，谁也拿他没办法。所以这几条红线，牵了也就牵了，要不是为着月老，他是连下凡来弥补都不会的。"

池鱼怔怔地看着她，半晌才道："所以，等他把宛央这条线弥补好了，就要走了？"

郑嬷嬷无奈地叹了口气："虽说道理上讲是如此，但……老身觉得，主子更适合人间，姑娘也大可以多想些法子留住他。"

留？池鱼苦笑："拿什么留？我原以为他待我有些不同，但今日瞧见他

对宛央我才发现,他眼里只有两种女人,一种是他需要弥补的,是任务;一种是其他的。我与其他的不同,但与宛央……没什么区别。"

"话也不能这样说,"郑嬷嬷道,"自从有了您,主子越发像个人了。"

"那是因为我是人,他沾了人味儿,自然像人。"池鱼抿唇,"我心里清楚,换作别的他肯接近的女人,他一样会是现在这般。"

深吸一口气,池鱼坐直身子握了握拳:"我会竭尽所能地留下他,必要的时候,请嬷嬷多帮帮我。"

一听这话,郑嬷嬷就笑了:"您不轻易放弃就好,老身自然鞍前马后,随叫随到!"

"多谢。"池鱼朝她颔首,心情沉重地离开了侧堂。

留一个男人要怎么留?池鱼不太懂,毕竟以前她未能留住沈弃淮,更是一直被沈故渊嫌弃。思来想去,她提了食盒,去了一趟大牢。

叶凛城被关在牢里一天了,本以为他会很狼狈,但宁池鱼跟着狱卒进去的时候,就看见他跷着脚躺在石床上,旁边两个穿着囚服的人在给他捏肩捶腿。

嘴角抽了抽,池鱼道:"你倒是逍遥。"

叶凛城一个鲤鱼打挺,瞧见她,眼睛一亮,立马走到栅栏边来,低头看着她道:"你怎么来了?"

"来看看你,"池鱼蹲下,把食盒里的饭菜拿出来给他,"我问过杨大人了,他说再审两天,你就可以出去了。"

"还得两天?"叶凛城挑了挑眉毛,"沈故渊故意的吧?"

"大胆!"旁边的狱卒呵斥一声,"怎能直呼三王爷名讳!"

叶凛城痞笑一声,伸手搭在栅栏上,看着他道:"我就喜欢喊他名字,他又不是皇帝,做什么喊不得?"

池鱼往那狱卒手里塞了碎银,好生说了两句话,先将他打发了出去,然后无奈地回头看着这人道:"为尊者讳,你这样当着别人的面喊王爷名姓,会被多关两日的。"

叶凛城撇嘴："爱关就关好了，等老子不耐烦了，直接越狱便是。"

说得轻巧，池鱼摇头。

扫一眼她的神色，叶凛城觉得不太对，蹲下来问她："你有心事？"

池鱼心虚地垂眸："这也看得出来？"

"太明显了好吗？"叶凛城啧啧摇头，"就算你现在总是喜欢笑，但我对你太熟悉了，看得出来你高不高兴。"

池鱼放下碗，认真地抬头看着他道："我想问你个问题。"

"我就知道你没事是不会来看我的。"揣着手往栅栏上一靠，叶凛城叹息道，"说吧。"

池鱼抿抿唇，有点儿不好意思地看了一眼牢里其他两个犯人，那两个人倒是自觉，立马去了牢房最角落里，蹲着面壁。

于是她低声道："叶凛城，如果我想让一个要走的男人留下来，该怎么办？"

"这有什么难的？"叶凛城白了她一眼，"美人计会不会？"

池鱼哭笑不得，摇头道："美人计留得住一时留不住一世，更何况，那是个不吃美人计的。"

"哦，"叶凛城瞬间明白了，"沈故渊啊？"

池鱼脸上一红，咬咬唇，缓缓点了点头。

眼里的光黯了黯，叶凛城转头看向牢房里唯一的小窗，道："你这人也真是死心眼，我在府里瞧了几天，也没觉得他有多爱你，你何苦就非得在他这棵树上吊死？"

"也不是吊死，"池鱼有点儿慌乱地比画，"我就是不想让他走，他一走，就是永别了。"

叶凛城一顿，想起上回沈故渊假死的时候宁池鱼那张哭得一塌糊涂的脸，忍不住揉了揉眉心。

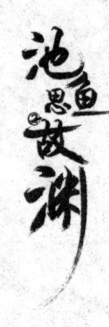

"要留下一个男人,只有一个办法。"

"什么办法?"池鱼眼睛一亮,立马扒上了栅栏。

叶凛城目光深邃地看着她,一字一句地道:"让他爱上你。"

脸上一僵,池鱼眼神黯淡了下去:"这个不可能。"

"未必不可能,"叶凛城道,"老房子总会着火,千年的铁树也是能开花的,只要你精诚所至,那必定金石为开。"

低头想了想,池鱼道:"可是……"

"你要是连这点儿想法都没有,那还留什么留啊,让他走好了。"叶凛城耸肩。

池鱼无奈地道:"我不是没有想法,只是觉得自己没那个本事。"

先前不是没试过,但沈故渊这个人,心跟他身子一样,焐不热的。她很怕再换来自己伤心一场,上回的诛心之痛,现在想想还觉得心有余悸。

"你没那个本事,我有啊。"叶凛城朝她一笑,露出八颗白闪闪的牙。

池鱼挖了挖耳朵,觉得这句话很耳熟,像是刚刚才听谁说过。

沈故渊回到主屋的时候,没看见宁池鱼。

"人呢?"

就两个字,也没说是问谁,郑嬷嬷很贴心地答:"池鱼姑娘提着食盒去给叶公子送饭了。"

沈故渊不悦地在火炉边坐下:"她倒是贤惠。"

郑嬷嬷笑了笑,问了一句:"宛央姑娘还好吗?"

"已经去歇着了,我让苏铭去了一趟忠亲王府,不知能不能成事。"沈故渊颇为烦躁地揉了揉眉心,"当初我怎么就一时冲动,成全了她这强求的姻缘呢?"

何宛央和沈青玉在姻缘簿上是没有缘分的,但她苦求了多次,吵得他实在不耐烦,干脆就给牵好了线,让他们相伴几年。

然而没想到,这线现在要绷不住了。

"说起这个，老身倒是觉得奇怪。"郑嬷嬷皱眉，"昨晚老身本是想帮主子忙的，已经劝过宛央姑娘，但不知为何，竟然还是没能改变什么。"

沈故渊冷笑："你以为我手上的姻缘，是谁都能动的？"

以前月老牵线，他们这些人都能帮忙捋捋，但从他手上过的线，只有他自己能动，也就是说，他定下的姻缘，天上地下无人可改。

除了一个宁池鱼。

想起这个人，沈故渊觉得很奇怪，他花那么大力气给她和沈知白牵的线，怎么说断就断了？

池鱼回来的时候心神不定，坐在桌边看着沈故渊发呆。

沈故渊翻着姻缘簿子，头也不抬地道："你想把我看出花来？"

"嘿嘿，"傻笑着收回目光，池鱼眨眨眼道，"我是在想啊……师父你这么好看，整天待在府里，是不是有些可惜了？"

睨她一眼，沈故渊道："有什么想说的，直说。"

池鱼连忙提着裙子蹭到他身边，乖巧地道："我听妙言郡主说，永福街开了家很是大气的琴坊，背后东家跟忠亲王有些关系，明儿就有搭台的表演，咱们不如去凑个热闹，捧个场？"

沈故渊放了簿子，沉默地思考起来。

池鱼眼珠子一转，立马践行叶凛城教她的招数，拉着自家师父的袖子就撒娇："去嘛去嘛，咱们都多久没看过热闹了？"

说实话，这种路数她不太熟悉，嗲起来自己身上都起鸡皮疙瘩，忍不住怀疑叶凛城话的可靠性。

然而，床边这人竟然动容了，点头道："你想去，那就去。"

不会吧？池鱼瞪大了眼，有点儿不敢相信。

沈故渊转过头来，扫一眼她这见了鬼的表情，冷笑一声："你中邪了？"

"啊，没有没有！"池鱼连忙摆手，笑道，"我只是想你一贯不爱热闹，应该不会答应我，没想到……"

撒个娇竟然有这么厉害的功效？

"要是去别的地方，我也不会答应你。"沈故渊白她一眼，"但那个琴坊，我也想去看看。"

刚刚还在雀跃的心瞬间安静了下来，池鱼扁嘴："不是因为我撒娇撒得好？"

"不是，"嫌弃地抽回手，沈故渊的眼神很是复杂，"你打哪儿学的？"

池鱼小脸一垮，道："他们都说男人最受不住的就是女人撒娇！"

"要是别的女人，我还有可能受不住。"上下打量她几眼，沈故渊眯眼，"但你的话，还是算了吧。"

池鱼气鼓鼓地提着裙子离开了床边。

她怎么了，啊？也是个漂亮的女人，怎么就这么不受待见？

早上沈故渊一掀开车帘，里头的人朝他笑得春暖花开的："师父早。"

看她一眼，沈故渊没应，转过头，很是柔和地对宛央道："你先上去。"

宛央战战兢兢地道："王爷，奴婢还是跟在旁边走吧。"

沈故渊勾唇："要我扶你上去？"

宛央二话不说就往车上爬，看见池鱼，尴尬地行礼："郡主。"

"嗯。"看着她，仿佛看见当初的自己，池鱼苦笑，垂了眼没再吭声。

马车就这么安静地行了一路，沈故渊心情好像不错，一双眼不停地往宛央身上瞧，瞧得小姑娘坐立不安，差点儿想跳马车。

永福街到了，第二个路口就是琴坊，那琴坊铺面极大，包了整整三层楼不说，外头还搭了台，请了专门的琴师演奏。

池鱼看着，振作了些，朝沈故渊笑道："师父是不是好久没听过徒儿弹琴了？"

睨了她一眼，沈故渊抬脚就往琴坊里走："现在没空听。"

宛央呆呆地看着池鱼，却听得前头的三王爷道："宛央跟我上楼，其余人自便。"

"啊，是。"疑惑地看了看三王爷的背影，又看了看池鱼郡主，宛央低头，连忙迈着小碎步跟了上去。

池鱼耸肩，她算是看出来了，昨儿惹得这位爷不高兴了，今儿要甩脸子给她看。不过没关系，他这种态度已经打击不到她了。

池鱼左顾右盼地等着，没一会儿，踏霄就拿了东西给她。

"这是老大吩咐的，"看见她，踏霄不是很高兴，但也老老实实地拱手，"告辞。"

池鱼颔首目送他，然后抱着东西就去找人。

郑嬷嬷一早就出来了，此时就在台子旁边等她，看见她来，便笑着屈膝："愿姑娘如愿以偿。"

池鱼眼睛亮亮地点头。

沈故渊带着宛央上了二楼，径直从一处品茶间外头路过。

里头坐着的人眼尖，连忙喊了一声："故渊。"

沈故渊停下步子，很是"惊讶"地看着忠亲王："您也在？"

"哈哈，这可是巧了。"忠亲王笑着起身，邀他进去，"本王来看热闹，没想到今日这琴坊来的还都是大人物。"

沈故渊在椅子上坐下，扫了一眼他们放在桌上的琴，勾唇道："您也爱琴？"

忠亲王点头："这东西妙啊，哪有不爱之理？近来我烦心事多，也只能在这儿寻得片刻欢喜。"

忠亲王府上姬妾好不容易怀了身孕，却不小心给掉了。这事儿对忠亲王来说是个大打击，人都苍老了不少。不知为何皇室子嗣这么难得，他现在心灰意冷，已经不盼着能有儿有女了，就是膝下孤单，惆怅得很。

沈故渊很是关切地道："王爷也要保重身体才是。"

"唉，老了，没办法的事情。"忠亲王摇头说着，看了他背后站着的宛央一眼，"这个……是你新收的丫鬟？"

沈故渊叹息一声:"也算不得丫鬟,是个苦命的人,暂时住在我府上。"

"哦?"忠亲王瞧了瞧,"这女娃子也才十六七岁吧?"

"是啊,"沈故渊惆怅地道,"小小年纪就跟亲人走散了,流落在外,没人疼没人爱的,也是可怜。"

忠亲王点头:"是挺可怜的。"

"我想着给她找个能收养的人家,"沈故渊看着他道,"不知皇兄可有什么好人家相荐?用不着大富大贵,能待她好即可。"

忠亲王眼睛亮了亮:"这还用说吗?本王就能收养啊。"

朝中皇亲国戚都在愁怎么才能与这三王爷亲近,收了他的人做义女,自然是个亲近的好法子。而且,他正缺人承欢膝下,这不一拍即合吗?缘分啊!

沈故渊如释重负地勾唇,朝忠亲王拱手:"那就多谢王爷了。"

"客气客气,本王瞧着这女娃子也颇有眼缘。"忠亲王将宛央招过去问,"你唤什么?"

宛央吓傻了,没想到三王爷竟然要把自己送给忠亲王当义女,结结巴巴地道:"何……何宛央。"

"宛央。"忠亲王琢磨了一下,轻敲桌子道,"宛在水中央,好名字,好名字!"

忠亲王对这个义女好像分外满意,沈故渊勾唇,微微松了口气。

就在这一瞬,窗外有金玉铮然之声越空而来。

下头台子上的琴师好像换了一个,这琴声不似方才古板,倒像是溪水入了夜光杯,一阵叮咚,满耳水声。起音高而不争,流畅往下,豁然开朗,便是一片极美的梅林。

忠亲王起身去窗户边看,惊讶地道:"怎么换了琴师?"

沈故渊慢悠悠地起身,跟过去斜靠着窗边,淡淡地道:"劣徒骄纵,王爷多包涵。"

垂目看去,台子上优雅地坐着的,可不就是宁池鱼?

宛央偷偷看了一眼，轻吸了一口气。

池鱼郡主那一身曳地长裙，方才瞧着还担心不好走路，眼下铺在台上倒是柔美极了。抬袖落指于琴，仙气十足。她弹的琴可真好听啊，街上的行人纷纷停下步子，往台子这边靠过来。

不知哪里飞来的梅花花瓣，落于她的衣裙上，台子上的人含笑抬头，往二楼这边看了一眼。

这一眼，眼波潋滟晴方好，眸色空蒙感人心。

饶是女子，宛央也忍不住红了脸，觉得这池鱼郡主原先活蹦乱跳的还瞧不出来。这会儿安安静静这么一眼，倒是有倾国倾城之感。

然而，旁边看着的沈故渊脸上一点儿表情也没有。

宁池鱼朝他笑，他面无表情。宁池鱼朝他抛媚眼，他还是面无表情。宁池鱼一曲弹完台下掌声雷动，他依旧面无表情。

池鱼垮了脸，沮丧地走下台问郑嬷嬷："他瞎啊？"

郑嬷嬷干笑："姑娘很用心了，老身若是男儿身，也必定为姑娘倾倒。"

"可他没反应，"委屈地扁扁嘴，池鱼低头看了看自己，"不好看吗？"

郑嬷嬷微笑，还没来得及说话，旁边就有人围上来朝她拱手："小生何生亮，敢问姑娘芳名？"

"在下李沛，敢问姑娘芳名？"

"敢问姑娘，可许了人家？"

池鱼目瞪口呆地看着这群人，脸上红了红，继而更加委屈。

瞧瞧，这么多人都觉得她不错，那她方才那一曲在沈故渊眼里，为什么连点儿波澜都惊不起？

关了窗户，沈故渊和忠亲王坐回桌边，将收义女的细节都商量妥当，并且决定让宛央跟着忠亲王走。

第 15 章 私探皇陵

第16章 你不知道的事

忠亲王笑眯眯地带着宛央下了楼，宛央一步三回头，就见三王爷微微转了身子，一双凤眼扫向窗户的方向，脸上无悲无喜。

宛央纳闷地走出琴坊，抬头就看见池鱼郡主，她避开了人群躲在旁边的小巷子口，很是沮丧地瞅着琴坊，脚尖在地上划啊划的，看起来可爱又可怜。

她突然有种同病相怜的感觉，想过去跟她说两句话，可碍于前头的忠亲王，宛央还是忍了，乖乖地跟着忠亲王上了马车。

池鱼等啊等，都看见宛央跟着忠亲王走了，也没见着自家师父下楼来，眼瞧着天色都要晚了，池鱼深吸一口气，提起裙子打算自己上楼去找人。

她的计划是很美好的，准备了花瓣也准备了焦尾琴，将这么久以来一直偷练的琴艺一股脑全抖出来了，为的就是能让沈故渊大吃一惊，顺便看看她这个昔日里不成器的小丫头，如今也是小有所成。

然而，现实把她一颗心冷得冰凉冰凉的——别说吃惊了，他连个意外的表情都没有！没有就算了，现在还不下来找她，难不成她要灰溜溜地一个人回王府？

才不要，池鱼噘嘴，抬脚就要跨进琴坊。

"池鱼。"背后有人喊了她一声。

池鱼微微一顿，回头，就见一身青白宽袖雪衫的沈知白站在不远处，有些惊讶地道："你怎么也在这里？"

捏手屈膝，池鱼道："我随师父来的，现在该回去了。"

"三皇叔也在？"沈知白道，"那我便去问个安吧。"

"好。"池鱼笑眯眯地同他一起上楼。

然而，二楼的隔间早就空了，几杯茶都已经凉透了，池鱼茫然地左右看了看，抓了个伙计来问："刚刚在这儿的白发人呢？"

伙计想了想，道："那位贵人半个时辰前就走了。"

半个时辰前？池鱼傻眼了："不可能啊，我一直在下头等他，他若是走了，我怎么没瞧见？"

沈知白脸色沉了沉，问那伙计："你这儿有后门？"

"自然是有的。"伙计拱手道，"咱们这铺面大，后院也是一起办了的，前后自然都有门。"

沈知白转头看着宁池鱼道："也就你这么傻，当真一直等着他。"

池鱼错愕地微张着嘴，半晌也没回过神。

这算什么？不想看见她所以宁可从后门绕路走？沈故渊是傻了吗？任凭他再怎么躲，回到王府一样要见面啊，她想不明白，把她丢在这里，对他有什么好处？

"没事，"缓过神来，池鱼朝沈知白傻笑，"我师父一向事情多，你又不是不知道，可能突然出了什么事，他就先走一步了。小侯爷要问安下次再问吧。"

沈知白微蹙了眉头："我问不问安没什么要紧，倒是你，你与他一起来，他却一个人先走了，这是什么道理？"

池鱼挠挠头，垂着眼眸笑："兴许是我方才哪里做得不对，他不高兴了。小侯爷你是不知道，方才我可出风头了，在下头台子上弹了一曲，琴艺有师父的三分之一了，他定然觉得脸面上过不去，所以先走了。"

沈知白气笑了："你能扯些靠谱儿的理由吗？"

池鱼沉默地想了想，苦笑摇头："暂时想不到别的了。"

沈知白轻轻叹息一声，眼眸深深地看着她道："罢了，我陪你回去吧。"

池鱼伸手将他的衣袖按在自己脸上，哽咽出声。

沈知白眼有痛色，看着自己那白色的衣袖渐渐浸透了两块水渍，眉心微微拢起。

池鱼没哭一会儿就拿他的袖子抹了脸，吸着通红的鼻子问他："我这样是不是太娇气了？人家提前走一步而已，我竟然要哭。"

想伸手摸摸她的头，却在半路打住，沈知白笑道："不娇气，我倒是喜欢看。"

池鱼皱眉睨着他："看我笑话这么好玩？"

"不好玩，"沈知白道，"我倒是想像叶凛城那样帮帮你。"

"得了吧，"池鱼撇嘴，"今日来这里，就是叶凛城教我的，说什么要一眼万年地惊艳沈故渊，结果惊没惊着，倒是被人厌了。"

"他这点儿把戏，江湖气重，哪里适合皇室贵胄？"沈知白不以为然地道，"我来教你，保证有成效。"

池鱼满眼怀疑地看着他。

沈故渊坐在屋子里等晚饭，随手翻了几页姻缘簿，慵懒地靠在软榻上发呆。

正想着，门就被人推开了。

池鱼满脸犹豫地进来，频频回头看后头的郑嬷嬷。

"鬼鬼祟祟地做什么？"沈故渊皱眉抬头，看向她手里捧着的东西。

郑嬷嬷用手肘抵了抵她后腰，池鱼连忙上前两步，将手里的东西举到他面前："这个……是我亲手绣的，嬷嬷说您身上的花纹该换款式了，我……我就绣了一下。"

挑了挑眉，沈故渊伸手捏着那红袍的领子，扯起半边来扫了两眼，眼含讥讽："你绣的？"

精巧的边纹，暗绣的春花秋月，这哪里是宁池鱼绣得出来的？

池鱼心里也发虚，很想退缩，但回头看一眼郑嬷嬷，她还是鼓起勇气道：

"是我绣的没有错！"

起码暗纹里藏着的那两只鸳鸯的确是她绣的，只是看不出来而已嘛！

嗤笑一声，沈故渊将那袍子扯过去，放在身上信手捏着，眼皮子一抬就给了她一记眼刀："你别的没学会，脸皮怎么越来越厚了？"

池鱼下意识地道："师父教得好。"

屋子里安静了片刻，池鱼眨眨眼，意识到不对，连忙摆手："不是不是，我是说，这当真是我绣来要送给师父的。"

"哦，是吗？"沈故渊皮笑肉不笑地问，"绣得辛苦吗？"

"可辛苦了！"池鱼连忙把手伸给他看，"您瞧瞧，全是针眼儿！"

"那当真是可惜了。"

嗯？可惜？池鱼不解地看着他道："有什么好可惜的？送给你的东西，我再多扎几个针眼都……"

话没说完，她就瞧见沈故渊从袖子里掏出了一把剪刀。

"主子？"郑嬷嬷惊了惊，料到他要做什么了，连忙急急地喊了一声。

池鱼愣愣地看着他，没反应过来要去拦，眼睁睁地看着那剪子在衣襟上落下，"咔嚓"一声，好端端的袍子就被剪开了。

"师父？"池鱼瞳孔微缩，不敢置信地盯着他道，"这可是上好的金丝锦缎！很贵的！"

捏着剪子的手一顿，沈故渊皱眉看着她道："你难道不该更心疼你亲手绣的袍子吗？"

拍了拍脑门，池鱼道："对不起，我重说一遍。师父，这袍子可是我绣了几个时辰才绣好的！"

"几个时辰就能绣好这么一件袍子，郑嬷嬷的活儿都得被你抢了去。"沈故渊冷笑，眼里没半分温情地道，"这些无聊的把戏你就少玩一些吧，没用。"

郑嬷嬷心里一跳，忍不住有些埋怨自家主子，不要就不要，这么伤人做

什么？

好在宁池鱼压根没被他伤到，反而眨巴着眼在软榻旁边蹲下，撑着下巴看着他道："师父，你知道我想留下你，我也知道你想走。所以我做这些在你眼里很无聊，但同样地，你这冷漠无情的戏码，在我眼里也很无聊啊。"

"你说什么？"沈故渊眯眼。

池鱼一脸无畏地道："换作之前，我给你什么东西你都不会拒绝，那才是你没有七情六欲的正常模样。眼下我做什么你都不领情，反而显得很在意我。"

沈故渊额角上青筋跳了跳，莫名其妙地看着她道："这还能看出在意？那我要是一刀杀了你，岂不是爱惨了你？"

池鱼轻哼一声："我不管，反正我感受到的就是这样，你继续冷漠无情好了，我去给你做晚膳。"

沈知白说，勾引有身份的人，要贤惠端庄大方，外貌出挑没有用，要能料理后院，能让男人安心，最好能抓住男人的胃，这比琴艺重要多了。

第一计献衣显然失败了，不过没关系，她还可以做菜。

池鱼一点儿也不气馁，蹦蹦跳跳地就出去了。

沈故渊脸色很难看，眼角余光瞥着想溜走的郑嬷嬷，低喝一声："你又教她什么乱七八糟的！"

郑嬷嬷吓了一跳，很是无辜地摆手："这跟老身可没关系，她自己说要绣衣裳给您。"

"所以你就拿你绣的来糊弄我？"

"也不全是我绣的，"郑嬷嬷小心翼翼地靠近他一些，扯起软榻上的红袍，捏着一处给他看，"这对鸳鸯就是郡主绣的，她的绣工自然比不过老身的，不过很认真，您看。"

"认真？"睨着那对尚算看得过去的鸳鸯，沈故渊嘲讽地道，"怕是扎手扎得最认真吧？"

瞧她手指上那点点红星，倒是比这衣裳来得真。

郑嬷嬷低头，觉得自家主子最近心思多变，她也不好多说，就僵硬地站着。

幸好沈故渊没有再为难她，想了一会儿，就挥手让她出去了。

池鱼端着晚膳去主屋的时候，就看见苏铭抱着一堆剪得零碎的红袍出神。

敢情剪一下不解气，还非得剪碎了才泄愤哪？池鱼撇嘴，进去将菜放在桌上："吃饭了。"

沈故渊不悦地看着她："我要郝厨子做的饭菜。"

"郝厨子今日肚子疼，去歇着了。"池鱼道，"您不吃这个，就没得吃了。"

想起很久以前尝过的宁池鱼的手艺，沈故渊很犹豫，但扫一眼那菜色，好像还不错。

犹豫地在桌边坐下，他拿起筷子，夹了一块看着比较正常的肉放进嘴里。

嗯？竟然不难吃？

嚼了两下，味道还不错，沈故渊意外了："不是你做的吧？"

池鱼笑眯眯地坐下来道："有你这句话我就放心了。"

说罢，自己也拿起筷子来吃。

沈故渊狐疑地看了她好几眼，吃完把筷子一放，道："你这是能当好一个贤妻良母了？"

池鱼连连点头，笑道："我如今可不是先前那个什么都不会的小丫头了，带我在身边，师父你只有享福，没有罪受的。"

"那我就放心了。"沈故渊颔首，"本来还愁你若是嫁去静亲王府，会给我丢人，现在看来，也不算小侯爷亏了。"

捏着筷子的手一僵，池鱼缓缓侧头看向他："你说什么？"

"今日遇见忠亲王，他提起沈知白和你，想让我帮着牵线。"沈故渊从

袖子里拿出一段红绳来，道，"别的我不会，这个我是最在行的。"

放了筷子，池鱼沉了脸："我不嫁。"

"嗯？"沈故渊斜眼，"你先前还说为了报恩一定会找一段好姻缘。"

"恩我报过了。"池鱼闭了闭眼，"我已经与人拜过堂，断然没有再报答你，再成一次亲的道理。"

看一眼她这满脸抵触的模样，沈故渊也不着急，收了红绳就道："嫁不嫁随你，但我答应你的事情还是要做的，明日你跟我去一趟忠亲王府。"

池鱼气极反笑："师父要牵线，不是该带我去静亲王府吗？去忠亲王府干什么？"

"这就是你不懂了。"沈故渊道，"直接去静亲王府，难免落人口舌，背后编派些不好听的。去忠亲王那里就不一样了，忠亲王新收义女，邀几个王爷过府喝杯酒，你和沈知白见个面也是理所应当的。"

"有劳师父费心了。"池鱼扯了一个笑容给他，"我吃饱了。"

说完，放了筷子就走。

沈故渊平静地看着她的背影，也没开口留人，掐指算着，若有所思。

忠亲王收了何宛央为义女，在王府摆了酒席，请了静亲王、义亲王和仁善王爷。沈青玉还没来得及搬离府，被沈故渊一并带了去。

在看见何宛央的时候，沈青玉傻眼了，瞪着她半晌没说出话来。

"我这个义女，有点儿特殊，"忠亲王笑道，"是故渊介绍的，身世有些飘零。"

"岂止飘零，"沈故渊补了一句，"未入洞房就守寡，简直算是凄惨了。"

在座的几位王爷都是心软慈悲的人，义亲王闻言就道："既然如此，那何不再指一段好姻缘？前尘往事，就不必再究了。"

"义亲王觉得妥当？"忠亲王眼睛亮了亮。

义亲王笑着拱手："这有何不妥的？"

静亲王也点头："没立牌坊也没进洞房，改嫁不算什么大过错，加上如今这亲王义女的身份，招个上门女婿来一起孝敬你，倒也不错。"

这个主意好啊，白捡一个义女，还多一个女婿。忠亲王很满意，侧头问沈故渊："故渊你既然是宛央的恩人，这婚事，不如你也帮着张罗张罗？"

沈故渊沉吟。

旁边的宁池鱼一早猜到要发生什么，只管盯着那边的沈青玉瞧。

沈青玉的脸色可谓精彩，震惊未散又多一层惊惶，频频往何宛央那边看。

"三皇叔这是干什么？"沈知白坐在他旁边，小声问，"瞧着让人背后发凉，好像要算计谁似的。"

池鱼侧过头去小声道："你看他穿得那么喜庆，就适合当媒婆，能算计谁啊？顶多说个媒。"

"说媒？"沈知白低笑，"我原以为他今日来就为着你我呢，想不到还有别的媒要说。"

池鱼抿唇，看了看那边准备开口的沈故渊，淡淡地道："他是急着回去属于他的地方，所以大锅炒，一铲子想把所有事都做完。"

"真要给宛央找个姻缘的话，我看堂下就有人合适，"沈故渊转眼看向沈青玉，"而且镇南王之前与忠亲王交情匪浅，他的儿子来做王爷的女婿，想必王爷十分高兴。"

青玉？忠亲王喜上眉梢地道："这倒是好，本王本还想着不知道如何照顾青玉呢，来做我女婿好啊，以后我这老头子天天就给你们操心，也不怕闲得无聊了。"

"王爷，"沈青玉有些尴尬，"我与她……"

何宛央捏紧了手，不敢抬头看。

"你与她是有夫妻相的。"沈故渊道，"既然你还没有正室，何不试试呢？"

"三皇叔……"沈青玉皱眉，他不懂这唱的是哪一出，他和何宛央是认识的，三皇叔应该知道啊，现在怎么就装作什么也不懂似的，乱点了鸳鸯谱？

"怎么，你这是不愿意吗？"忠亲王冷静了下来，一脸好奇地看着他道，"我这义女长得也算周正，你看不上？"

"不是……"

"哎呀，你们当着两个人的面儿说媒，年轻人总会不好意思的。"静亲王嗔怪地看着他们道，"原以为你们说媒靠谱呢，结果倒是帮倒忙。"

说着，看了几个年轻人一眼："知白，你带着池鱼、青玉和宛央先去庭院里走走，过会儿再回来。"

池鱼抬眼，望了望坐在一旁的自家师父，心里叹了口气，替他们关上了门。

庭院里两男两女站着，多多少少都有点儿尴尬。

沈知白很自然地站在池鱼身边，低声道："你看那边。"

池鱼朝他示意的方向望过去，就见沈青玉表情僵硬地望着庭院，何宛央站在他身后，痴痴地看着他。

池鱼眉梢微动，拉着沈知白默不作声地退出庭院，躲在月门旁边偷看。

"青玉哥哥，"宛央怯生生地道，"我这算不算运气好？"

"这岂止是运气好，"沈青玉神色复杂地转头看她，"也不知道你哪里来的福气。"

脸上一红，何宛央揉着衣角，小声嗫嚅："我也没想过能这样……但是现在……那个……他们说要给我找门亲事。"

"嗯，"沈青玉恢复了常态，平静地道，"你如今的身份要再嫁倒是终于不尴尬了。"

花厅里，静亲王笑道："犬子对池鱼郡主甚为上心，所以想听听她的意见。"

沈故渊道："不用听了，我替她做主就是。"

"这……"忠亲王哭笑不得，"这哪里做得了主？万一凑成一对怨偶，谁也不高兴，反而伤和气。"

沈故渊皱眉："必须问她的意见？"

几位亲王齐齐点头。

沈故渊不太耐烦了，怏怏地道："那我回去好生问问吧，至于宛央和青玉的婚事，倒是可以直接定了。"

"这话怎么说？"忠亲王道，"他们也不熟……"

"熟的。"沈故渊烦躁地挥了挥袖子，一股清风朝忠亲王吹去。

忠亲王顿了顿，点头道："故渊觉得妥当，那本王便去找青玉商量商量。"

"嗯。"沈故渊起身道，"那我先出去看看他们。"

"好。"静亲王笑眯眯地道，"多给知白美言几句，等这亲事成了，本王自然要给你媒人红包的。"

沈故渊勾了勾唇，打开门就往外走。

沈青玉和何宛央的婚事当真定下来了，没过几日，沈青玉就搬出了王府，待自己的府邸修整好之后，便去忠亲王府下聘礼。

一个多月过去了，这天，何宛央顺利地嫁给了沈青玉，池鱼把那块紫晶送给他们当了贺礼。

沈故渊如释重负，难得地耐着性子看完了成亲大礼，然后迈着轻巧的步子准备回府。

忙碌了一个多月，总算把最后一桩姻缘给结成了，现在他算是无债一身轻，终于可以回月宫了。

想想来凡间这么长一段日子，经历的事情还真是不少。

"师父。"有人喊了他一声。

步子一僵，唇角勾起的弧度也趋于平复，沈故渊回头，就看见宁池鱼背着手站在他后头，笑得一脸讨好。

他这段日子已经习惯把她推开了，不管她做什么，他都当没看见。但现在，马上就要分别了，沈故渊觉得，自己也没必要太过绝情。

于是他平静地问："怎么了？"

"这个。"池鱼献宝似的从自己背后拿出一个东西来,眨眨眼,神秘兮兮地道,"您猜是什么?"

一条小木梯,手臂粗,上头有个木头做的小人爬在尾端。

沈故渊眼睛一亮,伸手就接了过来,轻轻一动,那绳梯有个机括,一转,梯子一节节地变化翻转,小人儿竟然一阶阶地爬了上去。

沈故渊喜上眉梢,正想问这是怎么弄的,结果抬眼看见宁池鱼那偷笑的模样,立马收敛表情,皱眉道:"什么破玩意儿,也值得你来显摆一回?"

"这可是我千辛万苦找老匠人求来的,"池鱼朝他走近两步,抬头,眼里光华流转,"就料着你会喜欢。"

收手将那东西放进袖袋,沈故渊面无表情地睨着她:"无事献殷勤?"

有些局促地在地上蹭了蹭脚尖,池鱼眼神飘忽起来,有点儿害羞,也有点儿紧张,小心翼翼地道:"我……也不是无事,这些日子一直讨好师父,为的不过是你能留下来。"

沈故渊微微皱眉:"你明知道不可能,我拒绝你那么多次了,这一次也不会例外。"

天色阴沉,街上行人匆匆,池鱼站在沈故渊面前,怔愣地看了他一会儿,失笑道:"不会的,你的心又不是铁做的,难不成一次也没有软过吗?"

"没有。"沈故渊道,"我没有心跳,这是你一早就知道的事情。"

"那……"池鱼红了眼,从袖袋里掏出个鲁班锁来,"这个也给你,你的心能不能软一下?就一下。"

精巧的鲁班锁,沈故渊伸手就接了过来,拨弄两下,嗤笑道:"你就算把全天下的小玩意儿都搬过来,我也非走不可。"

池鱼眼里泛了水光,抿唇问他:"你这么着急把沈青玉和何宛央的婚事促成,就是为了回去?"

"没错。"

"哪怕跟我已经有这么多的牵扯,你还是说走就走?"

"没错。"

"这么久以来，只有我一个人动了感情？"

"没错。"

沈故渊不耐烦地别过头，道："别再问这些无聊的问题了，我马上回府，交代完剩下的事情便离开。"

这么快吗？池鱼失笑，眼泪瞬间就落了下来："多留两天都不肯？"

"多留两天，有什么意义吗？"沈故渊道。

说着，沈故渊顿了顿，回头看她，伸手抵在了她的眉心："我仙根不定，连累了你。"

池鱼缓缓摇头，伸手抹了把脸颊，咧嘴笑道："不连累，我觉得很开心，至少你是对我动过心的。"

"抱歉。"沈故渊眯眼，"这个没有。"

"你有。"池鱼固执地道，"我感觉到了。"

沈故渊移开了视线。

天上落雨了，不是雪，但冰凉刺骨，沈故渊伸手接了两滴，又不耐烦地捻了去："回去吧，下雨了。"

池鱼上前一步，拉住了他的衣袖。

沈故渊身子一僵，终于怒了："你还要执迷不悟到什么时候？"

"到你幡然醒悟的时候！"池鱼眼眶和鼻尖都是红的，眼神却分外坚定，看着他道，"我不信你舍得丢下我！"

冷笑一声，沈故渊手指用力，将被她死死捏着的衣袖一寸寸地收了回来。

"后会无期。"他道。

池鱼呆愣地看着他，那背影大步往前走了，走得极快，天上的雨也落得极快，顷刻之间就模糊了他的身影。

"不……"池鱼慌了，连忙追上去，拿出袖子里包好的糖葫芦，哽咽道，"你别走……我还替你买了这个，你好久没吃过了，不想尝尝吗？山楂很酸，

但糖衣可甜了！"

前头的人并未回头，那背影看起来像是诀别。

"沈故渊！"心里疼得厉害，池鱼大步跑着，一个趔趄狠狠摔在了地上，糖葫芦摔出去，外头包着的荷叶摔开了，里头红彤彤的糖球碎开，在地上滚了好几圈。

池鱼慌忙起身去捡，捡起来抬头，前面半点儿人影都没有了。

又用法术回府？宁池鱼低笑，按了按喘不过气来的心口，勉强站起来又往前跑。

深吸一口气，池鱼顶着越下越大的雨，一路跑回了仁善王府。

府里同往常一样，没有人知道沈故渊要走。门房还看着门，杂役也还清理着走廊屋檐上的灰。池鱼带着浑身的雨水冲进主院，迎上的是郑嬷嬷一张神色复杂的脸。

"嬷嬷！"池鱼焦急地道，"我师父呢？他说他要走了，我得抓住最后的机会留住他！"

"姑娘。"郑嬷嬷叹息，"这些日子老身都看出来了，主子这一趟是非走不可，您又何必强留呢？"

"不。"池鱼认真地道，"我觉得还有希望，你看，我每次跟他说话，他都会移开目光，他是心虚，他心里是有我的，只是嘴硬了点儿。只要我再加把劲，他完全可能留……"

"主子已经在准备回去了。"郑嬷嬷打断她的话，垂眸道，"他本是要交代事情的，但方才回来，直接扔了一本册子给老身，让老身和苏铭去办，他已经先行施法，准备回月宫。"

瞳孔微缩，池鱼愣愣地转头看了一眼主屋。

房门紧闭，里头恍然有光倾泻出来。

"不会的。"池鱼摇头，咬牙便冲了过去。

"姑娘！"郑嬷嬷低喝一声，想拦已经来不及，只能看着她撞上门去再跌回地上，如同撞了一堵墙。

郑嬷嬷连忙过去将她扶起来，又心疼又好气地道："主子施法回月宫，哪里是您能闯得进去的？"

池鱼跌坐在地，神情有些呆愣："他当真舍得我？"

门扉微微泛光，池鱼盯着盯着，眼泪便决了堤。

只有她一个人舍不得吗？舍不得那个将她从火场里救出来的人，舍不得那个为她出头教训沈弃淮和余幼微的人，舍不得那个喜欢人间小玩意儿和糖葫芦的人。而他，一点儿感觉也没有？

"想见沈弃淮？……那就别问了，跟我来。"

"你只管朝人射箭，其余的交给我。"

"你是我沈故渊的徒弟，我的徒弟，只有别人高攀的份儿。"

……

喉咙里哽得生疼，池鱼伸手，拍上那坚固如铁的门，一下下地拍得"哐哐"作响。

郑嬷嬷听得心酸，轻轻拉了拉她的胳膊："姑娘，好了，主子去意已决，您留不住的。"

池鱼挣脱她的手，坐在地上屈起膝盖，死死地抱着自个儿："我不信，他会出来的。"

被雨淋透的衣裳全部贴在身上，风刮过来，遍体生凉。

郑嬷嬷心疼得很，却也没别的办法。

雨越下越大，整个京城都笼罩在雨幕里，屋檐上"噼里啪啦"作响，池鱼听着，却觉得天地间寂静得很，静得只剩下雨水的声音，别的什么也没有。

一个时辰过去了，屋子里没动静。两个时辰过去了，屋子的门依旧没有打开。

眼里的光一点点暗下去，池鱼抬起浑浑噩噩的头，只觉得一阵天旋地转，竟直直地往后倒下去。

胸口疼得几乎不能呼吸，池鱼费劲地喘着气，眼泪大颗大颗往下砸，她觉得自己溺了水，努力地伸着手，茫然地找着岸的方向，却怎么也找不着。

沈故渊走后，池鱼日日这样昏睡着，不知道睡了多久。郑嬷嬷用尽了各种法术，沈知白请遍了京城名医，都无法令她醒来。

这日，朝阳升起，光从梅林间照射过来，勾勒出一个人的剪影。

那人一头白发，星眸长眉，鼻梁挺直，薄薄的嘴唇抿着，似乎下一秒就要勾出个嘲讽之意十足的微笑来。一身锦绣红袍宽大华贵，上头绣着精致的云纹。

他走到昏睡的池鱼身旁，抬手，一下下地摸着她的头发，眼里是难得一见的温柔。

他说："看来，我不回来找你，你是不会醒了。"

池鱼身子动了动，缓缓睁眼，朦朦胧胧间，感觉自己床边坐着个红衣白发的人。

努力眨了眨眼，她恍惚了半晌，终于看清了眼前的人。

沈故渊正神色复杂地看着她，雪白的发丝被外头透进来的光照得微微发亮。

"师父？"心口震了震，池鱼撑起身子，伸手想去碰碰他，可指尖离他的脸还差一寸，又停下了。

是幻觉吧？她苦笑，他那么决绝地离开，又怎么可能回来呢？这人间也没什么值得他留恋的东西。

池鱼垂了眸子，收了手，眼泪大颗大颗地往下掉。

"哭什么？"沈故渊面无表情地问。

"我没师父了。"她下意识地答，哭得更凶。

哭着哭着，觉得哪里不太对劲，池鱼噎了噎，止住哭泣，抬头又看了他一眼。

朝阳升起，窗外的光越来越亮，沈故渊的五官也越来越清晰，一双眼神色复杂地看着她，像是很嫌弃，又像是释然。

"你的确没师父了。"他说。

池鱼怔忪，盯着他看了半晌，终于伸手抚上他的脸。

冰冰凉凉的触感，不是幻觉。

"你不是回去了吗？"

拉下她的手，沈故渊长出了一口气。

"醒了就起来洗个脸，眼睛已经肿得不能看了。"

衣裳被他拢过来披在肩上，池鱼愣愣地抓着衣襟，依言下床，走到旁边已经放好的水盆边。

沈故渊起身，替她拧了帕子，一下又一下，粗暴地擦着她的脸。

池鱼喉头一动，眼泪又溢了出来。

捏着帕子的手顿了顿，沈故渊抿唇，别扭又忐忑地道："我轻点儿，你别哭了。"

池鱼死死地抓着他的袖子不放，哑着嗓子道："你这个人总这样，突然要走，突然又回来，都不打算同我多解释半个字吗？"

沈故渊皱眉："你急什么？先收拾好用个早膳，有什么想知道的，再问我就是了。"

说罢，把洗脸的帕子往她手里一塞，扭头出去了。

池鱼拿着帕子站在原地，又高兴又委屈，扁扁嘴正想继续哭呢，郑嬷嬷就进来了。

"姑娘，来敷敷眼睛。"她笑着将池鱼按回床边，拿了两个刚煮熟的剥了壳的鸡蛋，包在丝帕里递给她。

池鱼接过来，沉默。

"主子那个人话一向少，您指望他来解释，难了些。不如让老身来说吧。"郑嬷嬷温柔地拍了拍她的肩，"主子这一趟回去，是交差去的，他身上有担子，总得卸下来才行。前些时候他一直不知道自己该走还是该留，可真走了，

又觉得舍不得。这不，就回来了。"

池鱼听着，有点儿茫然："回来……回？"

"他本是这凡间人，人间才是他原本所在，自然是回。他可是货真价实的三皇叔，当年流落在外，现任的月老见他骨骼清奇，就捡回了月宫，教他法术。月老也累了，想给自己找个接班人。"嬷嬷唏嘘，"可是月宫有规矩的，红尘未断之人不得入月宫，也就是说掌管姻缘的人本身注定是没有姻缘的。主子之前一直犹豫，自己到底是留在月宫继承月老的衣钵，还是在凡间与你结下一段美好的姻缘。这回看来主子是下定决心了。"

"人人都说神仙好，可老身觉得，还是红尘里有意思。"看池鱼听傻了，嬷嬷笑着接了鸡蛋替她敷，"之前是主子自己想不明白，现在他想明白了，姑娘，你有多少怨，都可以朝他撒，别委屈着自个儿。"

"那师父哪天想走了，会不会突然又走掉？"池鱼依然有些担心。

"决定一旦做出，就不能反悔了。这回，你师父就是想走也走不了了。你师父卸任后，月宫已经收回了他来去月宫的法力。"

眼睛被鸡蛋敷得舒服了不少，心口的结也慢慢松开了。池鱼抿了抿唇，小心翼翼地问："那师父要是决定留在这凡间，世间岂不是就没了月老，没有给众生牵线搭桥之人了？"

"姑娘操心的事倒还不少，"嬷嬷揶揄地笑，"月宫里又不只有你师父一人，可以接任的大有人在。"

池鱼穿好衣裳，拢了拢头发，拿下鸡蛋问："他在哪儿？"

原本有些阴沉的天气，不知怎的就变成了大好的晴天，沈故渊站在后花园里假装看花，耳里却听得清清楚楚，有人在朝他一步步走过来。

步子犹豫，往前两步又退回去半步，然后踮起脚尖，很是小心地往这边挪过来。

他假装没察觉，低头看花。

可是，这人也不知道在想什么，不安地搓着衣袖，半响也没开口。

沈故渊低咒了一句，然后假装不经意地转身，看向她。

池鱼有很多很多话想跟他说，比如抱怨一下为什么不事先告诉她，比如问问他愿意回来是不是因为她，再比如问问他心里到底有没有她。

可是，一对上他的眼睛，她张张嘴，吐出来的竟然是："你饿吗？"

沈故渊的眉心跳了跳，觉得自己可能听错了："什么？"

"我说，你饿吗？"深吸一口气，池鱼道，"你要是饿了，我就去给你做吃的。"

你要是打算喜欢我了，那我就原谅你了。

后面的话她憋在了心里，没有说出来，然而池鱼忘记了，沈故渊能听见她的心声。

面前这人突然抬起宽大的袖子，遮住了脸。

池鱼不解，伸手拉了拉他的袖子："师父？"

"我说过，你没有师父了。"缓缓放下袖子，沈故渊恢复了冷漠的一张脸，面无表情地看着她。

池鱼心口一窒，慌了，立马就想说话。

然而，不等她开口，面前这人接着道："我叫沈故渊。"

不是你的师父，不用再帮你寻姻缘，从今天开始，你可以抛开一切，重新跟我相处试试。

不过不管重新来多少次，你肯定还是会对我动心。

因为姻缘簿上有你的名字，对面那个人是我。

（全书完）

意林精品图书推荐

《那个神秘的宣愉小姐》
简介：心理分析小说，一次亲情伤痛造成的人格分裂，一场守护爱情的计划……
定价：32.80元

《对方正在输入中》
简介：你是否能从他涨红的脸颊看到他比阿尔卑斯山还强大的内心，让他的病只为你发作。
定价：29.80元

《你是年少的欢喜，喜欢的少年是你》
简介：古风作家吾玉打造都市清风之作，告诉你，如何学着去爱一人。
定价：29.80元

《余生请对我好一点》
简介：时光回望，今日的纠葛，竟好似还了往日的债。
定价：32.80元

《比心》
简介：暗恋被冷酷拒绝，离开却突然收到女孩的短信，只有一行字，却让他笑了……
定价：32.80元

《从此晚安我自己》
简介：95后作家何家豪青春成人礼童话，将16个故事，说给长成大人的你！
定价：29.80元

《我不愿让你一个人走过青春的荒芜》
简介：写给你深情的告白书，15篇故事，有作者的亲身经历，也有勾勒的世间温暖。
定价：29.80元

《你是久爱，亦是心欢》
简介：青春与梦想，爱和守护的故事，孤冷少女与霸道阔少相爱相杀深情开演。
定价：32.80元

《胭脂将》
简介：魔幻江湖的纷乱，胭脂女将的传奇！
定价：32.80元

《一两江湖之望星记》
简介：古风作家一两打造全新江湖，一醉江湖三十春，尽在《望星记》！
定价：29.80元

《一两江湖之琵琶误》
简介：家仇国恨，爱上不该爱的敌国先锋，如何面对这生死纠缠的爱情？
定价：29.80元

《月光蒲苇①·夜阑时》
简介：阴谋、友情、爱情，上古四神的恩怨，今生能否化解？
定价：32.80元

《世界的另一个你》
简介：18岁少女的奇幻冒险，唯美魔幻的童话世界，寻找世界的另一个你！
定价：32.80元

《绯色黎明》
简介：人类并不孤单，在黑暗种族的环伺下，被掩盖的真相等着你去探寻。
定价：32.80元

《这一杯，我敬的是年少无知》
简介：悬疑作家何慕精心打造的都市心理悬疑成长小说集。
定价：32.80元

《我的人生无须证明给你看》
简介：是选择梦想，还是安于现状？马叛用这些故事告诉你答案。
定价：32.80元

《多味之恋》
简介：七彩青春，多味之恋，寻找身边错过的小美好。
定价：29.80元/册

《十八而志》
简介：十八岁之前的远大志向，决定了十八岁之后的梦想人生。
定价：29.80元/册

《深夜暖心》
简介：青春絮语，灯下最好的陪伴，马叛、张芸欣、冷亦蓝深夜暖心之作。
定价：29.80元/册

《初心讲义》
简介：初心故事讲给你听，拥有一个又一个的小温暖。
定价：29.80元/册

意林精品图书推荐

《我不成仙 一 断尘绝念》
简介：不想成仙却毅然修仙，她见愁不想有朝一日对那人说："纵你成仙，亦不可逃！"
定价：28.80元

《我不成仙 二 杀红小界》
简介：血衣作战袍，刻骨为利刃。她的通天坦途，便是他的穷途末路！
定价：28.80元

《我不成仙 三 流星赶月》
简介：敏锐与直觉，无一欠缺；缜密与果决，兼而有之。力敌群雄者，舍她其谁！
定价：28.80元

《我不成仙 四 尘战空海》
简介：为成大道，葬痴情、斩尘缘者有之，可若寻仙问道是这般模样，她宁愿永不成仙！
定价：28.80元

《我不成仙 五 舍我其谁》
简介：见愁重现世间，只为触底反击，再创传奇！踏破乾坤纵横时空，禁域绝密即将揭晓！
定价：28.80元

《禁域①墓地神婴》
简介：皇者重现世间，只为触底反击，再创传奇！踏破乾坤纵横时空，禁域绝密即将揭晓！
定价：28.80元

《禁域②宗门斗者》
简介：扶桑谷内迷雾重重，时间长河、神秘女子……时空彼端，究竟有着怎样的秘密？
定价：28.80元

《禁域③王者遗风》
简介：阳魄界，一个神奇的虚拟世界，浮生为赤钴来到这里，却发现了更惊人的秘密！
定价：28.80元

《符神传说①斩焰少年行》
简介：接通元灵符界，交易、对战、派单……现实与虚拟之间，体味什么叫甜畅淋漓！
定价：28.80元

《符神传说②东川起风云》
简介：逆转鬼煞岭、人蛮荒迷城，跨越空间界限，开启度奇幻热血征程！
定价：28.80元

《符神传说③刀芒惊天下》
简介：巧进黑狱筑识海，烈焱龙雀惊天下。勇探天符浩土，领略异闻传奇！
定价：28.80元

《符神传说④地下悬赏令》
简介：识妖族斗南洲，符驱四方见奇谋。游历异界空间，探索奥妙人生！
定价：28.80元

《雪鹰领主1》
简介：我吃西红柿全新力作！少年骑士惊世崛起，铸就为人类荣誉而战的英雄传说！
定价：29.80元

《雪鹰领主2》
简介：圣级超凡，初露峥嵘，打造热血沸腾的传奇武侠世界！
定价：29.80元

《决战星座学院1》
简介：为00后读者量身定制的校园星座魔法书，超反转、超疯狂的校园大作战，开始！
定价：29.80元

《浮玉仙鹰》（全一册）
简介：跨越六界的情仇离合，仙家养成，爆笑开演！看一代魔尊，如何搅翻浮玉仙山！
定价：29.80元

《倾世萌狐》（全三册）
简介：任他天道严酷，你始终是我无法断的"情"，难以绝的"爱"。
定价：29.80元

《我的画风不太对》（全二册）
简介：一不小心成了外星玩家的目标对象！千回百转的拼图游戏，谁是最终赢家？
定价：29.80元

《灵犀》（全二册）
简介：取《山海经》之精髓，谱一曲荡气回肠、龙狐相随的深情恋歌！
定价：29.80元

《仙萌奇缘》（全二册）
简介：迷糊弟子"约架"冷傲少主，无厘头话本奇袭玄天剑宗，非正统仙侠大戏反转上演！
定价：29.80元